ミステリーアンソロジー

大逆転

初野晴　曽根圭介　一穂ミチ
綾辻行人　矢樹純　鮎川哲也
／佳多山大地・編

朝日文庫

本書は文庫オリジナル・セレクションです。

目次

大逆転

カマラとアマラの丘

――ゴールデンレトリーバー――

初野晴

最期《さいご》を迎えた時、わたしはようやく気づくことができた。

人は人でありつづけ、人として生きるために生まれてきたということを。

当たり前の話――？

いや、わたしはそうでなかったのだ。

1

光……

光が落ちてきて闇を払った。

見上げると厚い雲が風に流されて月がのぞいていた。裸電球に似た月が頭上に輝き、高台にいたわたしは街の夜景を見下ろす。

ガラスを砕いたような家々の灯《あかり》に混じってモノレールの線路と支柱の形骸《けいがい》が縦断している。線路をまたがって走る奇妙な形の電車を思い出した。廃線になったのは確か四年くらい前だ。まだハナの意識がしっかりしていて、わたしの誕生日を一緒に過ごしてくれる余裕があった頃……

廃線のモノレールの終着駅は、この高台の上にある遊園地だった。

ここ数年の間でたくさんの遊園地が死んだよ――と、ある患者がベッドの上でこぼしていた。その患者は市役所の元職員だった。歯止めがかからない来場者の減少、娯楽の分散、施設の老朽化。そんな不況という名の病《やまい》が押し寄せれば、どんな遊園地だって疲《ひ》弊《へい》して倒れてしまう。

わたしがたどり着いた遊園地もそのひとつだった。

瀕死《ひんし》状態の遊園地にとって、街のモノレールはカテーテルの存在に等しかった。そのカテーテルを外された遊園地は息を引き取る運命をたどるしかなかった。将来の展望も、来場者の夢も、希望もそこにはない。求められたのはきれいに「終わる」ことだけだった。しかし園内の施設は解体も撤去もされないまま廃墟となり、広大な敷地は有刺鉄線付きのフェンスで囲まれて、地域住民にとっては禍々《まがまが》しく、そして薄気味悪い亡骸《なきがら》に変わり果てた。付近に家も街灯もないから、だれも近寄ろうとしない。

無残な話といいたいところだが、現実問題はシビアなようだ。

解体に莫大《ばくだい》な費用がかかるらしい。そして土地の買い手がつかない。立地条件の悪さは、ここまで歩きつづけたわたし自身が体感できたことだし、使えそうな駐車場はほとんど見あたらなかった。

わたしは深呼吸をくり返した。

有刺鉄線付きのフェンスには子供が入れるくらいの穴が開いている。くぐり抜けるのは勇気が必要だった。

もう一度、ふり向いて街の夜景を見下ろす。

サイレンの音が遠くから聞こえて回転灯がきらめいていた。それまで抑えつけていた恐怖が頭をもたげる。パトカーだろうか？　それとも救急車？　気持ちの悪い目まいがしてきた。早く、急がなければならない。自分の強運を信じてフェンスを一気にくぐり抜けた。

背の高い生け垣の中を進んだ。月明かりが遮《さえぎ》られ、刺《とげ》のある植物が足に絡《から》みつき、わたしの前進を阻《はば》んでいく。

ハナ。

大好きなハナ。

よみがえる、あの日の記憶。

胸を抉《えぐ》るような痛み。

この苦しさはいつまでつづくのだろう。

いつまで……

(この街には秘密の動物霊園がある――)

まるで時間も空間も溶け流れていき、すべてのものが渾然《こんぜん》一体《いったい》となりそうな中で、噂《うわさ》をよすがにして歩き進んだ。

視界が開けた途端、窪《くぼ》みにつまずいて前のめりに姿勢を崩した。いつの間にかアンティークレンガでできた通路に飛び出していた。形のバリエーションが豊かで、時の流れを感じさせる風合いのレンガが先の広場まで敷き詰められている。

頭上の木々の葉が揺れ、巨大な背骨に似た影が伸びた。絡み合う枝の隙間《すきま》を通して曲がりくねった鉄骨が映る。長いジェットコースターのレールだった。落ち着いて首をまわして見た。

メリーゴーラウンド、観覧車、パイレーツ、豆汽車、お化け屋敷、野外劇場。

仄《ほの》かな月明かりを浴びる荒廃の楽園が、淀《よど》みのある異様な迫力を放っている。

とうとうたどり着くことができた。わたしは座り込み、ここまで苦労して運んできたものに触れて愛《いと》おしく頰《ほお》ずりした。

風呂敷《ふろしき》に包まれた桐《きり》の箱。

ハナの遺骨と遺灰を収めた小さな骨壺《こつつぼ》……

ハナ、ハナ。

ずっと一緒だからね。

今日までずっと堪《こら》えてきたものが決壊して、悲しみが堰《せき》を切ったように喉《のど》からあふれ出た。

噂を聞いたのはホスピスだった。

余命の短い患者が入院し、全快して退院することのない病棟を、わたしは仕事でおとずれていた。

担当の患者に、六人の大部屋をひとりで使うお婆さんがいた。

お婆さんはいつもリラックスチェアに腰かけて、お茶をすすりながら窓際の花瓶を眺めていた。花瓶の花は季節によって変わる。あの日、花瓶には桜の枝が飾られていた。桜は散りゆくもの、儚《はかな》いものを象徴する花だ。だからホスピスのまわりには死を連想させる桜は一本も植えられていない。いったいどこで折ってきたのか気になった。

（おや、リサちゃん――）

待ち侘《わ》びていたとばかりに、お婆さんがわたしの名前を呼んだ。先生と呼ばれず「ちゃん」付けされることには慣れていた。彼女は心のケアを必要としていた。そう。心の病。わたしは心の病を治す医者だった。

わたしをリサちゃんと呼ぶお婆さんは、心の病をいくつも抱えていた。

心の病には原因がある。お婆さんの場合、とりわけ大きいのは、ホスピスの入院前に体験した愛猫《あいびょう》との別れだった。

ペットロス――

そんなありふれた死別とは性質が異なる。

愛猫は二十一年もお婆さんに連れ添い、ある日突然、自ら姿を消した。

老いた猫は自分の死に場所を選んで姿を消すという。もしそうだったら、お婆さんに救いがあった。しかし現実は違った。お婆さんは愛猫との別れの日、悔やんでも悔やみきれない醜態《しゅうたい》を演じてしまった。

人間の年齢に換算すれば百歳近く生きた愛猫の惨状を、お婆さんは詳しく話してくれたことがある。

ほとんどの歯が抜け落ち、自力で歩くことも餌《えさ》を食べることも叶わない姿。身体中を腫瘍《しゅよう》に蝕《むしば》まれて、鼻や口から薄赤い体液が滲《にじ》み出る恐ろしい姿。見るに見かねて安楽死を考えたことがあった。しかし愛猫はお婆さんを必要としていた。必死に鳴いて、お婆さんのそばを離れようとしなかった。

お婆さんは愛猫の苦痛をすこしでも和《やわ》らげようと、街中の獣医を往診にこさせた。しかし死の影が確実に近づいている愛猫に具体的な手を施《ほどこ》せる者はいなかった。それでも入れ替わりやってきたのは、お婆さんが報酬を惜しまなかったからだ。

（聞いたか？）

（ああ、聞いた）

（——あのバアサン、死にかけの愛猫のことなら金を惜しまないぞ）

やがて欲の深い獣医がスーツ姿の男を連れてきた。その男はお婆さんにペットサービスと書かれた名刺を渡した。ペットブームに便乗して、ペットの葬儀が金になるという思惑を抱いた業者だった。大切な家族であるペットのために、そろそろ頭の片隅に入れてみてはいかがですか？　ＶＩＰ待遇のお通夜、火葬、納骨、霊園、供養をお引き受けします。男はまわりくどく営業する。男のわきまえのない発言にお婆さんはショックを受けなかった。すでに覚悟はしていたからだ。お婆さんがショックを受けたのは、もっと別のことだった。

それは埋葬《まいそう》に関してだった。

ペットの埋葬に法的な規制はない。だから飼い主がそれぞれ適正な方法を選んで葬ることができる。しかし反面、他人の土地や公共の場に許可なく埋葬することはできず、空地にペットの遺体を捨てたり、川に流すといったことも法律で禁じられている。

つまりどういうことか？

ペットの遺体は生ゴミと同じなのだ。

口が滑った男とお婆さんの口論は家中に響き渡った。

（生ゴミ？）

（奥様、誤解です。私がいいたかったのは）

（いや、いや、ゴミ……ゴミだなんて）

その日の晩、愛猫はひっそりと姿を消してしまった。

――――

末期癌《がん》が見つかり、ホスピスに入院したお婆さんは何度もこの話をする。そして夜になると、はらわたがよじれるほどの叫び声を上げて看護師を困らせる。動くはずのない身体《からだ》を引きずって、家から這《は》いずり出ていく愛猫の姿を夢で見てしまうのだ。ごめんね、ごめんねぇ。

わたしは自分に与えられた責務を全《まっと》うした。それでもお婆さんは、愛猫を探して真夜中にホスピスを抜け出す行為をやめない。

花瓶の中の折られた桜の枝を見て、わたしは深い喪失感に襲われてしまう。心の病を治す仕事は「必要とされる職業」ではなく、「必要とされるように思わせる職業」ではないか……。

(リサちゃん、大丈夫よ)

お婆さんの声にわたしは顔を上げた。

(もうリサちゃんを心配させたりしないから)

あのとき、お婆さんはくり返しいった。

いつもは手ぶらでホスピスに帰ってくるお婆さんが、この日は桜の枝とともに、ある噂話を持ち帰ってきていた。

愛猫はこの街にいる。

街の郊外で未来永劫《えいごう》、安らかに眠っている。

だれに教えてもらったのかはわからないが、妄想にしてはリアルなディテールがあった。

（だれにも内緒だからね。リサちゃんだけに教えてあげるからね）

お婆さんは人差し指を軽く唇《くちびる》に当ててつづけた。

（街の郊外に、閉鎖された遊園地があることは知ってる？）

知っていた。有刺鉄線に囲まれた園内には、いまもなおたくさんの花が咲いているらしい。もともと季節の花を大規模に展示したり、約千種、二万株以上のバラを集めたバラ苑が有名な遊園地だった。

噂話とはこうだ。

遊園地の廃墟の中に秘密の動物霊園があり、墓守をする青年がいる――

お婆さんはその青年と会ってきた。青年は愛猫の最期を看取《みと》り、園内で手厚く供養したという。その話を聞いて、お婆さんは涙を流して合掌した。

しかしホスピスから遊園地まで距離は五キロ以上ある。末期癌のお婆さんが夜通し往復するには無理がありすぎた。

お婆さんは口もとに笑みを浮かべる。

（ねえ、証拠に園内の桜の枝を折ってきたの。とってもめずらしい桜よ。一重《ひとえ》と八重《やえ》の花が交互に咲いているの。ほら、あの花瓶を見て）

ホスピスから去るとき、わたしは首を傾げる医師たちの話を耳にした。あの婆さん、いったいどこまで徘徊《はいかい》したんだ？　一重八重のしだれ桜。世界に十数本しかない桜の木。

そのときからわたしは、街に隠された秘密を強く意識するようになった。郊外の高台から強い風が吹くと、ときどき風に乗って流れてくる草花の匂いを嗅《か》ぐことができたからだ。

わたしは噂を集めた。集めれば集めるほど噂は寓話《ぐうわ》めいた形に変わっていく。閉鎖されたはずの遊園地に、なぜか咲き乱れるさまざまな花。理由《わけ》ありのペットの埋葬も引き受けてくれる青年の存在——

青年にペットの埋葬をしてもらいたければ、月の出た深夜に忍び込んで彼と交渉し、自分が一番大切にしているものを差し出さなければならない。

園内には青年が名付けた奇妙な名前の丘が多数あり、その丘を象徴する花が植えられている。ペットの亡骸か遺灰を持っておとずれた飼い主は、青年の質問にこたえていくことで、どの丘に埋葬されるのかが決まる。

墓標はその丘に咲く花、つまり花葬《かそう》だった。

2

月明かりの下で、観覧車が巨大な蜘蛛《くも》の巣に似た影をつくっていた。

その影がすこし動いた気がして、異世界に迷い込んだ錯覚を受ける。つづいて刃物の切っ先のように反射するなにかに怯《おび》えた。よく観察すると一面ガラス張りのレストランだった。遠くから見る限りでは、それほど朽廃《きゆうはい》を感じさせない。

ここまでたどり着くのに疲れてしまったわたしはトラッシュボックスに身体を預けて休むことにした。頭痛のために目が翳《かす》み、足が地面に吸いついたように離れない。時が経つにつれて静寂が冥《くら》く、重くのしかかってきた。このまままぶたを閉じれば、もう二度と起き上がれなくなる予感がした。

駄目だ。眠ってはいけない。

わたしは……墓守の青年と会わなければならない……

そのときだった。

半覚半睡の中で、足音を聞いた。

はっと身じろぎして耳を澄ませる。足音が遠ざかっていく。わたしは足音を追って警戒しながら園内を歩くことにした。

気を緩《ゆる》めるなと自分に命じた。

墓守の青年との交渉が決裂したらどうなるのか？

青年の質問にこたえられなかったらどうなるのか？

いつだったか、街の若者たちが酒に酔って真夜中の園内に侵入したことがあったという。彼らは翌日の午後、意識不明の状態で発見された。場所は遊園地の廃墟から遠く離れた空き地で、ひとりは全治六ヵ月の重傷、そして全員が記憶を失っていた。

怖くないといえば嘘になる。

わたしの支えは、ホスピスのやさしいお婆さんが無事に帰ってこられたことだった。

足音はかすかに聞こえ、途絶え、諦めかけたときにまた耳に戻ってくる。暗い園内を彷徨《さまよ》い歩くと、豆汽車の踏切の前に出た。コースは池を周遊していて、池にはたくさんのボートが死んだ魚みたいに腹を見せていた。

足を引きずりながら線路づたいに歩く。小さな警報機。小さな幅の線路。カーブの手前に分岐点があり、片方は倉庫に向かって伸びていた。線路の途中で錆《さ》びた機関車がとまっている。そこだけ空気が澱《よど》んで動かず、時間が静止している感覚を受けた。車体の側面にはチンパンジーの車掌の絵が描かれ、塗装が剝げて醜い片目になっている。

気味が悪くなったわたしは、もう一方の線路に移り、桜木のトンネルを目指すことにした。桜が線路の両側からアーチ状に覆《おお》っていて、花がもう散りはじめている。

あ、と思った。

枝がやわらかく垂れている桜があった。

一重と八重の花……。目を凝《こ》らして見た。お婆さんの手が届きそうな高さの枝に、折られた跡がある。

噂は本当だった。

逸《はや》る気持ちを抑えたとき、前方で砕石《さいせき》を踏む足音がした。

ザッ、ザッ。

視線を投じると、線路の先にぼうっと浮かび上がる青年の後ろ姿があった。

青年の後ろ姿が豆汽車の線路の上を歩いている。

追いかけたわたしは、折れた枕木に足を取られて派手に転んだ。待って、待って。お願いだから行かないで。遠ざかる青年の後ろ姿に必死に声をかけたが、ふり向いてもらえない。

もう一度、大きな声で青年を呼ぶ。

通じていないようだ。

わたしは起き上がって走り出し、青年の前に立ちはだかった。

青年はやっとわたしの存在に気づいてくれた様子で足をとめる。瘦《や》せて翳《かげ》りはあるけれど、長髪が額《ひたい》にかかる顔は端整だった。七分袖の開襟《かいきん》シャツに細身のジーンズを合わせ、ブーツを履いている。着古しに見えるシャツは、洗ったばかりのものにアイロンを当てたような清潔感があった。

わたしは荒れた呼吸を整えて自己紹介をした。金子《かねこ》リサ。職業は心理療法士《セラピスト》。噂を聞いて、廃線となったモノレールを見上げながらここまでやってきたこと、そして、もうくたびれて歩けないことを訴えた。

青年が困った顔をしている。

彼は両手を斜め下に軽くはらう仕草をした。その感情を交えたような独特の手の動きを、わたしは病院内で見たことがある。

まさか。

——手話？

この人は耳が不自由かもしれない、と思いはじめた。

青年は手話を交ぜながら喋りはじめる。

「君みたいな——せっかちは——はじめてだよ」

一語ずつ分ける喋り方に独特のイントネーションがあった。耳が聞こえないのなら捜し求めていた墓守は別の場所にいるのだ。

この人は違う……。わたしは線路の上を後ずさる。

「待って――この遊園地には――僕しか――いない――」

「え」

「君が捜している墓守は――僕のことだよ」

次第に声のイントネーションが普通になってくる。

「……聞こえるの？」

「君の名前は金子リサ」

完全に自然な声が返ってきて、わたしは目を見開く。

「聞こえたのね？」

わたしの声が届かない様子で、青年は静かに首を横にふってみせる。

「え。聞こえないの？」そんなはずはなかった。「じゃあ、わたしの名前をどうして？」

青年は含んだ笑いをして、わたしのいった言葉をきれいに鸚鵡《おうむ》返しにしてみせた。

「え。聞こえないの？　じゃあ、わたしの名前をどうして？」

いったいどういうこと？　彼は目や口の動きを読んでいるというの？　耳が不自由な人は視覚の注意力が発達すると仕事先の病院で聞いたことがある。しかし限度はあるはずだ。

「わかった。わたしをからかっているのね？」

青年は真面目《まじめ》な顔をして、再び首を横にふってから口を開いた。

「強《し》いていえば、君を見ながらラジオの周波数を変えていく感じかな。いま、ようやく合わせ終わったところだよ。もう、ちゃんと話せる。以前おとずれたお客さんは、物分かりがよかったんだけどね……」

「以前のお客さん？」

「ああ。彼女は僕のことを妖怪の覚《さとり》にたとえたよ。覚《さとり》の墓守。面白い指摘だったから特別に敷地の一重八重のしだれ桜を持たせて帰らせた」

お婆さんのことだ。

「待って。わたし、その人を知っている。でも……病院からここまで往復十キロ以上あるはずよ」

「知り合いなのかい？」

「わたしの患者だったの。あのお婆さんから、遊園地のことを教えてもらったの」

「ふうん。往復十キロか……」

「末期の癌患者だけど」

「末期の癌だからといってベッドに寝たきりというわけじゃないよ。元気に働いていた人が、ある日突然ちょっとした体調不良を感じて精密検査を受けると、すでに打つ手のない末期癌だと診断されるときがある。中には末期癌を医者に宣告されてからヒマラヤ登山する人だっている」

　にわかには信じられなかった。じゃあお婆さんの場合は看取れなかった愛猫を想う執念だけで夜通し歩きつづけたというのか。人の執念の力は、それほど計り知れないというのか。

「……本当にあなた、耳が聞こえないの？」

　わたし以外にも同じ質問をくり返されてきたのかもしれない。青年は小さな吐息をついて腰に手をあてた。

「ひとつ、ためになる話をしようか」

「え」

「猫。猫ってわかるだろう？」

「……猫？」

「そう。あの猫。『にゃあ』と鳴く猫」

「莫迦《ばか》にしないで」

「猫ってさ、日中はほとんど鳴かないんだ。自分たちの言葉が伝わらない人間に、餌やトイレの要求をするときに『仕方なく』人間に伝わるように鳴くんだ。鳴くことが猫本来のコミュニケーションじゃないんだよ。猫は無理に鳴かなくても仲間との意思伝達をはかれる」

受け入れるのに時間がかかった。「あなたもそうだっていうの？」まさかと思った。同時にかすかな反発も覚える。「人間が猫と同じだっていうの？」

「同じ生き物だよ。肉を覆う皮が違うだけで」

青年の理屈に戸惑ってしまう。彼はつづけていった。

「僕は耳に頼らないから言葉に騙《だま》されない。嘘をつくとね、瞳孔《どうこう》が小さくなるんだ。だからここでは気をつけてほしいな」

もしかして、それをいいたかったのだろうか……。だとしたら理解できた。修辞的な表現かもしれないが、この不思議な会話の運びは儀式のようなものなのだ。わたしと青年の契約はもうはじまっている。青年の前で嘘をついてはいけない。真実を語らなければならない――

契約を破った者、この異次元の幻のような聖地を汚した者が、どんな末路をたどるのかをわたしは噂で聞いている。

もとからわたしは嘘をつくつもりはなかった。これが一夜限りの儀式のようなものなら、とことん付き合うつもりでいた。

わたしは風呂敷に包まれた荷物を青年の足もとに置いた。

「秘密の霊園があるって聞いたわ。遺骨と遺灰を埋葬してほしいの」

「こんなところまで骨壺を運んでくるなんて器用だね」青年は感心する素振《そぶ》りでいった。

「名前を聞こうか」

「ハナ」

「理由《わけ》ありかい？」

「理由《わけ》ありよ」

「ゴールデンレトリーバー？」

わたしは一瞬呼吸をとめた。なにもかも見透かしていそうな青年の目に、はじめて畏《い》怖《ふ》を覚えた。

青年の棋士《きし》のように細くて長い指が、風呂敷に包まれた桐の箱に伸びた。風呂敷の結び目に触れるとはらりと解《ほど》けて中身が露《あら》わになる。青年は桐の箱から小さな骨壺を取り出し、一欠片《ひとかけら》の遺骨をつまみ上げた。

「……お願い」わたしは込み上げてくるものを抑えて懇願《こんがん》した。「ここで埋葬して。ハナを弔《とむら》ってあげて」

「なぜ？」

「もうハナをだれの目にも、だれの手にも触れさせたくないの。ここは静かだし、なにより花の香りが街まで漂ってくる。ここにハナを埋葬できればきっと喜んでくれるわ」

「花の香り？」

「ハナは庭に咲くコスモスが大好きだったの」

青年は一拍おいて、わたしをじっと見すえた。

「かわいそうに。ひどく痛めつけられてきたんだね」

驚かなかった。青年はすべてを見通しているのだと了承してうなずく。

「傷ついてきたんだね」

また、うなずいた。

青年は骨壺を桐の箱にしまって、風呂敷を元通りに包み直した。

「……先に僕の持論をいわせてもらうよ。世界に多くの貧困が存在する中で、動物を可愛《かわい》がることは不道徳だと思うんだ。豊かな社会では犬を家に入れて温かいベッドに寝かすけど、貧しい社会では犬を家から追い払う」

だからね、と青年はつづけていった。

「僕が納得できるまで、君とハナの物語を聞かせてほしい」

「埋葬はそのあと?」

「ああ」

覚悟を決めた。「わかったわ」

「その前に」

「……その前に?」

「君はここにくる前に噂を聞いているはずだ。望みを叶えたければ等価交換が必要だと」

あ――

わたしは自分の莫迦さ加減に気づいてよろめきそうになった。

青年に埋葬をしてもらいたければ、一番大切にしているものを彼に差し出さなければならない。そのことをすっかり忘れていた。ここまで無事にたどり着いて、青年と会うことで頭がいっぱいになっていた。

「……まさかとは思うけど」と青年の声が一段低くなり、まわりの空気の温度も下がった気がした。「持ってきていなかったとか？」

足もとの地面がいきなり奈落の底に落ちていく崩壊感を味わった。

「待って待って」

取り乱すわたしに不審を覚えたのか、さらに冷たそうな声が青年の薄い唇を割った。

「待てば、この場を切り抜ける君の知恵を見せてくれるの？」

知恵？　そんなことをいわれても……。ああ、どうしよう。わたしは震えを抑えた。せっかくここまできたのだから、なにかいわなければ……

「わたし、わたし……」

すると突然、青年は堪えきれなくなったように腰を曲げて笑いだした。

「ごめんごめん。君は特別だよ」

「え」

「そうだな。首に巻いている綺麗なスカーフをあとでくれないか」

わたしは安堵《あんど》の息を大量に洩《も》らした。お安いご用だ。もうこのスカーフを巻くことはないのだから。

3

風の音とともに暗闇の波が豆汽車の線路の上を押し寄せてくる。見上げると大きな雲の塊《かたまり》が月を覆い隠そうとしていた。

「まずい」

青年が声をあげる。

「……どうしたの？」

青年はわたしの言葉が理解できない仕草で首を左右にふった。何度もふっている。彼はハナの遺骨が入った風呂敷包みを慌てて持つと、ひとり線路の先にある橋の上へと移動して行った。

後ろから呼びとめようとしても、青年はまったく応じてくれない。

わたしも急いでついていく。それまで我慢していた身体の傷の痛みがよみがえり、すこし視界が揺れた。

橋の上で立ちどまった青年は園内を見渡していた。場所を探しているようだった。園内は雲の動きとともに月明かりを受け、あるいは雲の影を映し出し、めまぐるしく変化して、やがて月下のスポットは円錐《えんすい》形の屋根と木馬の縁《ふち》を染めた。

「あそこがいい」

青年が指をさしたのは無人のメリーゴーラウンドだった。

わたしたちは場所を移動した。

宮殿風の造り、屋根の上にある巨大なオルゴールのオブジェ、いつまで経ってもそこから抜け出せず、同じ所をぐるぐるまわるだけだった木馬……。木馬には苔《こけ》が生え、剝《む》き出しのネジみたいな突起が無慚《むざん》な陰影をつくっている。

メリーゴーラウンドの一部に、外から人が入り込めるスペースがあった。

凸型の不思議なスペースだった。

「ここにね、カメラを構えた父親たちが並んだんだよ」

青年が人差し指と親指で長方形の枠をつくって説明してくれる。わたしは気になったことをたずねた。

「どうして地面がゴムでできているの？」

「子供が落馬したり、カメラを落としても大丈夫なように」

光り輝くイルミネーションと華やかな音楽を奪われて退屈になった木馬たちが、わたしたちの会話に耳を澄ましているようで落ち着かない。

「ここに座ろうよ」

青年に勧められるまま、わたしはメリーゴーラウンドの正面で腰を下ろした。ゴムでできているからすこし柔らかい。姿勢を正したわたしが口を開こうとすると、青年は片手を伸ばして遮ってきた。

「確か君は心理療法士《セラピスト》だったよね」

「……ええ、そうよ」

「実は興味があるんだ。こういう機会でないと、タダで診《み》てもらうことはできないから」

「あなたを診るの？　なんとなく、その必要はなさそうだけど」

「どうして？」

「どうしてって……そうね、強いていえば、身体のラインにとてもよく合った服を着ているから。きっと自分を客観的に見られる人だと思う。そういう人のほとんどは、わたしの治療を必要としなかったわ」

「ふうん」と青年は感心する表情を浮かべていた。「初診のとき、そうやって患者の服装を見るんだ。服装でその人がなにを気にしているのかだいたいわかると？」

「わたしはこの職業を十年やってきたプロよ」

「キャリアとプロは一致しないよ。君が本当の意味でプロなのかを知りたい」

「みんなそう呼んでいるわ」

「呼ぶのは自由だ。心の病なんて漠然としているからね」

「――え」

「君みたいな心の医者は雨後の筍《たけのこ》のように生まれている。ずいぶん前にこの国を震撼《しんかん》させた幼女連続殺人者のプロファイリングでは、心理分析の権威である三人の学者が全員違った見解を提示した」

わかった。胡散《うさん》臭い職業だといいたいのだ。実際多くの同僚がこんな偏見を持たれている。わたしの存在意義を懸けて、彼にきちんと説明しなければならない。

「学者も評論家も、最初から原因を根拠にするから、おかしくなるのよ」

「つづけて」

「心の病の根本的な原因や本質はわからない。心がわかる？　他人の心がわかるわけないじゃないの。そこからがスタート」

青年の目にかすかな興味の光が宿った気がした。

「じゃあ君のしていることは？」

「症状を根拠に診断しているの。そういう意味でプロに徹している。『わかったつもり』が弊害になることを知っている」

「なら、君がいままで診てきた患者を知りたいな」

「程度は？」

「程度か。面白い話になりそうだね」青年は腰を動かして座り直した。「まず君がショックを受けた患者の話を」

「引き籠《こ》もりのニートかな。母親の過保護で育った三十五歳の男だった。ゴミだらけの部屋に住んでいたの」

「彼の心はどう病んでいたのかい？」

「わたしの前で延々と鼻くそをほじって食べてた」

それはひどい、と青年は笑った。

「本当にひどいのよ。その手でわたしの頭を撫《な》でようとするから」

「まさか撫でられたの？」

「撫でられたわよ。だって、はじめての仕事だったから」

青年の笑い声がやんだので、わたしは顔を伏せる。病院にも組織にも属さない心理療《セラピ》法士《スト》が生きていくためには、仕事の選《え》り好みなんてできないのだ。それを暗に訴えた。

「……それから君は、たくさんの患者と出会ってきたわけだね」

「ええ。鬱病《うつびょう》になった学校の先生や、統合失調症の主婦——」

詳しく話そうとしてやめた。そういった記号的な言葉は耳に届きやすい反面、いつの間にか本質を見誤ってしまう。

リストカットをやめないので、親が刃物を取り上げると壁に頭を打ち付ける少女がいた。

実在しない双子の弟に、常に監視されていると思い悩む少年がいた。

赤ちゃんを何度もさらっては、公衆トイレで流したと訴える女子高生がいた。

会社の人が全員グルで、脳に金属片を埋め込まれたと嘆くサラリーマンがいた。

もしこの人たちがロビンソン・クルーソーのようにひとりで無人島に住んでいるのであれば問題にならない。心の病は、社会生活を営むことではじめて心の病になるのだ。

わたしが診てきた患者は、小児癌に苦しむ子供たちも多かった。難病に苦しむ子供たちは、親が想像する以上に精神的なケアを必要とする。

「君が診てきたのは人間だけかい？」

いいながら青年の視線が、ハナの遺骨が入った風呂敷包みのほうへと注がれた。

「わたしの本来の専門は人間だけど、ペットの動物も診てきたわ」

「ペットの動物が患者になり得るの？」

「精神分析はできないけど、心理分析はできる」

「……最初の話と矛盾してきたね」

痛いところをついてくる。青年の次の反応は予想できた。

「リサさんだっけ。君はそうまでして患者を増やして仕事が欲しかったわけだ？」

「欲しいんじゃない。仕事が生き甲斐だったの」

「生き甲斐ねえ。たとえ生き甲斐だったとしても、ペットの動物にまで患者を広げるなんてやり過ぎだと思うな」

青年の声にはどこか不審そうなニュアンスが込められていた。

「待って。誤解している。ペットの動物だって心の病になるわよ」

「動物に心?」

「ええ」

「デカルト主義者の『動物機械論』を知っているかい?」

「あんなの……怖気《おぞけ》が走るわ」

耳にしたことがある。動物には心がない。いくら食べても満足しない、苦しくもないのに叫ぶ、それと知らずに子供を産む、なにも望まず、なにも恐れない——。そんなことを本気で考える人間が大勢いて、そういった化石のようなおぞましい思想は、人間の障害者や認知症の老人にさえ向けられている。わたしはこれまで何度となく患者となった彼らと触れ合い、悲愴な訴えに耳を傾けてきた。

「しかし百歩譲っても……」青年は顎《あご》のあたりをさすってつづける。「君が小鳥や熱帯魚の心の病を治せるとは思えないな」

否定はしない。さすがに小鳥や魚の類は難しい。「わたしが診ることができたのは愛玩犬だけよ」

「伴侶動物《コンパニオンアニマル》のこと？」

「そう呼ばれることもあるわね。悲しいけれど」

「確かにコンパニオンなんて呼び方は変えたほうがいいかもしれない。人生の伴侶なんてたまったものじゃないし、人間の気まぐれな社会規範に従わせるのは苦痛なことだから」

わたしは饒舌《じょうぜつ》な青年に教えてあげることにした。

「愛玩犬の中には、自殺する犬がいるのよ」

「――自殺？　犬が？」と案の定、青年は意表を突かれた顔をする。

「犬だって正気を失うし幻覚を見るの。見えないものを追ったり、想像上の敵を怖がって攻撃もする。人間の世界に適応できないせいで自傷に走るんだけど、死ぬまで自傷をつづけるのが犬の自殺よ。大手の動物病院に行けばわかるわ」

「動物病院……」

「行ったこと、ないの？」

青年は首を横にふった。「いや、何度かあるよ。カルテを書いてもらうとき、ペットの名前に自分の名字がつくことに驚いた覚えがある。飼い主に甘やかされた自殺願望犬に対して、君はいったいなにをしてあげられたんだい？」

「残念だけど、助けられる犬は限られていた」

青年は宙を手で真横に切る仕草をして、「その境界線をどこで引くの？」と聞いてきた。

「助けることができたのは拒食症の犬よ。自傷の中でも、餌をまったく食べなくなる犬がいるの。そういう場合、他の犬が自分と同じものを喜んで食べている姿を見ると食欲が湧いてくるのよ」

首を傾げた青年が切り返す。

「他の犬に食べさせるといったって簡単じゃないだろう？ ただでさえ餌のローテーションやブレンドに苦労するんだ」

「わかっている。だから医者のわたしが目の前で率先して、美味《おい》しそうに平らげてあげるの」

「君が？」

「わたしがよ。味は問題じゃないの。対峙《たいじ》する医者が、残さず食べる姿を見せてあげることが大切なのよ。皿だって舐《な》める」

もともと薬を飲みたがらない子供や犬の前で、ひと口で飲み込んでみせるパフォーマンスはよくやっている。もちろん中身は栄養補助剤だ。

青年が目を大きくさせたので、わたしは見返す視線に自信を込める。

「……こんなわたしじゃ、プロと呼べないかしら」

青年はニヤリと笑い、片手で口元を覆った。忖度《そんたく》するような沈黙がつづき、やがてその手の指が動いた。

「十年のキャリアで、君が得たものを教えて欲しいな」

「この職業に必要な才能は三つあるわ」

「三つの才能？」

青年が静聴の姿勢をとってくれたので、わたしは昂然《こうぜん》とつづけた。これは大事なことだ。いわなければならないことだ。

「まずひとつ目は『なにもしない才能』。なにかしてあげられることがあるなんて思うのは、思い上がりなの。なにもしないことが必要なときのほうがたくさんあるの。それをみんな、知らなすぎる。

ふたつ目は『黙って聞く才能』。話したい人や吼《ほ》えたい動物は、相手の反応なんてどうでもいいの。ただ訴えたいだけなの。決していい返したりしては駄目。

三つ目は『性別を感じさせないパートナーとなる才能』。これが重要よ。相手が孤独に押し潰されそうなとき、性別ほどいらないものはないの。これができるかどうかで、プロフェッショナルかどうかが決まるわ。

この三つの才能を持つことで、はじめて患者の心に触れることができるの」

青年は浅く腕組みをして、相槌《あいづち》を打ちながら聞いていた。どこか遠くで擦《こす》れ合う木々の葉音がした。そのかすかな音がやむのと同時に、彼の口が薄く開く。

「……心に触れる？」

「患者の心はわからないけど、心に触れることなら医者にできる。最初にいったわ。わたしは症状を根拠に診断をするって」

「なるほど。君はそうやって人間の心を治してきた。犬の心も治してきた」

わたしがうなずいてみせると、青年は再びハナの遺骨が入った風呂敷包みのほうに目をやった。

「僕にはやっとわかったよ。君とハナはペットの主従関係じゃない。ハナは君の患者だったんだね」

ハナが……患者……

その通りだが、いまとなっては抵抗のある言葉だった。わたしの動揺を察したのか、青年が眉《まゆ》を顰《ひそ》める。

「どうしたんだい？」

「患者なんていい方はやめて。パートナーといってほしい。ハナとわたしは信頼関係を築くために、考え方から改める必要があったの」

4

園内の木々の葉を薙《な》ぐように風が吹き下ろし、目の前が翳ったので夜空に顔を上げる。

忽然と流れてきた雲が月と重なり、メリーゴーラウンドの木馬が判別つかなくなった。

「ここもまずくなったね。場所を移そうか」

暗闇から逃れる青年のあとを追い、緩やかな勾配の舗道を上っていった。ハナの遺骨が入った風呂敷包みは、わたしの代わりに青年が持ってくれた。

「ゴールデンレトリーバーはかわいそうな犬種だよ」

青年の後ろ姿から、だれにともなく語る声が響く。

かわいそう？

「人間が自然に反して、異種交配をくり返すことで意図的につくった犬なんだ」

自然に反する存在？

つくられた犬……？

そんな犬がいるはずはない。

断続的な息切れがして、ぽたりと落ちたものを凝視する。

傷口から出た自分の血だった。そうか。わたしは痛みを我慢して、ここまでたどり着いていたのだ。遠ざかる青年の後ろ姿がぐらぐらと揺れてくる。視界に現実がぼんやりと戻ってきたとき、自分が冷たいアスファルトに頬を寄せ、横たわっていることに気がついた。

けっこう長い時間、気を失っていたのかもしれない。目を覚ますと、わたしは傷んだベンチの上に寝かされていた。顔をゆっくり上げると、月光に洗われた青年の姿がある。

次の月映えの場所は、観覧車の真下だった。

鉄材が直線的に組み合わさった骨組みに、ワイヤーロープが蔦《つた》のように絡みついていた。円周に配置されたゴンドラが、熟れて落ちかけた果物に見える。

「あなたがここまで運んでくれたの？」

「君は重い」

「……ありがとう、ありがとう」

「君が歩んできた道も、とても重い」

見下ろす青年は悲しげな目をしてつぶやいた。

わたしはベンチの上で横たわったまま夜の中空を見つめた。

芝生に腰を下ろした青年は、ベンチに寄り添って話を再開してくれた。

「……ハナには親はいないんだね」

さして驚かなかった。青年はわたしの心が読めるのだと受け入れた。

「ハナが生まれる前に父親は死んで、母親は病気で引き離されたの。いつもひとりぼっちだった。常になにかに怯えていて、安息の場所なんてどこにもなかった」

「ゴールデンレトリーバーのしつけは、早くて生後二ヵ月くらいからはじまるんだよ」

青年の言葉にわたしは耳を傾ける。

「世の中には羊を追ったり、狩猟を手伝ったり、救助をするためにしつけを受ける犬はたくさんいる。それは犬の本能をうまく利用しているんだ。でもゴールデンレトリーバーの場合は違う。自らの意識と本能を殺して、献身的に人間に尽くすためにしつけられる。犬であることを忘れさせて、人間のために生きることを宿命づけられる。そんな犬は他にはいないよ。いまも、そのためだけに種の改良が行われつづけている」

「……ひどい話」

「ああ。ひどい話だ」

「ハナのまわりにいた人間はやさしくなかったみたい。物覚えの悪いハナは、ずっと虐待《ぎゃくたい》を受けてきて傷や痣《あざ》が絶えなかったの」

青年が黙って聞いている。わたしは自らの眼差しにぐっと力を込め、呻《うめ》くように洩らした。

「わたしもずっと孤独だったのよ。この街に越してきてから、心理療法士《セラピスト》という生き方に迷いを感じていた」

「迷い？」

「ええ。十年も経つとね、心の病を治す仕事は、患者に『必要とされるように思わせる職業』なんじゃないかって虚《むな》しくなるときがあるの。わたしはだれかを救えたの？　だれかを幸せにできたの？　本当の幸せってなんだろう。幸せって裕福で平穏な生活を送ることなの？　安らぎを求めることなの？　何度も自分に問いかけるようになった」

「君は虐待を受けてきたハナと出会って、そのこたえを見つけたのかい？」

「わたしが見つけたこたえは納得できること」

「納得って？」

「正しくても間違っていても、自分がやってきたことに対して、心の底から納得できるかどうか――」

「つまり幸せは、他人ではなく自分自身が決めることだと？」

「そうね……」だんだん意識が混濁してきた。はっきり喋れるうちに、わたしは青年に真実を伝えなければならない。「……はじめてハナと出会ったときのことを話すわ。あの子はひどく怯えていて、いまにも嚙《か》みつきそうな形相をしていたの。みんなに注意されていたのにもかかわらず、無防備に近づいたわたしは、いきなりあの子に嚙みつかれて怪我を負ってしまった」

青年の表情に変化はなかった。ただ一言、「救いようのない莫迦犬だね」

「まわりのみんなもそう思っていたのかもしれない。だから一日も早くわたしが元気になって、みんなを安心させて、ハナを救ってあげなければならなかった」

「君は怪我を負わされても、ハナを救ってあげようとしたのかい？」

「本音をいうと、再び面会する直前まで足が震えていた。でもハナはね、元気になったわたしの姿を見て、自分がしてきたことをいっさい忘れたかのように抱きついて甘えてきたの。わたしを入院までさせたハナは、こんなにも弱くて脆《もろ》い身体をしているって、そのことを肌で知ったの。ハナはわたしの目を見て、はっきりこう訴えたわ。もうあなただけなの。お願い、私を受け入れて――って」

ようやくいえた。話しながら胸に去来するものは、日向《ひなた》に出られたような穏やかな気持ちと満足感だった。

「……驚いた。人間と犬がそこまで通じ合うなんて」

「いま考えれば、まともな医者と患者の関係じゃなくなっていた」

「友人として？」

「違うわ」

「母親代わりとして？」

「……違うの」

「じゃあ、どんな関係なんだい？」

「わたしがいる限り、あの子は孤独にならない。あの子がいる限り、わたしも孤独を感じない。はじめて会ったときから、この広い世界の中で一緒に生きて一緒に死ぬんだって決めていた気がするわ。わたしとハナが出会ったのは、お互いの傷を舐め合って誤魔化すためじゃないの。再び生まれ変わるために出会ったのよ。だからわたしたちの絆《きずな》に、友人とか、母親代わりだとか、おかしな名前をつけないでほしい」

青年は目を伏せて、自分の考えに沈み込んだような声を出した。

「君たちは孤立していたんだと思う」

「ううん。孤立じゃない。だれにも相談しなかっただけ」

どこかひどく痛むのか、青年は顔をゆがめていた。

「どうしてそんな顔をするの？　わたしはハナの寝息を聞くだけでも満たされていたし、それはハナも同じだった」

「しかしハナは君より先に逝《い》ってしまった」

青年の長い指が、ハナの遺骨が入った風呂敷包みにそっと触れる。

「ええ……。ハナは重い病気にかかって先が長くなかったの。ハナが苦しむ姿は、見ていて辛かった。迫りくる死に怯えて徐々に精神もおかしくなっていったから」

「君がそばにいてあげたんだろう？」

「ずっとそばにいたわ。どんなことをされても尽くしてきた」

「ハナの最期を看取ったのは君かい？」

「……もちろんわたしよ。ハナを看取れるのは、この世でわたししかいない」

「ハナは最期まで君と一緒にいられて幸せだったの？」

「幸せだったはず。だってハナの望んだ通り……楽に……」

「楽に？」

「最期はハナが望んだの……」

「なにを？」

「楽になりたいって……だから……」

なにかを悟ったように青年は後方にのけぞる。

「まさか君が」

「……そうよ、そうよ……わたしが……ハナを……」

青年は音もなく立ち上がると、ベンチの上で横たわるわたしを見下ろした。

「君の話を聞いて、森鷗外《もりおうがい》の『高瀬舟《たかせぶね》』を思い出したよ。日本で最初に安楽死を紹介した小説だ。病気の弟の自殺を手助けする兄の苦悩の姿が描かれている。君の場合は人間と犬の関係だ」

「ハナのことを一番よくわかっているのはわたしなの。ハナは近づく者、目に入る者、だれかれ構わず攻撃するようになった。わたしだけならまだしも、関係のない小さな男の子や女の子にまで襲いかかろうとした」

青年が呼吸をとめる気配がした。わたしの顔にあった彼の視線が足の先まで移動する。

「……いままでずっと触れなかったけど、君の身体の怪我は？」

「聞かないで」

それ以上、説明する言葉を持たなかった。

「最後にひとつ。君はどうやってハナを楽にしてあげたんだい？」

「簡単よ。跡が残らないようバスタオルを使うの。バスタオルを上手く処理できれば、だれもわたしの仕業なんて気づかない。仮に気づいたとしても、だれも指摘なんてできやしない」

「それはそうだ。君はみんなに信頼されている先生だからね」

青年の顔が園内の南のほうを向いた。ひび割れたアスファルトがめくれ上がり、可憐な花を咲かせている。

きっとあの向こうに秘密の霊園があるのだ……

もうすぐ着く。わたしは気力を奮い立たせてベンチから身体を起こした。

5

荒廃の進んだ遊園地の廃墟の中で、その場所だけは幻視的な風景をわたしに与えてくれた。

いまだかつて見たことのない美しい庭園だった。曲線を多用して、所々が円形の逆すり鉢状に盛り上がっている。そんな高低差のある敷地に、さまざまな種類の花が咲き乱れていた。花びら自体が闇に浮かんでいるようで、風がないのにいっせいに揺れたとき、思わず呼吸をとめて見入ってしまう凄《すご》みがあった。

「もとは迷路《メイズ》と回廊《コリドール》でできた整形式庭園で、二万株以上のバラを集めたバラ苑だったんだよ。はじめは円墳《えんぷん》や群集墳をつくろうとしたんだけど、それがいつの間にか小さな丘と谷をイメージした庭園になってしまった」

青年は歩きながらわたしに説明してくれる。

「小さな丘にはね、それぞれ名前をつけてあるんだ。ピュグマリオン、ガルム、イシス……」

ピュグマリオンの丘には子供に恵まれない夫婦が溺愛した猿、ガルムの丘には狩猟中に命を落とした猟犬、イシスの丘にはビルの改修工事で巣ごと土嚢袋《どのうぶくろ》に入れられたツバメのヒナを埋葬したという。どれも悲しい話だった。

「ほら、着いたよ。ここだ」

見たことのない花が咲く丘の前で立ちどまった。長い蔓《つる》が地面を這い、時計の文字盤に似た花弁が開いている。

「めずらしいかい？」

「……うん」

「たぶん君がはじめて見る花だと思う。時計草というんだよ」

「時計草？」

「トケイソウ科、パッシフローラ属、蔓性多年草。花言葉は『信ずる心』」

「信ずる……心……」

ハナに相応《ふさわ》しいと思った。報われた気がして、わたしをここまで支えてきたものが急速に脱《ぬ》けていく。

「ありがとう、ありがとう……。ここに……埋葬してくれるのね」

ところが青年の反応は違った。

「実は僕もカウンセリングをしていてね、その結果で埋葬する丘を選んでいる」

「……わたしと同業者？」

「同業者じゃない。君のやっているセラピーとは違う」

「え……」

「僕は、この丘を『カマラとアマラ』と名付けた」

カマラとアマラ。

わたしはその言葉を反芻《はんすう》した。不思議な響きを持つ丘の名前……

深い夜の静寂の中に吸い込まれそうな声で、青年は淡々と話しはじめる。

一九二〇年にインドのミドナポールで起きた悲劇の話。

村に噂が流れた。夜な夜な化け物が村を襲うという噂だった。化け物は二匹で、大きな頭を持ち、狼《おおかみ》を数頭引き連れている。

村では実際に食べものや家畜が奪われていた。

村人の要請を受け、英国国教会の伝道師で孤児院の院長を務めるシング牧師が山狩りをした。数日間に亘る苦闘の末、ついにその化け物を追いつめることに成功した。

そのとき狼たちは殺されたが、二匹の化け物は殺されなかった。

化け物の正体がふたりの人間の少女だったからだ。かわいそうに、狼に育てられた少女だった。九歳と、たった二歳の少女。

牧師はふたりの少女をカマラとアマラと名付けた。牧師は彼女たちを人間社会に順応させるべく、大変な努力をしたが、アマラはとうとう人間に順応せずに一匹の獣として十一ヵ月後に死亡した。カマラは人間を多少受け入れ、いくつかの言葉も覚え、教会にもいくようになったが九年後に尿毒症で死亡した。

カマラとアマラの物語の終わりを告げるように、丘に群れ咲く時計草の花がさざめいて揺れる。

両手を広げた青年の声が響いた。

「この話はね、動物も人間も、自分の属する種の認識を持たずに生まれることを証明している。種族の認識は『刷り込み』と呼ばれる学習行動によって得られるんだ。君は怪我や病気、精神的なダメージを受けた人たちに安らぎを与えて心と身体を癒してきた。いつからか君は、自分が医者だと誤解するようになった」

「……誤解？」

「君に、この丘に咲く時計草の花の色がわかるかい？　君の目に、遊園地の施設の色が映ったかい？」

色……色ってなんなの？

「だからなに？」わたしは最後の力をふり絞って声高に叫ぶ。「なぜ早く埋めてくれないの？　わたしの目が開いているうちに、早く埋葬してちょうだい！」

青年は静かに首をふってこたえた。

「許可なく人骨を埋めることは法律に反することなんだ。わかってくれるだろうリサ？　だからハナはここに埋められない。ここに埋葬するのは君なんだよ」

「ああ……」

わたしはとうとう力尽きて倒れた。わたしの折れた耳に、青年の唇が近づく気配があった。

「君が教えてくれた『三つの才能』は、『従順なる犬』の才能だ」

薄れゆく意識の中で、よみがえる光景があった。

病室で精神がおかしくなったハナ。

（リサ、愛してる、あなただけなの、殺して――）

ハナの願いでわたしはバスタオルを使った自殺幇助《ほうじょ》をした。ハナはバスタオルを自分の首に巻き、端をベッドの頑丈な柵《さく》に縛りつけた。もう一方の端をわたしが嚙みしめ、ハナに請《こ》われるまま力の限り引っ張った。セラピー犬のゴールデンレトリーバーが殺人を犯した。どうしてみんな、そんな汚い言葉を浴びせるのだろう。捕らえられたわたしはひどい仕打ちを受け、命からがら脱走し、ハナの葬儀を襲撃した。そして遺骨と遺灰の入った風呂敷包みをくわえて遊園地の廃墟にたどり着いた。フェンスをくぐり抜けた時点で、わたしの命はほとんど燃え尽きていたのかもしれない。

それでも噂と希望をよすがにした。

動物の訴えに耳を傾けてくれる墓守の青年と会うために――

重く沈みかけたまぶたの向こうで、青年の輪郭がぼやけて見えた。昔、聞いたことがあった。犬の種族の目は二色型色覚。犬が見る世界に色という概念はない。涙があふれた。涙……。人間の証《あかし》。ほら、見て。

「いまごろ君を金子という名字のハンドラーが探している」

「……ハンドラー？」

「調教者」

「調教？　違う。わたしは医者よ。医者として生まれて、医者として死ぬの」

「君をそうさせたのは人間だ」

「わたしも人間よ。人間が好き。好きなの。お願い……。わたしとハナを一緒に埋めて」

「それはできない」

青年はわたしの首からスカーフを外した。手にしたスカーフを眺める彼の表情に、わずかな変化の兆《きざ》しがあらわれる。

まだハナの意識がしっかりしていて、誕生日を一緒に過ごしてくれる余裕があった頃――

わたしとハナがはじめて出会った日。それがふたりの誕生日。ハナはわたしの首にスカーフを巻いてくれた。街のフリーマーケットで、はしゃぎながら一生懸命選んだものだった。ハナは何日もかけてわたしの名前を刺繡《ししゅう》した。

青年はスカーフを半分に引きちぎる。

刺繡のあるほうがハナの骨壺の中に入るのを見届けてから、わたしは丘の上で息絶えた。

母の務め

曽根圭介

1

私の人生、今がいちばん幸せかもしれない。

バスの車窓に流れる景色をぼんやりと眺めていたとき、ふとそんな考えが脳裏をよぎり、田丸美千代《たまるみちよ》は苦笑した。

もし人に聞かれたら、きっと頭がおかしくなったと思われるだろう。何しろ私は、末期癌《がん》患者の妻で、しかも死刑囚の母親なのだから。

幸せという言葉は適当でないにしても、今は夫に気兼ねなく好きなことができる。そして何より、中学生のころから、ろくに口もきいてくれなかった息子が、私が会いに行くのを心待ちにしていてくれる。世間で思われているほど、私は不幸じゃない。

斜め前の座席に座っている女子高生が、スマートフォンをいじっていた。周りのことなどまるで目に入らぬ様子で、くすくす笑いながらすばやく指を動かしている。

そうだ、スマホを買おう、と美千代は思った。以前から欲しかったのだが、夫が、「贅沢《ぜいたく》だ。どうせお前には使いこなせない」と許してくれなかったのだ。夫は彼女のことを、機械音痴だと思い込んでいる。ＨＤＤレコーダーの留守録機能も使えない愚かな女だと。だが美千代は、むしろ機械や新しい技術に興味がある方で、電化製品を買い替えたときには積極的に新機能を使ってみるし、大型家電量販店などを見て歩くのも好きだった。

バスの前方に、コンクリートの高い塀《へい》が見えてきた。次の停留所名が車内にアナウンスされるのを待って、美千代は停車ボタンを押し、ハンドバッグから財布を出した。財布のカード入れには、交通系ＩＣカードと並んで、昨日届いたばかりの真新しいクレジットカードが収まっている。それは美千代が六十二歳にして初めて持った、自分名義のクレジットカードだった。

純《じゅん》は椅子《いす》に腰を下ろすなり、ふてくされた顔で爪を嚙《か》み始めた。部屋に虫がいたとか、食事に苦手な物が出たとか、何か気に食わないことがあったのだろう。彼は子供のころから気分の浮き沈みが激しく、感情がそのまま顔や態度に出る。拘置所での暮らしが長くなるにつれ、その傾向はより顕著になっていた。

「このあいだ差し入れた本、読んでくれた？」美千代は努めて明るく訊《き》いた。

純は首を振った。「あんな字がびっしりの本、読む気になんねぇよ。知らねぇ漢字もいっぱいあったし」

「あらそう。ごめんなさい。次は、もっと読みやすい本にするわね」

「本なんかいいから、スマホにしてくれよ」

「分かってるでしょ。それは無理なの」

「ったく。スマホぐらい、いいじゃねぇか。ケチくせぇな」

美千代は、彼の背後にいた刑務官に目をやって注意を促《うなが》した。すると純は、振り返って刑務官をひとにらみしてから、「スマホ使って脱走でもするってのかよ。バカじゃねぇの」と、さらに悪態をついた。

純のこうした態度はいつものことなので、刑務官は眉一つ動かさない。

「今日は、お父さんも一緒に来るつもりだったんだけどね」美千代は話題を変えた。「急に検査が入っちゃったのよ。お父さん、とってもガッカリしてた」

「親父《おやじ》、どうなんだよ」

「心配ない。近ごろは容体も安定してるから。次は必ず連れてくるわ」

「無理しなくてもいいんだぜ。どうせ、あの世で会えるんだから」

「縁起でもないこと言わないで。お父さんは、ああいう病気だけど、あなたは再審請求が認められれば――」

「そんなことマジで信じてんのかよ。あー、めんどくせぇ。どうせ殺すなら、さっさとやってくんねぇかな」と言って、純はまた刑務官をにらんだ。

「希望を捨てちゃだめ。あなたは柴山《しばやま》に騙《だま》されて手を貸しただけで、死刑になるようなことは何もしてないの。悪いのは全部、柴山で、巻き込まれたあなたも被害者みたいなものなんだから」

聞き耳を立てている刑務官を意識して、美千代は声を張った。

拘置所の一役人に再審請求の成否を決める権限がないことくらい、司法制度に疎《うと》い美千代にも分かっている。しかし何かの偶然で、この会話が裁判所の耳に届くことがあるかもしれない。今は、どんな小さな可能性にも賭けてみることだ。

「山岡《やまおか》先生も、あなたの刑は重すぎるとおっしゃってたわ」

「また手紙を書けなんて言い出すんじゃないだろうな。二度とごめんだぜ」

純は以前、被害者の遺族宛てに毎月一通、謝罪の手紙を書いていた。一審で依頼した弁護士に、死刑判決を回避するためにそれが有効だと言われたからだ。しかし、極刑を免《まぬか》れることはできなかったばかりか、判決が出たとたんに純が手紙を書くのをやめてしまったために、被害者側から、手紙は法廷戦術にすぎなかったと糾弾《きゅうだん》されることにもなった。

「山岡先生は、前の先生とは違うわ」

「弁護士なんかどれも一緒だよ」

「いいえ。先生はきっとあなたを救ってくださる」

純は、フンと鼻を鳴らしてそっぽを向いた。

山岡は、死刑制度に反対している人権派の弁護士で、過去に冤罪《えんざい》事件を手掛け再審で無罪を勝ち取ったこともある。

純は、美千代の前では強がって憎まれ口を叩《たた》くが、山岡が頼みの綱であることを分かっていて、先月の接見の際には、「先生、死にたくない。助けてください」と、すがりつかんばかりに泣き崩れ、ろくに話もできなかったという。

「姉さんから、まだ連絡ないの？」

「ええ。ないわ。電話一本だけでもくれたら、安心できるんだけどね」

「サツに言えばいいじゃないか」

「陽子《ようこ》の場合は成人だし、置手紙もあったでしょ。警察に届けても、ただの家出と判断されて、探してはくれないんですって」

「姉さん、まだ俺のこと恨《うら》んでるかな」

「さあ、それは、どうかしら」

美千代が否定するのを期待していたらしく、純はムッとして語気を強めた。「もう五年も経《た》ったんだぜ。いいかげん許してくれたっていいだろ」

「陽子の気持ちにもなってあげて。二ヵ月後には式を挙げる予定だったのよ」

「俺が何をしようと、姉さんには関係ないじゃないか。あの男は、しょせんそんな奴だったのさ。結婚する前に本性を暴《あば》いてやったんだから、俺に感謝してほしいくらいだね」

美千代はため息をついた。

純の露悪的な態度が、歪《ゆが》んだ愛情表現だと分かってはいるが、陽子のことを思うと、情けなさが込み上げてくる。

陽子の婚約者は、信州にある老舗《しにせ》旅館の跡取りだった。陽子も結婚後は若女将《わかおかみ》として夫を支える心づもりで、交際中から何度も信州に足を運んでは旅館の仕事を手伝っていた。彼の両親もそんな陽子を気に入り、息子との結婚を手放しで喜んでいた。しかし純が逮捕されると、若女将が犯罪者の親族では外聞が悪いと両親は態度を一変させ、婚約者も当初は、ぼくの陽子さんに対する気持ちは変わりませんと言っていたが、やがて婚約を破棄したいという内容の手紙を、雀の涙ほどの手切れ金とともに送ってきた。

「姉さん、親父が癌だって知らないんだろ。教えてやらなくていいのかよ」

「そりゃ母さんだって、できることならそうしたいけど……」

「親父が反対してんのか」

美千代はうなずいた。

「ったく。かっこつけやがって。どうせ本音では姉さんに会いたいくせに。くたばるときになって後悔しても遅いんだぜ」

「そういう言い方はやめて」

「姉さんだって、親父が生きてるうちに会いたいだろ。親父が何と言おうが、知らせちまえばいいんだよ。手遅れになったら、後で姉さんに恨まれるのは母さんだぜ」

「でも、連絡する方法がないから……」

「探偵でも何でも使って探し出せばいいだろ」

「お父さんに、もう一度、相談してみるわ」

純はアクリル板越しに美千代の顔をじっとにらんだ。そして独り合点《がてん》したように何度かうなずくと、「ホントは分かってんだろ」と言った。

「え？」

「姉さんの居場所だよ」

「知らないわよ」

「嘘《うそ》つけ。前からおかしいと思ってたんだ。こんなに長い間、行方不明なのに真剣に探そうとしてないからな」

「だから言ったでしょ。お父さんが――」

「姉さんを、ここに連れて来たくないからか。それとも、姉さんが俺に会いたくないと言ってんのか。どっちだっていいや。どうせみんな、俺のことなんかどうでもいいんだ。死んだ方がいいと思ってんだろっ」

「そんなことない。だからこうして面会にも来てるでしょ」

そのとき刑務官が立ち上がり、面会時間の終了を告げた。

「もうちょっと、いいだろっ」と、純は食ってかかった。

刑務官は首を振った。「立ちなさい」

しかし純は従わなかった。刑務官が腕を取ると、純は体をよじってその手を振りほどいた。「触んなよっ」

「純ちゃん、よしなさいっ」

刑務官が再び純の二の腕をつかむ。純は立ち上がりざま彼を突き飛ばした。刑務官が、よろけて壁に背中をぶつけると、その音で異変に気づいた別の刑務官が面会室に飛び込んでくる。純は抵抗したが、たちまち床に組み敷かれた。そして二人の刑務官に丸太のように抱きかかえられ、部屋から運び出されていった。


美千代は、拘置所の帰りに夫が入院する病院に立ち寄った。彼女は面会室でのことを、すべては夫に話さなかった。特に純との別れ際に起きたことは。

医者からは、今は容体が安定しているが、いつ急変してもおかしくないと言われている。夫は純のことで、もうじゅうぶん苦しんだ。人生の最後くらい、安らかに過ごさせてあげたい。

靖男《やすお》は、ベッドの上で上体を起こし、全力疾走をした後のような荒い息をしながら妻の話に耳を傾けていた。病室の窓から見える空には厚い雲が垂れ込め、時おり落ちてくる雨粒がガラスに当たり水滴の筋を作った。

「あいつは、どうして急に陽子を探せなんて言いだしたんだ」

「たぶん、謝りたいんでしょう。陽子がまだ自分のことを怒っているかと、しきりに気にしてましたから」

「謝れば許してもらえるとでも思っているのか。まったく、あいつは――」

靖男は、体を屈《かが》めて苦しげに咳《せき》をした。

「大丈夫ですか」

美千代は立ち上がって夫の背中をさすった。パジャマの上からでも背骨やあばら骨の感触が掌《てのひら》に伝わってくる。

あれほど付いていた筋肉や脂肪はいったいどこに消えてしまったんだろう。昔はダイエットが必要なほど恰幅《かっぷく》のいい人だったのに。

化学療法の影響で髪もすっかり抜け落ちたため、靖男の容貌は、社長として精力的に動き回っていたころとは別人のように変わっている。

靖男は以前、〈田丸製作所〉という従業員五十名ほどの町工場を営んでいた。会社の業績は、創業以来、常に右肩上がりで、彼の経営手腕は高く評価されていた。しかし五年前、純が逮捕されると、靖男は社長の座から退き会社も人手に渡した。銀行や取引先には強く引き留められたが、彼は聞く耳を持たなかった。一人息子と自社の従業員が、誘拐殺人という凶悪事件を引き起こしたことに対する、それが彼なりの責任の取り方だったのだ。

もし社長を続けていたら、夫は癌にはならなかったのではないか。美千代は時おりそう思うことがある。二十八歳のときに靖男が独りで立ち上げ、苦労して育て上げた〈田丸製作所〉は、彼の分身であり生きがいだった。寡黙《かもく》でプライドが高い人なので愚痴《ぐち》や泣き言はけっして口にしなかったが、靖男は引退してから目に見えて老け込んだ。毎年受けていた人間ドックもやめてしまい、咳が止まらなくなって医者に診てもらったときには、すでに手遅れだったのだ。

「純は、私たちが陽子の居場所を知っているんじゃないかと疑ってます」

「お前、何か言ったんじゃないだろうな」

「いいえ。私からは一言も……。やっぱり、陽子のことは、純に教えない方がいいですかね」

「決まってるだろ。純にだけじゃないぞ。誰に対してもそうだ。もう陽子とは縁を切った。赤の他人だ。どこにいるかも知らないし、今後一切、会うこともない。親戚にもそう伝えてある。俺が死んでも、陽子には知らせる必要はないからな」

「でも……。あなたは本当にそれでいいんですか」

「いいも悪いもない。親として、俺たちが陽子にしてやれることは、それだけしかないんだ」

鬼気《きき》迫る眼差《まなざ》しでそう言われ、美千代は黙るしかなかった。

2

西本文彦《にしもとふみひこ》は部屋に入ると、いつもどおり鼻をクンクンさせて臭《にお》いを確かめた。

臭いはしなかったが、大型フリーザーが放つ熱気が室内にこもっている。文彦は窓を全開にしてキッチンとバスルームの換気扇を回した。初秋のさわやかな風が鳥の声とともに吹き込んできて、澱《よど》んだ空気を押し出していく。広さ三十平方メートル足らずのワンルームマンションなので換気にはさして時間はかからない。文彦は再び窓を閉めると、床にあぐらをかいた。

この部屋に来るのは一週間ぶりだった。仕事が忙しかったこともあるが、しばらく距離を置いて善後策を考えたかったのだ。しかし、いまだ妙案は浮かばない。

神仏にすがったこともある。だがいくら祈っても、ある日突然、フリーザーが跡形もなく消えるなどという奇跡は起きなかった。

やはり自分でどうにかするしかないのだ。

決断を先送りし続けることは、経済的にも難しかった。この部屋の家賃がいくらなのか知らないが、周囲の相場から判断して、おそらく五万円は下らないだろう。文彦の月給は、夜勤や残業が多いときでもせいぜい手取り二十二万円といったところで、そこから方々に作った借金を返済し、同居する母親に食費として六万円を渡している。フリーザーを置いておくだけのために、セカンドハウスを持ち続ける余裕などない。

文彦は、壁際で存在を誇示するフリーザーに目をやった。本体の上にふたが付いているストッカー型で、横幅は一メートル二〇センチ、容量は三七〇リットルもある。

フリーザーを部屋に運び込むときには苦労した。持ってきた宅配業者が手伝うと言ってくれたが、斎藤美香《さいとうみか》の死体が風呂場にあったので、断らざるをえなかった。彼女をフリーザーに入れるときにはさらに大変だった。死後硬直という言葉はドラマなどで耳にしたことはあったが、まさかあれほど硬くなるとは思わなかった。かなり強引に押し込んだから、骨が折れたり関節が外れたりしたかもしれない。どうにかやり遂《と》げたときには、立ち上がることもできないほど精も根《こん》も尽きていた。

今、冷静になって考えると、まだ軟らかいうちにスーツケースに詰めて人里離れた山にでも捨てに行くべきだった。しかし、あのときは気が動転していたこともあり、三階にあるこの部屋から路上に停めた車までの距離がとてつもなく長く思え、死体を運び出す気にはなれなかった。それでも、腐らせたらまずい、ということには気が回り、美香が亡くなって一時間もしないうちに大型フリーザーをネットで注文していた。

仕事柄だろうな、と文彦は思った。彼の勤め先は仕出し弁当の製造工場で、鮮度管理は、食品を扱う者なら常に注意を払うべきことの一つだ。

そのとき、文彦のスマホにメッセージが届いた。

――夕飯はうちで食べるの？

母親からだ。

〝食べる〟と返すと、〝帰りは何時？〟と訊いてきた。〝七時ごろかな〟〝食べたい物ある？〟〝何でもいい〟〝その答えがいちばん困るのよね〟

母親はしつこく返信してくる。先月の彼女の誕生日に、スマホをプレゼントしてメッセージアプリの使い方を教えたことを少し後悔しつつ、文彦はやり取りを続けた。

西本家は母子家庭だった。文彦の父親は、彼が二歳のときに交通事故で亡くなっている。母親はそれから、パチンコ店に勤めながら女手一つで彼を育て大学まで出してくれた。三年前に還暦を迎えたが、今も最低時給に近い給料でビル清掃員として働いている。

ぼくがもっとしっかりしていれば、母さんに楽をさせてあげられるのに。

母親の疲れた表情を見たり、仕事の愚痴を聞かされたりするたびに、文彦は自分の不《ふ》甲斐《がい》なさを呪った。

彼は来年、三十歳になる。以前は地元の信用金庫に勤めていたが、人間関係のトラブルから心のバランスを崩して退職した。その後、二年ほどの自宅療養を経て今の会社でアルバイトを始めた。昨年、真面目《まじめ》な仕事ぶりが認められて正社員として採用され、現在は主任の肩書も付いて工場の一つを任されている。工場と言っても物置に毛が生えた程度のプレハブ小屋で、常駐する社員は彼一人しかいないが、文彦はそこで毎日、十名ほどのアルバイトを使って企業や斎場に配達する弁当を作っていた。正直、やりがいを感じたことはなく、辞めたいと思うことはしょっちゅうだ。しかし、もう夢を追う年齢でもないし、何より母親が、彼が働いていることを喜んでいる。自宅療養中はずいぶん心配と迷惑をかけたので、よほど条件の良い転職先が見つからない限り、今の職場でがんばるつもりだった。

〝じゃあ、今晩の夕食はカレーに決定！〟〝了解。なるべく早く帰ります〟〝ポークカレーだよ。しかも肉は少なめ。給料日前だからね。(笑)〟

もちろん母親は、美香のことを知らない。文彦は、彼女にプロポーズしてＯＫがもらえたら、サプライズで紹介するつもりでいたので、母親に美香のことを話したのは、彼女を面接した日の一度きりだった。

「申し訳ないですけど、マスク、とってもらえませんか。いちおう採用面接なんで」

文彦が言うと、美香は、「あっ。すみません」と謝り、むしり取るようにしてマスクを外し、目深《まぶか》にかぶっていたキャップも脱いだ。

その瞬間、ビビッと背中に電流が走ったことを、文彦は今も生々しく覚えている。しゅっとしたシャープなあごのラインと小さな口。それまで見えていた顔の上半分と同様、下半分も申し分なかった。

文彦は心中ほくそ笑んだ。残り物には福がある。急いで決めなくてよかった。

今回の募集で応募してきたアルバイト希望者は六人。文彦はそのうち五人の面接をすでに終えていたが、眼鏡にかなう者は一人もいなかった。

工場でアルバイトがする仕事は、本社のセントラルキッチンで調理した総菜やライスを弁当箱に詰めて包装するだけだ。技術や経験などは必要なく、これまで面接した五人（いずれも近所に住む主婦、年齢は四十代から六十代）の誰を雇っても、業務面では特に支障はなさそうだった。しかし文彦が求めているのは、もっと将来性のある人材だ。条件を挙げると、年齢は二十三歳から三十歳、明るく優しい性格で、子供や料理が好きな良妻賢母型、容姿にはさほどこだわらないが、良いに越したことはない、でも派手なタイプはNG、そしてもちろん独身。

公私混同のそしりを免れないことは、文彦も重々承知している。しかし、安月給でこき使われているのだからそれくらいの役得は許されるはずだと割り切っていた。街角でナンパする度胸などない彼にとって、職場は唯一の出会いの場なのだ。

「これまでに、うちみたいな仕事をした経験はあります？」

「お弁当屋さんはありませんけど、製菓工場でなら働いたことがあります」

「そこではどんな業務を？」

「製造に検品、配送の仕分けもやりました」

面接の間、美香は一度も目を合わそうとせず、質問に対する答えも最小限だった。通常なら、消極的、覇気《はき》がないとマイナス評価するところだが、彼女の場合は、出しゃばらず慎《つつ》ましい性格、と好意的に解釈した。履歴書によれば年齢は二十九歳。最も気になる家族欄には何も書かれていない。薬指にリングがないことは、とうに確認済みだった。

文彦は逸《はや》る気持ちを抑え、質問をひととおり終えてから、さりげなく切り出した。

「ご結婚はされてます？」

「いいえ」

イエスッ！　文彦は心で快哉《かいさい》を叫んだ。ニヤケてしまわぬよう歯を食いしばる。

初対面の印象は大事だ。軽薄な男だと思われたくなかった。文彦はしかめ面《つら》で彼女の履歴書をにらみ、あれこれ検討しているふりをした。通常は、面接したその場で即決することはないのだが、もたもたしていると、彼女は他のバイト先を見つけてしまうかもしれない。

文彦は、威厳を損なわぬほどの笑みを浮かべて彼女に採用することを告げた。

「で、いつから働けます？　当社としては、早ければ早いほどありがたいんだけど」

西本家の夕食では、通常、しゃべるのは母親で、文彦はもっぱら聞き役だ。しかしその日は、彼の方が饒舌《じょうぜつ》だった。

「あの人なら、ゆくゆくは社員登用もありだよ。様子を見て、ぼくの方から社長に推薦してもいいと思ってる」

「でも若いんでしょ。長続きしないんじゃないの」

「彼女は大丈夫だよ。すごく真面目そうだし、やる気もあるみたいだった。とにかく、これまで応募してきた連中とは、全然、違うんだ」

「そんなにいい人なら、一度、食事にでも誘ってみたら?」

母親に魂胆《こんたん》を見透《みす》かされたような気がし、和彦はドキリとした。

「ぼくは、あそこの責任者だぜ」

「そんなこと関係ないだろ。うちの係長だって、奥さんは元アルバイトだよ。あんたは、ただでさえ奥手なんだから、いい子がいたら積極的にいかないと、一生、結婚できないわよ。お母さんだって、そろそろ孫の顔が見たいわよ」

文彦も、できればその願いをかなえてやりたかった。実は以前、少しの期間だけ婚活サイトに登録していたこともある。二人の女性を紹介されたが、どちらも一度会っただけで二度目のデートは先方から断られた。婚活サイトのカウンセラーによれば、文彦の場合、年収、そして親と同居という条件がネックになっているという。せめて後者を考え直してみたら、とカウンセラーに提案されたが、文彦は譲るつもりはなかった。母子家庭で育ったせいか、親孝行したいという思いが人一倍強いのだ。

斎藤美香はどうだろう？　彼女なら同居も受け入れ、母親のことを大事にしてくれるのではないか。

その希望的観測は、頭の中で繰り返し検討されるうち、文彦の中でいつしか確信に変わっていた。

太陽が西に傾き、窓から差し込んだ陽光が大型フリーザーの側面に達した。ひっそりした室内にコンプレッサーが発するブーンという低いうなり音が響いている。

文彦は立ち上がってカーテンを閉めた。

「ぼくはね、君のことが大好きだったんだよ」

フリーザーの上には、小さな赤いバラの鉢が載っていた。根はついていないが、プリザーブドフラワーなので買ったときと変わらぬみずみずしさを保っている。

「本気で結婚を考えてたんだ。聞いてるか、美香」

文彦は床に腰を下ろすと、膝《ひざ》を抱えて天を仰いだ。

「こんなことになっちゃって……。ぼくは……、どうすればいいんだよ」

3

玄関で呼び鈴《りん》の音がした。居間で横になってテレビを見ていた美千代は、ハッとして上体を起こした。来客の予定はない。誰だろう？　呼び鈴が鳴ると身構えてしまう習性は、事件から五年経った今も体から抜けていなかった。純が逮捕されたときは、昼夜を問わず押しかけてくるマスコミに悩まされ、呼び鈴のスイッチを切って電話線も抜いていた。それでもしつこく戸を叩く記者や、前の道から大声で呼ばわるレポーターが後を絶たず、しまいには誰も来ていないのにノックやベルの音が四六時中、耳鳴りのように聞こえるようになった。

呼び鈴を鳴らしたのは宅配便業者で、届いた荷物は、テレビの通販チャンネルに注文したフードプロセッサーだった。どうしても必要というわけでもなかったが、販売員の巧みな説明と実演を見ているうちに欲しくなり、つい買ってしまったのだ。特に心惹《ひ》かれたのは、〝魚や鶏手羽の骨まで砕くハイパワー〟という宣伝文句だった。二ヵ月前に受けた健康診断で、骨密度が低く骨粗鬆症《こつそしょうしょう》になる恐れがあると注意されてから、美千代は意識的に乳製品や魚を摂るようにしていた。このフードプロセッサーを使ってイワシを骨ごと磨り潰《つぶ》してつみれにすれば、もっと効率的にカルシウムが摂取できる。

以前、美千代は、健康にさほど関心がなかった。とりわけ純の事件以降は、いつ死んでもいい、むしろ早く死んでしまいたいとすら思っていた。しかし今は、テレビの健康関連番組は欠かさず見るようにし、スポーツジムにも入会した。変わったきっかけは、靖男が余命宣告されたことだ。今後は夫を頼れない、私が純を支えるしかないのだという自覚が芽生え、生きることに前向きになったのだ。

これまでの美千代の人生は、夫の添え物でしかなかった。町工場を営む田丸靖男と見合い結婚したのは三十七年前、彼女が二十五歳のときだ。以来、二人は夫唱婦随の典型のような夫婦だった。靖男がワンマンな性格だったこともあるが、美千代も生来、引っ込み思案で受け身なタイプで、夫の決めることにけっして異を唱えなかった。彼女は家事をしながら昼は工場の事務員として働いた。始業前の掃除や、寮で暮らす独身従業員のために毎日賄《まかな》いを用意するのも彼女の仕事だった。三十代になるとそれに育児が加わり、四十代のときには姑《しゅうとめ》の介護も担った。よく働いた。そのころを振り返って美千代は思う。それだけ働いても身内だから給料はもらえなかった。家計も靖男が管理していたので彼女の自由になるお金はなく、欲しいものがあるときには、夫にいちいちおうかがいを立てねばならなかった。

フードプロセッサーの梱包《こんぽう》を解きながら、ふとテレビに目をやると、いつしか旅番組に替わっていた。あるベテラン女優とその娘が、浴衣《ゆかた》姿で宿の窓辺に腰かけ富士山を眺めている。美千代は自分と同世代のその女優が昔から好きで、学生時代、彼女が出演した映画をよく観に行った。女優と娘は顔がよく似ている。ことに娘の上品だが芯の強さを感じさせる目は母親譲りだった。たしかこの娘は陽子と同い歳で、生まれ月も近かったはずだ。美千代は、女優が女児を出産したというニュースを、陽子に授乳しながら聞いた覚えがあった。

テレビ的な演出もあるのだろうが、和《なご》やかに談笑する二人の姿は、理想的な親子像に見えた。

こうした仲睦まじい母と娘を目にするたびに、美千代はいつも同じことを思った。一緒に買い物に行ったり、お茶を飲みながらたわいのないおしゃべりをしたり、普通の親子がしていることを、どうして私と陽子はしてはいけないの。

陽子が家を出て、来月でまる四年になる。純の事件によって、彼女は回復できない痛手を負った。婚約を破棄されただけではない。誘拐殺人犯の姉としてネットに個人情報と顔写真をさらされ、根も葉もない誹謗中傷《ひぼうちゅうしょう》を書き込まれた。それを見たらしい男に路上で突然罵声《ばせい》を浴びせられてから、陽子は外出を怖がるようになり家に引きこもった。勤めていた会社も辞めざるをえなくなり、一年ほど誰にも会わず友人からの電話にも出ようとはしなかった。そしてある日突然、彼女は一枚のメモだけを残して行く先も告げずに消えた。

――独りで生きていくことにします。今までありがとうございました。陽子彼女は死ぬつもりではないか。美千代は心配でたまらず警察に届けようとした。だが靖男は、陽子の好きなようにさせてやれと言って許さなかった。美千代はあのときほど、夫の薄情さを恨んだことはない。しかも彼は、美千代にそう言う一方で、興信所に依頼して陽子の居場所を突き止め、密《ひそ》かに会っていたのだ。

美千代がそれを知らされたのは先月のことだ。先が長くないことを知っていた靖男は、入院する前の晩、あらたまった口調で、お前に引き継ぐことがあると言い、居間のテーブルに預金通帳、権利証、有価証券などを並べた。堅実で始末屋の夫のことだから、ある程度は貯《た》めているだろうと思っていたが、田丸家の所有する資産は美千代の想像をはるかに超えていた。しかし本当の意味で大事な〝引き継ぎ〟は、その後だった。夫の話を聞きながら美千代は呆然《ぼうぜん》となった。そんな大事なことを秘密にしているなんて……。夫が、いかに自分をないがしろにし、取るに足りない存在と見ていたかを思い知らされた。特に陽子のことを聞かされたときには、美千代もさすがに感情が抑えられず、結婚以来初めて夫をなじった。どうして言ってくれなかったんですか。私だって陽子に会いたいわ。でも靖男からは詫《わ》びの言葉一つなかった。彼も陽子に会ったのは一度きりで、そのとき彼女から、「私は残りの人生を別の人間として生きていく。お父さんとお母さんには申し訳ないけど、私のことは忘れてほしい」と言われたという。

「陽子は、田丸陽子ではなく別の名前を名乗ってる。お前が彼女に会いたい気持ちは分かる。だがそれは親のエゴだ。縁を切ってやるのが、あの子のためなんだ。これは俺の遺言だと思ってくれ」

靖男は今も、美千代が陽子のことに少しでも触れると顔をしかめる。虫の居所が悪ければ怒鳴ることもある。一方、純については、「くれぐれも頼んだぞ。あいつを生かすも殺すも、お前次第なんだからな」と、しつこいくらいに念を押す。

純のことを、これっぽっちも信じていないくせに。

はっきりとは言わないが、靖男は、誘拐事件を主導したのは柴山ではなく純だと思っている。家庭より会社を愛していた靖男なので、実の息子よりも、工場の従業員だった柴山の方を信用しているのだろう。

だが美千代は違った。柴山は、一見、人当たりはいいが、裏では何を考えているか分からないところがあった。陽子も、柴山の人間性を早くから見抜いていた。柴山が入社して間もなくのころ、陽子がこう言っていたのを美千代は記憶している。「あの人、少し変じゃない。気をつけた方がいいよ」。柴山が公園で野良猫を蹴飛ばしているのを偶然見かけたのだという。でも人が好い純は、口の上手《うま》い柴山にころっと騙され、犯罪の片棒を担がされてしまった。

柴山が誘拐したのは、近所に住む開業医の五歳の息子だった。柴山は、その子を拉致《らち》した直後に残酷な方法で殺害したにもかかわらず、自宅に身代金を要求する電話をかけた。そして何も知らない純をそそのかして、それを取りに遣《や》ったのだ。

あんな人さえ雇わなければ……。

今さら悔やんでも詮《せん》無いことだが、美千代はつい考えてしまう。もちろん柴山を面接し、採用を決めたのは靖男だ。そればかりか彼は、柴山のことを高く買い、〝将来は〈田丸製作所〉を背負って立つ人材〟とまで言っていた。

先日、美千代は靖男から二枚の紙を渡された。一枚には、純のために今後すべきことが、もう一枚には、陽子のためにしてはならないことが、小さな字でびっしりと書かれていた。

美千代は夫の前では神妙な面持《おもも》ちでそれに目を通したが、家に帰るとすぐに丸めて捨ててしまった。

工場を経営していたころは、子供たちにまるで無関心だったくせに。

親子の関係は、工場の機械とは違ってマニュアルなんかないの。陽子のことも、純のことも、あなたより私の方がよく知ってる。いちいち指図しないでちょうだい。

そのマンションは五階建てで、洗浄したばかりらしく外壁の白いタイルが日光を受けてきらきら輝いていた。一階の窓の目隠しになっている高い生垣も、きれいに剪定《せんてい》されている。

案外、立派だわ、と美千代は思った。靖男から、単身者向けのワンルームと聞かされていたので、小ぢんまりしたアパートを想像していたのだ。

靖男はこのマンションの一室を八年前から所有していた。さらに別のマンションに、もう二部屋、持っていて、いずれも投資用に買ったという。これも夫に〝引き継ぎ〟されるまで、美千代がまったく知らなかったことだ。

私がスマホを持つことすら贅沢だと許さなかったくせに、自分はこんな大きな買い物をして。

その腹いせでもなかったが、美千代はついに、念願のスマートフォンを手に入れた。靖男にバレないよう、契約は新規で行った。しばらくは二回線分の料金を払わねばならないが、夫が亡くなったらガラケーの方は解約すればいい。

美千代はハンドバッグから真新しいスマートフォンを取り出した。画面の地図上に表示された現在地を示すマークは、今いる場所とピタリと一致している。

すごいわ。彼女は現代のテクノロジーに目を見張った。よく耳にするグーグルマップなるものを、さっそく使ってみたのだ。地図の縮尺を小さくして、自宅からここまでの経路を見てみると、電車やバスを乗り継いでいるのでかなり大回りになっていた。

やっぱり免許を取ろう。車さえあれば、拘置所に通うのも、ここに来るのも、ずっと早くて便利になる。

マンションはオートロックではなく、管理人も常駐していなかった。集合ポストはエントランスの奥にあり、三〇二号室のポストには、投函口までチラシがつまっている。帰っていないのだろうか。

靖男はこう言っていた。

――偽名では賃貸アパートは借りられんし、保証人も必要だ。だから投資用に買ったマンションを使わせている。毎月、少しだが生活費も援助してたから、どこか別の場所に移るなら必ず連絡しろと言ってある。

靖男は、自分が命じれば誰もがそれに従うと思っている。でも彼女にも意思がある。無断で引っ越してしまったのかもしれない。

――金を持って行くときは、必ずポストに入れて来い。ぜったいに会おうなんて気を起こすなよ。

私にだって自分の意思がある。もうあなたの指図は受けないわ。

美千代はエレベーターで三階に上がると、意を決して三〇二号室のインタフォンを押した。

一秒、二秒、三秒……。固唾《かたず》を飲んでドアを見つめていたが、いくら待っても返事はなかった。

美千代は、ハンドバッグから白い封筒を出すと、スマートフォンの番号を書いたメモをその中に入れ、ドアポストに投函した。

4

いっそのこと、母さんに打ち明けてみようか。母さんならきっと、いい方法を考えつくに違いない。なにしろ母さんは生活の知恵の宝庫だ。彼女の手にかかれば、洋服の染み、鍋の焦げつき、風呂のカビ、どんなものだって跡形もなく消えてしまう。いや、やっぱりダメだ。いくら母さんだって、死体を消す方法までは知らないだろう。それに、このあいだの検診で不整脈があると言われたばかりだ。美香のことなんか話したら、びっくりして心筋梗塞《しんきんこうそく》を起こしかねない。

そんなことをあれこれ考えていると、インタフォンが鳴った。

文彦はギョッとして玄関のドアをにらんだ。

するとまた、ピンポーン。

文彦が美香の部屋にいるときに、人が訪ねて来たのは初めてだった。

ドアスコープで確認したかったが、もし訪問者が聞き耳を立てていたら、ドア越しに足音を聞かれてしまう恐れがある。

じっと息をひそめ、留守を装った。すると玄関でコトンと音がした。ドアポストに何かを入れたらしい。

文彦は五分ほど動かずに様子をうかがってから、抜き足差し足で玄関に向かった。ドアスコープをのぞいてみたが人の姿はない。ドアポストのふたを開けると、白い封筒があった。封はしてあるが宛名も差出人もない。中には一万円札が五枚とメモが入っていた。

メモには〝連絡してください。090−×××−××××〟と書かれているだけで、やはり名前はなかった。

美香は、家族とは長らく音信不通だと言っていた。お小遣いをくれるパパさんでもいたのか？　だがメモの字は、明らかに女の筆跡だ。

いずれにせよ五万円も置いていくということは、美香とは浅からぬ関係の人間だろう。そして、連絡をくれと書いてあるからには、美香から音信がなければ、また安否確認に来る可能性が高い。

文彦はフリーザーに目をやった。やはり、あのままではまずい。

弁当工場の仕事は、特に危険でも難しくもないので、新人には衛生面の注意事項を説明するくらいで研修制度は用意されていなかった。文彦はいつも、新人の教育はベテランのアルバイトに任せていた。しかし美香に限っては自ら指導した。口さがない古株のオバチャンたちに勘繰《かんぐ》られぬよう、事務的な口調と態度を心掛け、ときには語気強く叱《しか》りもした。美香は物覚えが良いとは言えず、日ごろ料理もしないらしく、包丁はむろんのこと、菜箸《さいばし》もまともに使えなかった。これには文彦も少しがっかりさせられた。冷蔵庫の残り物だけで手際よく美味しいものを作ったり、クッキーを焼いたりする彼女を想像していたのだ。まあ料理なんか、少し習えば誰でも上手くなる。

終業後、美香を事務所に呼んで初日の感想を尋ねた。彼女は、まだ不慣れでご迷惑ばかりかけてますけど、皆さん親切に教えてくださるので続けられそうですと答えた。文彦は、その冷静な自己分析と謙虚さに感じ入り、彼女に強い将来性を感じた。その〝将来性〟には、むろん私的な意味も含まれている。やっぱりぼくの目に狂いはなかった。

「じゃあ、明日からまたよろしくね」

「こちらこそ、よろしくお願いします」

事務所を出ていく美香の背中を、文彦は無言で見送った。

歓迎会にかこつけて彼女を食事に誘うという構想を、朝から胸中に秘めていたのだが、口に出す勇気はなかった。

面接のとき、美香はできるだけ多く働きたいと言った。文彦は、希望に沿えるようにすると請け合い、実際、そのようにした。大口の注文が入っていたわけではないので、美香の出勤日が増えれば、代わりに仕事にあぶれる者が出てくる。最初のうちは、新人に早く習熟してもらうためとの口実で他のバイトたちを納得させたが、一ヵ月過ぎても状況が変わらないとなると、オバチャンらも黙ってはいない。

代表で事務所に抗議に来たのは、最古参のアルバイトだった。勤続三十年、顔は信楽《しがらき》焼のタヌキそっくりで、性格もタヌキのようにずる賢く底意地の悪いババアだ。誰よりも業務に精通している彼女は、一介のバイトにもかかわらず、責任者である文彦を見下す態度をとることもしばしばだった。実際、繁忙期には彼女がいないと回らないが、ゆくゆくは古ダヌキを切って、自分と美香のワンツー態勢に切り替えようと文彦は考えている。

「主任さん。斎藤さんのことで、ご相談したいことがあります」

文彦は内心、来たな、と身構えつつ、「彼女がどうかしたんですか」と、そしらぬ顔で訊いた。

「更衣室でお金がなくなりました。もう三人、被害にあってます」

予想外の話に、文彦は唖然《あぜん》とした。

「斎藤さんが盗んだというんですか」

「彼女が入る前は、こんなことありませんでしたから」

「だからって犯人とは限らないでしょっ」

思わず口調がきつくなる。

「斎藤さんが、小野《おの》さんのロッカーを開けているのを見た人がいます」

「自分のロッカーと間違えたのかもしれない」

「隣り合っているならともかく、場所が全然違いますよ。それだけじゃありません
――」

古ダヌキは得意げな顔で、美香が犯人である〝動かぬ証拠〟なるものを次々と挙げた。

だが文彦に言わせれば、それらはどれも証拠どころか邪推と思い込みの産物でしかなかった。古株たちは、美香が働き始めた直後から、〝何か変だ〟と感じていたという。こうした排他的な雰囲気が、若いアルバイトがこの職場に居着かない原因なのだ。文彦はうんざりし、古ダヌキの言葉を途中で遮《さえぎ》った。

「あなたが何と言おうと、私は彼女を信頼してますから」

古ダヌキは薄笑いを浮かべた。「若くてきれいな子は、得よね」

「どういう意味ですか」

「若くてきれいなら、お金を盗んでも見逃してもらえるし、シフトにもたくさん入れてもらえる。お花だってもらえるんだから」

文彦の額から汗がドッと噴き出した。

「あの花は……、歓迎のしるしですよ。ほら……、うちは新人が入っても歓迎会とかや

らないでしょう。妙な勘繰りはやめてください」

動揺を隠そうとすればするほど、言葉はつかえ、声は裏返った。

前の週の木曜日は、美香の誕生日だった。履歴書でそれを知った文彦は、彼女にバラのプリザーブドフラワーを贈った。他のバイトに見られぬよう、渡すときには細心の注意を払ったつもりだが、海千山千の古株たちの目はごまかせなかったようだ。

「とにかく、盗難の件をどうにかしてください。主任さんが何もしてくれないなら、みんなで社長に直訴しますから。そのおつもりで」

美香が犯人のはずがない。そもそも窃盗事件自体、古株たちのでっち上げか勘違いだろう。

文彦はそうにらんでいたが、せっかくの機会だから利用させてもらおうと、事務所では話しづらいことだからと理由をつけ、勤務終了後、美香を近くのファミレスに連れ出した。

窃盗事件の話は簡単に済ませ、その後、不愉快な話につき合わせたお詫び、を口実に、以前から目をつけていたビストロに誘うつもりだった。騙すようで少し気が引けたが、〝待っているだけではダメ、積極的に仕掛けろ〟というのは、世の恋愛マニュアル本が共通して薦《すす》める手法でもある。

作戦どおり、文彦はまず盗難の件を切り出した。彼女を傷つけぬよう言葉は慎重に選んだつもりだが、美香は店内でもキャップを目深にかぶりマスクもつけていたので表情はうかがえない。

これも古ダヌキが、美香をあやしんだ理由の一つだった。彼女が休憩時間にもマスクを外さないのは、何かやましいことがある証拠だという。まったくバカげてる。美香はアレルギー体質で、わずかなホコリでもくしゃみが止まらなくなる。だからマスクが手放せないのだ。

古ダヌキの色眼鏡越しに見たこの世は、きっと悪人ばかりの地獄のような場所に違いない。

「こんな話をすること自体、嫌なんだけどね。ぼくも立場上、仕方ないんだよ」

そう言って苦笑いを浮かべると、美香の肩が小刻みに震えだした。

「どうしたの？　誤解しないで。君のことを疑ってるわけじゃないんだから」

「私です」

「え？」

「私が盗《と》りました。本当にすみません」

美香は、かろうじて聞き取れる声でそう言うと、肩をすぼめて嗚咽《おえつ》し始めた。

にわかには信じられなかったが、彼女は泣きながら、すみませんを繰り返している。

文彦は、美香が落ち着くのを待って尋ねた。「どうしてそんなことしたの」責める気持ちはなかった。むしろ力になりたいと思った。きっと何かよんどころない事情があったに違いない。

美香は、時おり言葉を詰まらせながら、自分が置かれている状況を語った。以前交際していた男に騙されて多額の負債を背負わされたこと。今も借金取りに追われ、毎日怯《おび》えながら暮らしていること。とある事情から家族とも絶縁状態のため助けを求められないこと。

「どうしても返すお金が作れなくて……、いけないこととは分かってたんですけど、つい……。本当にすみません」

「ちなみに借金て、どれくらいあるの」

「最初は二百万円くらいでしたけど、今はもっと多くなってます」

「弁護士に相談してみたら？」

「もし私が弁護士を頼んだら、家族のところに行くと借金取りに脅《おど》されました。家族には、絶対に迷惑をかけたくないので……。主任さんには、よくしていただいたのに申し訳ありません。皆さんにも、お詫びしておいてください。盗ったお金は、必ずお返しに上がります。どうもお世話になりました」

美香は深々と頭を下げると、文彦の制止も聞かずに立ち去ろうとした。しかし、ボックス席を出て数歩進んだところで目まいを起こし、床に膝《ひざ》をついた。

　文彦は、美香を自分の車に乗せて家まで送った。マンションに着くと、彼女は一人で大丈夫ですと言ったが、とてもそうは見えなかった。顔色は真っ青で目も虚《うつ》ろだ。文彦は肩を貸して彼女を部屋まで連れて行った。そしてベッドに座らせると、途中のコンビニで下ろした十万円が入った封筒を彼女の手に握らせた。

「ダメです、こんなこと」

「いいんだ。ぼくも金持ちじゃないけど、君ほどは困ってないから。返すのはいつでもいいよ」

　美香は目に涙をいっぱい溜《た》めて抱きついてきた。予想外の展開に文彦は面食らったが、彼女が子供のように声を上げて泣きじゃくっていたので、そのままじっとしていた。美香はよい匂いがした。その香りに酔いしれていると、下半身が反応し始めた。あ、ヤバい。慌てて腰を引く。すると美香はさらに体を密着させ、唇を重ねてきた。ええっ！　次の瞬間、頭の中でポンと破裂音がした。文彦は夢中で彼女にしがみつき、押し倒した。

　翌朝、文彦が目覚めたとき、美香はまだ隣で寝息を立てていた。その寝顔を見つめながら、文彦は誓った。

　どんなことがあっても、ぼくは君を守るからね。

どうしてなの。どうしてよっ！

――主文　本件再審請求を棄却する。

その意味するところは、法律文章に不慣れな美千代にも理解できた。

渡された紙には、他にも小さい文字がびっしりと並んでいたが、目を通す気にはならなかった。要するに裁判所は、自分たちの間違いを認めたくないのだ。どうあっても、純を死刑にしたいのだ。

5

全身から力が抜けた。

「がっかりするのは早いですよ。それは地裁の判断ですから。まだ決着したわけではありません」山岡弁護士は言った。「抗告しますよね。いちおう純さんに、意思を確認してきてください」

「はい。あの子もそうするつもりでしょうけど訊いてみます」

純の絶望に沈む顔が目に浮かんだ。あの子にどう伝えよう。自暴自棄になって、また拘置所で何か問題を起こさなければいいけど。

「奥さんも、大変ですね。ご主人のこともあるし」山岡は、いたわるように言った。

「いいえ。私なんか何もしておりませんから。純のことも主人のことも、専門家の先生にお任せするだけで……」

美千代が山岡の事務所を訪れるのはこれが初めてだった。

法律や司法制度について美千代に話したところで理解できないと思ったのだろう。靖男は、再審請求することも山岡に依頼することも独りで決めた。その後の打ち合わせにも彼女を同席させたことはなく、気が向いたときにおざなりな説明をするだけだった。

「このごろは再審請求していても安心できないと新聞で読んだんですけど、そうなんですか」

「ええ。以前は、再審請求中は刑を執行しないという暗黙の了解みたいなのがあったんですが、お上が方針を変えましてね。執行を引き延ばすために再審請求を利用していると思ってるんですよ。まあ実際、そういう面もなくはないんですけど」

「でもうちの息子は、騙されてお金を受け取りに行っただけなんですよ。それが誘拐の身代金だってことも知らなかったんです。もちろん人質が殺されたことも……」美千代は声を詰まらせ、ハンカチを目に当てた。「すみません。先生は、こんなことご存知ですよね」

「ええ。分かってます。だから私も微力ながら協力させてもらってるんです」山岡は美千代の前にティッシュの箱を置いた。「それに、ご主人からお聞きになってるでしょうけど、純さんの場合は、共犯の柴山が逮捕されるまでは刑が執行される心配はありませんから」

「それも変更されてしまうことはないんですか」

「ありませんよ」山岡弁護士は断言した。「柴山が逮捕されれば、裁判で純さんの証人尋問が必要になる。こればっかりは、いくら法務省でも変えようがありません。現に、あの毒ガス教団の幹部連中だって、逃亡していた信者の裁判が結審するまで、死刑は執行されなかったでしょう」

柴山は、純を犯罪者にしただけでなく、今も純の命運を握っている。そう思うと、美千代は無性に腹立たしかった。

「そう言えば、このあいだ接見に行ったとき、陽子さんを探してくれと純さんに頼まれましたよ」

「あの子、先生にまでそんなことを？」

「ええ。陽子さんに謝りたいそうです。よかったら、うちが懇意にしてる調査会社をご紹介しましょうか」

「いえ、けっこうです。陽子のことは、私の方から折を見て純に説明しておきますので」

6

美香を運び出そう。文彦はようやく腹をくくった。彼女を訪ねてくる知り合いがいると分かった以上、グズグズしてはいられない。

ネットで注文したスーツケースが届いたのは、昼前だった。かなり大きいが、容量はフリーザーの約三分の一しかない。美香がすんなり入ってくれるか否かは、彼女が今、フリーザーの中でどんなポーズをとっているかによる。実は文彦は、それを知らなかった。美香を強引に押し込んでから、フリーザーを一度も開けたことがないのだ。もし嵩《かさ》張《ば》るポーズをとっていたら、スーツケースに収まるよう、よりコンパクトな姿勢にしなければならない。彼女はカチコチに凍っているはずなので、まずは溶かす必要があるが。

フリーザーの前に立ったものの、すぐにふたを開けられなかった。今日まで決断を引き延ばしてきたのは、彼女に再会するのが怖かったからでもある。

「ヨシッ！」と気合を入れてふたを開いた。白い靄《もや》が立ち上る。恐々《こわごわ》のぞき込むと、美香は背中を上に向け、土下座するような格好をしていた。

ああ、美香……。窮屈だったろ。寒かったろ。ホントにごめんよ。

更衣室での盗難が発覚した後、美香は工場を辞めた。いかなる事情があったにせよ、他人の金を盗んだ彼女を、文彦もかばい切れなかった。だがもちろん、美香を見捨てはしなかった。

現金が入った封筒を渡すたびに涙ぐんで謝る美香に、文彦は言った。「気にしないで、ぼくがしたくてしてることだから」

見返り？　そんなものを求めるのは愛ではない。文彦はそう考えていた。借金がきれいになったあかつきにはプロポーズすると決めてはいたが、恩に着せるつもりは毛頭なかった。

ある日、古ダヌキが昼休みにこんな話をしているのを耳にした。

「こないださ、見ちゃったのよ。斎藤さんが中年の男とラブホテルに入っていったの。あれはきっと売春だね」

噂話《うわさ》と他人の悪口は、老い先短い古ダヌキの唯一の趣味だ。文彦は寛容な心で聞き流した。どうせ彼女の話には、千に一つも真実はない。

数日後、今度は別のバイトが、新たな目撃情報をもたらした。美香が若い男と親しげに腕を組んで歩いていたという。

まさか。ありえない。まったく、うちのバイトときたら。

文彦は、あくまでもバイトたちの下種《げす》ぶりを示す例として、美香にその話をした。彼女は顔をしかめ、嘆かわしいとばかりに首を振ったが、そのとき一瞬、目が泳いだように見えた。

文彦が翌日から美香のマンションを張り込んだのは、彼女を疑ったからではなく、自分の勘違いであることを確認するためだ。しかし三日目の夜、派手な格好で外出した美香は、路上で男が運転する車に拾われ、そのままホテルに直行した。そして二時間ほどして出てくると、男に送られてマンションに戻った。

文彦はその直後に部屋に押しかけ、彼女を問い質《ただ》した。美香は当初、しらを切った。だがスマートフォンで録画した動画を見せると、さめざめと泣きだした。相手はSNSで出会った初対面の男だという。

「あんなことしたの初めてよ。急にお金が必要になったの。あなたにはこれ以上、迷惑はかけられないし」

迫真の演技だったが、文彦はもう騙されなかった。よくよく考えてみれば、彼女には他にも不審な点があった。多額の負債があるわりには暮らし向きに余裕があるようだったし、その返済の肩代わりを文彦にさせながら、借用書や領収書の類《たぐい》を一度も見せたことがない。

「金を返してくれ」

「お金？」

「君に貸した金だよ」

美香は、もやはこれまでと観念したらしく、「何のことか分からないわね」と居直った。

「君を助けるために、こっちも借金したんだぞっ」

文彦は、彼女に渡す金を工面するために、銀行、消費者金融、信販会社、そして友人、およそ借りられるところからは借り尽くし、母親の定期預金にまで手をつけていた。

「フン。あんたみたいなキモい奴の相手してやったんだから、ちょっとくらい小遣いもらって当然でしょ。何が、君のことは守るよ。いい歳こいて童貞だった癖に、偉そうなこと言ってんじゃないわよっ。どうせあんたなんか、この先ずっと――」

知らぬ間に手が出ていた。美香は大げさな悲鳴を上げて倒れた。文彦は彼女に馬乗りになり、両手で首を絞めた。美香は手足をばたつかせ、さも苦しそうな顔をしたが、どうせ演技だ。この嘘つき女がっ。文彦は、彼女の首にかけた手に、ありったけの力を込めた。

「ごめんな。あのときはカッとしてて、何が何だか分からなくなってたんだ」

文彦は、フリーザーの中の美香に向かって手を合わせた。

土下座のような姿勢をとる彼女は、背中を丸めてコンパクトにまとまってはいるが、このままの状態ではスーツケースに収まりそうもなかった。指先で押してみると、服の上からでも固く凍っているのが分かる。やはり、いったん溶かすしかなさそうだ。

文彦はフリーザーの電源を落としてふたを全開にした。どうせ運び出すのは日が暮れてからだ。あまり解凍に時間がかかるようなら風呂場でお湯をかけるしかないが、そうならないことを祈った。

スーツケースに詰めた後、どこに持っていくかもまだ決めていない。海に沈めるか、山に埋めるか。後者の方が見つかる可能性は低い気がした。となるとスコップがいる。文彦はスマホを出してグーグルに尋ねた。

「いちばん近いホームセンターはどこ？」


ウェディングドレスを着た美香が鏡の前に立っている。

彼女は振り向くと、「どう？」と訊いた。

「とっても似合うよ」文彦は答えた。

美香がニッコリと微笑《ほほえ》む。

そのとき脇腹に痛みを感じて、文彦は現実に引き戻された。美香が溶けるのを待つうちに寝てしまったらしい。いつからそこにいたのか、目の前に年配の女が立っている。まだ頭がぼんやりしていた文彦は、体を起こしながら「母さん？」と言った。

しかしそれは、見ず知らずの女だった。女は目を怒らせ、手に包丁を握りしめている。

文彦は息を飲み、フリーザーに目をやった。ふたが開いている。しまった。見られた！

「あんた誰よっ」

文彦は逃げようとした。だが立ち上がる前に、「動かないでっ」と女に一喝《いっかつ》され、眼前に包丁を突きつけられた。

ああ、終わりだ……。

文彦は腰が抜けたようにまた尻を落とした。

7

マンションのエントランスにある三〇二号室のポストは、先日、来たときよりもひどいことになっていた。投函口からあふれ出すほどにチラシが押し込まれ、もはや郵便受けとしての機能は果たしていない。

集合ポストを利用していない可能性もあるので、美千代は前回、スマホの電話番号を書いたメモを現金と一緒にドアポストに入れておいた。しかし今日まで、彼女から連絡はなかった。

引っ越したのかしら？　だとしたら、あまりに身勝手すぎる。部屋を提供し、生活費の援助までしてあげたのに、一言の断りもないなんて。

再びチラシが詰まったポストに目をやったとき、〝孤独死〟という言葉が脳裏をよぎった。

ニュースなどを見ていると、孤独死した人が発見されるきっかけとなるのは、たいてい、たまった新聞や郵便、もしくは異臭だ。

美千代は三階に上がり、三〇二号室のインタフォンを押した。返事はない。ドアに鼻を近づけてみる。臭いはしないようだった。

美千代は〝引き継ぎ〟のときに夫から渡された鍵を出してドアを開けた。入ってすぐのところがキッチンで、奥の部屋とはドアで仕切られていた。すみません、と声をかけたが応答はない。靴を脱いで部屋に上がった。ほのかに変な臭《にお》いがする。何の臭いだろう？　キッチンから奥の部屋をのぞくと、男が一人、フローリングの床に横になっていた。

誰？　まさか恋人？

男は熟睡していた。口からよだれを垂らし、断続的にガーッと大きないびきをかいている。小柄で痩《や》せていて、貧相な顔立ち。野暮ったい服装をしているので老けて見えるが、おそらく三十歳前後だろう。

壁際に、やけに大きなフリーザーが置かれていた。ふたが開いている。近づいてその中をのぞき込んだとき、美千代は危うく悲鳴を上げそうになった。人が入っている。マネキン？　いや違う。顔は見えないが女性だ。まさか……。

美千代はキッチンから包丁を取ってくると、寝ている男の脇腹を蹴った。男は目を覚ましたが、まだ半分夢の中で、眩《まぶ》しそうに顔をしかめている。やがてムニャムニャつぶやきながら上半身を起こすと、美千代に向かって「母さん？」と言った。

「あんた誰よっ」

男は自分の間違いに気づき、驚愕《きょうがく》の表情を浮かべた。みるみる血の気が引いていく。男が立ち上がろうとしたので、美千代は顔に包丁を突きつけた。「動かないでっ」するとと男は観念したようにうなだれ、子供のように泣きだした。

「あの中にいるのは、誰なの？」

「美香さんです」男はしゃくりあげながら答えた。

「顔を見せて」

男は立ち上がってフリーザーに近づくと、顔をそむけながら遺体の両肩をつかんだ。バリバリと氷がはがれ落ちる音がし、遺体が起き上がる。美千代はその顔を恐る恐るのぞき込んだ。以前とはかなり印象が変わっているが、柴山だった。目をカッと見開いた、おぞましい形相をしている。

「どうして……」

男はそれを自分への質問だと勘違いし、柴山との間にあったことを話した。彼は柴山と交際していたが裏切られ、逆上して殺してしまったという。話し終えると、男は床に両手をつき、泣きながら「すみません。勘弁してください」と何度も頭を下げた。

「これからどうするつもり」

「自首します。逃げたりしません。ホントですっ」

男はそう言うと、床に落ちていたスマートフォンをつかんだ。

「どこにかける気よ」

「警察に……」

美千代は、あわてて男の手からスマートフォンを奪い取った。

約一時間後、美千代は男が運転する車の助手席に座っていた。

大丈夫。私ならできる。きっとできる。

ともするとくじけそうになる自分を、鼓舞し続ける。

靖男の言葉が耳によみがえった。

――くれぐれも頼んだぞ。あいつを生かすも殺すも、お前次第なんだからな。

靖男によれば、事件後に行方をくらましていた柴山が彼の前に姿を現したのは、純の死刑が確定した直後だったという。もちろん彼女は、自分が逮捕されない限り、純の刑が執行されないことを知っていた。靖男は柴山の要求に屈するかたちで、所有するマンションの提供と、金銭的援助を約束させられた。例の〝引き継ぎ〟の際、それを知らされた美千代は、怒りをとおりこして呆《あき》れた。息子を死刑囚にした張本人を匿《かくま》うなんて、人が好いにもほどがある。

しかし、純を救うためには、悔しいがそうするしかなかった。夫の言いつけを無視して柴山に会おうとしたのは、せめて一度だけでも、思いのたけを彼女にぶつけてやらねば、腹の虫がおさまらなかったからだ。

「あのう……。美香さんとは、どういったご関係ですか」

交差点で信号待ちをしていたとき、男が遠慮がちに訊いてきた。

「あんたには関係ないでしょ」

「すみませんでした」

男は詫びると、また思い出したように嗚咽し、鼻水をすすり上げた。

いつまでもめそめそしている男に、美千代は嫌悪感を覚えた。口止めして追い払うことも考えたが、この後、大仕事が待っている。男手があった方がいい。それに弁当屋に勤めているなら包丁ぐらいは使えるだろう。

男は、柴山の遺体を山に埋めるつもりだったという。

危ないところだった。埋めるなんて冗談じゃないわ。今はね、骨の一部でも見つかれば誰の遺体か特定できるのよ。『科捜研の女』を見てないの？

車の前方に、ホームセンターの看板が見えてきた。かなり大きな店だから、必要な物はすべてそろいそうだ。

ふと思い立ち、美千代は手帳を開いた。そこには買うべき物がメモしてある。彼女はリストの最後に、〝フードプロセッサー〟と書き加えた。

ピクニック

一穂ミチ

きょうは、待ちに待ったピクニックの日です。母と、娘と、その夫と、夫の両親、それから、半年前に生まれたばかりの、娘夫婦の赤ちゃん。陽当《ひあ》たりのいい芝生《しばふ》の公園はすこし風が強くて、レジャーシートが飛ばされたり、お茶に葉っぱが入り込むかもしれません。でもそれだって、きっと楽しい思い出になるはずです。赤ん坊が大きくなったら笑い話として聞かせてあげられるエピソードに。この一家が何を乗り越えてきたかについても、いつかこの子に話すのでしょうか。

母は希和子《きわこ》といい、その娘は瑛里子《えりこ》という名前でした。希和子の夫は早くに亡くなっていましたが、十分な財産を遺してくれたので、瑛里子は特に不自由もなく大学を卒業し、就職先の地方銀行で三歳年上の裕之《ひろゆき》と出会い、五年後、結婚することになります。亡夫の写真とともに出席した披露宴の席で希和子は何度も涙を拭いました。そこには、夫に先立たれてからの四半世紀、女手ひとつで娘を育て上げたという感慨だけでなく寂しさも多分に含まれていましたが、娘夫婦は希和子の家の近所に新居を構えたのでひんぱんに交流を持つことができました。「お義母《かあ》さんがひとりぼっちになったら瑛里子さんも心配でしょうから」と言ってくれた裕之に希和子は深く感謝し、決して出しゃばらず節度を保《たも》ったつき合いを心がけました。一年半後、夫婦の間には娘が生まれました。産院で初孫を抱かせてもらった希和子は、今度こそ純度百パーセントの喜びの涙を流しました。娘と、優しい娘婿《むすめむこ》と、かわいい孫娘。しっとりと温かな新生児の重みに、生まれたての瑛里子を抱いた時を思い出します。あの瞬間の、爆発的かつ圧倒的ないとおしさとは違う、つま先からひたひた潮《しお》が満ちるような幸福感。この小さな生き物が、確かにわたしの娘、そしてわたしや死んだ夫とつながっている。光り輝く糸を小指に結んでもらった気分でした。どうか切れませんように、できるだけ長く、この糸を握っていられますように。乳首をくわえるのがやっとの小さな唇がむにゃむにゃ動くと、まだ歯も生えていない口腔《こうこう》は滑《なめ》らかな桃色で、ピンクの宇宙を覗き込んだみたい、と思いました。本当に、何てかわいいの。

かわいい、かわいい、と感激する希和子に娘は「そう?」と産後のやつれが痛々しい(それでいてすがしい美しさを漂わせた)笑顔を向けました。

――老《ふ》け顔じゃない? 老人産んだのかなって思っちゃった。

――何言ってるのよ。今は疲れてるのね、これからどんどんかわいくなるわよ。

――口元とか、お父さんに似てない？

瑛里子が、写真でしか知らない父親に言及すると、そんな気もするしそうでもない気もしましたが、娘がそんなふうに言ってくれたことがありがたいと思いました。

――わたし、この子のためならいつでも死ねる。

――お母さんやめてよ、縁起《えんぎ》でもない。

――本当よ。

たとえば今、暴漢が押し入ってきて「赤子を助けたければここから飛び降りろ」と命じたなら、わたしはこの七階の窓からためらいなく身を投げてみせる、いえ、いっそ誰か要求してほしい。この子に対するわたしの愛を身をもって証明させてほしい。希和子は真剣に考えました。無意識の予感めいたものがあったのでしょうか。今、このひとときが幸福の頂点だと。観覧車の、束《つか》の間《ま》のてっぺんです。着いたと思った瞬間から残りの半周に向かって傾いてしまう、だったらここで自分の時間を止めてしまいたい――ひょっとすると希和子は、そんなふうに願っていたのかもしれません。

赤ん坊は希和子から一文字取って未希《みき》と名づけられました。瑛里子は出産の疲労を引きずったまま、産院で生まれて初めての子育てに臨みました。ついこの間、膨らみきった腹を撫《な》でながら「大変だろうね」と夫婦で話し合ったばかりで、希和子からも「お産っていうのは、産む時も産んだ後も、本当に何があるか分からないからね」と言い聞かされていました。どんなに医療が進歩しても母親の大変さは変わらない、とも。

瑛里子は楽天家ではありません。しかし、心のどこかに「そうはいっても」という気持ちがあったのは確かです。わたしはこれまでの人生で大きな失敗をした経験がない。受験、就職、結婚、と「普通」のレベルをクリアしてきた。自分がとりわけ恵まれていたとも、頑張ったとも思わない。求められることにその都度「普通」の努力で応えてきたからだ。そういうこれまでの道のりが「出産及び新生児の育児」でもなだらかに続いていくと信じていた節がありました。

育児は大変、そうはいっても、動物の赤子が誰に教わらずとも生まれてすぐ乳を求めて這《は》うように、自分が産んだ子も「本能で」「自動的に」、生きるに最適な道を選ぶだろうと漠然と思い描いていたので、まだ赤剝《あかむ》けた小猿同然の未希をぎこちなく抱き、初乳を含ませようとした瞬間、ふいっと顔を背《そむ》けられて面食らいました。え、ここから？

そんな感じです。瑛里子が想定していたのは夜泣きがひどいとか、断乳やトイレトレーニングがうまくいかないとかであって、長いマラソンのスタートを切った一歩目からこのようにつまずくとは思ってもみませんでした。乳首をあてがう角度や抱き方を何度変えても、未希は唇に触れる異物を生命維持の必需品とはみなさず、まだ据《す》わっていない首をぐりんぐりん背けながらも空腹を訴えて泣くのです。

――あらあら、ちょっと吸いづらいのかもね、カバーつけてみましょうか。

見かねた看護師がシリコンでできたニップルシールドを乳首に装着します。すると未希はようやく吸引を始めてくれました。

――あ、ちゃんと咥えてますねー、よかった。これすごく便利ですよ。授乳してるとどうしても乳首が傷だらけになっちゃうし、保護のためにもね。

わたしも自分の子の時は痛くて泣いてたわー、と朗《ほが》らかに話す看護師の声は半《なか》ばから瑛里子に届いていませんでした。赤子のためだけに、産後の消耗した肉体がオーダーメイドで生産した栄養源を拒まれ、吸い口を、カバーでいわば「矯正」されたのがショックでした。人に話せば、何だそんなことでと笑われるかもしれません。でも瑛里子にとっては、何ヵ月も腹の中で養い、ようやく会えた我が子にいきなり駄目出しをされたように感じられたのです。しかも、乳首の形状など瑛里子の努力でどうにかなる問題ではありません。

その晩、個室のベッドに横たわり、希和子にLINEを送りました。『おっぱい、うまく吸ってくれなかった』と。希和子からはすぐに返信がありました。

『最初はみんなそんなもの。目を酷使するのは良くないみたいだから、早く寝なさいね』

未希に拒絶されたと感じたことや乳首にカバーを被《かぶ》せられた時の何とも言えない羞恥と屈辱、そんな本心までは打ち明けられませんでしたが、母の優しい言葉で気が緩み、すこし泣きました。わたしはお母さんになったけど、お母さんの娘であることはやめなくていいんだ、そんな当たり前のことが嬉しかったのでしょう。うちに帰りたい、と思いました。授乳室でよその子と比べてしまったり、看護師にいちいち気を遣うのは疲れる。お母さんに助けてもらいながら自宅で身体を休めたい。早く未希と一緒に帰れますように。消灯後の暗い部屋で両方の目尻からこめかみに流れ落ちる涙を拭い、瑛里子はそう願いました。

出産から一週間後に母子は退院し、いよいよ家庭での子育てが始まりました。タクシーで家に帰り着いた時、瑛里子は玄関先にうずくまってしまいたいほど疲れ果てていました。未希は依然、裸の乳首から母乳を飲もうとはしませんでしたし、そもそも乳の出自体が非常に悪く、母乳マッサージという名目で施される圧搾《あっさく》は拷問《ごうもん》にしか思えないものでした。縫合した会陰《えいん》がじくじくと疼《うず》く中、細切れの授乳と激痛を伴うマッサージ、沐《もく》浴《よく》指導やらのカリキュラムで、出産のダメージが癒《い》えたと感じる瞬間は一秒もなく、見舞いに訪れた夫があれこれ話しかけてきても相槌《あいづち》さえままならない状態でした。

そういう状況が、家に帰れたからといって劇的に改善するはずもなく、瑛里子はゾンビのようにうつろな目で未希を抱き、眠気でどろどろになりながら世話をしなければなりませんでした。十回くらい絞ったあとの雑巾《ぞうきん》みたいに供給の乏《とぼ》しいおっぱい（カバー付き）とミルクをどうにかこうにか飲ませれば、ひと息つく間もなくこぽっと吐き出してしまう、げっぷをしない、寝ない……赤ん坊はすべてのストレスを泣き声で表現し、その尖った響きは瑛里子の淀《よど》んだ頭を容赦《ようしゃ》なくかき回してくるのでした。

まだ、この世の仕組みなど何も知らない生き物に、四六時中ジャッジされている気がしました。未希の泣く声が「アウト」の判定です。容姿でも性格や頭脳でもなく、「母性」という漠然とした、しかし根源的な要素について。

希和子は、極力余計なことは言わず、女中のようにそっと控えて家事と瑛里子のケアに努《つと》めました。完母《かんぼ》じゃなきゃ駄目よ、というような、娘を追い詰める口出しはいっさいせず、黙々と主婦の役割を果たします。家にやってきた保健師は、そんな希和子を褒《ほ》め称《たた》えました。

――家の中、きれいに片付いてますね。お母さまが？　よかった、やっぱり実母さんのフォローがあるといいですよね。全然違いますよねえ。

単なる世間話の一環に過ぎません。でも、ざらつき、毛羽立った瑛里子の精神はその言葉をまっすぐに受け止めることができませんでした。あなたは恵まれていていいわね、と言外に匂わされた気がしました。

――わたし、あの人好きじゃない。

――保健師さん？　感じのいい人だったけど……。

――お母さまお母さまって、ありがたく思えみたいな、赤の他人が押しつけがましい。

未希の体重が増えてないのだって「う〜ん……」ってわざとらしく小首傾げて。考えすぎよ、と希和子は娘を宥《なだ》めました。

──そんなふうに、何でも悪く取るとますます疲れるよ。未希みたいに小食な赤ちゃんなんていくらでもいるんだから、向こうもそれは分かってるでしょ。

──わたしはどうだった？

瑛里子が希和子に尋ねます。

──わたしもなかなかおっぱい飲まなかった？ 寝つきが悪かった？

──ううん、瑛里子は全然そんなことなかった。あなたはとても育てやすかった。

希和子が正直に答えると、瑛里子は「何よ」と怒り出しました。

──じゃあ、何を根拠に「いくらでもいる」なんて言うの。お母さんだって知らないんじゃない。

そして、和室に敷きっぱなしのふとんにぐったり横になると、途端に未希が泣き出しました。瑛里子は沼から這い出るような動作で起き上がり、呻《うめ》きに近い声で「はいはい」とつぶやきます。

──分かってる、分かってるから泣かないでよ……。

聞いたことのない声色に希和子は危ういものを感じ「お母さんがやるから」と言いました。

――ちょっと休みなさい。

――いいの。自分でやるから。ちゃんとやるから。

――瑛里子。

――掃除だって洗濯だってごはんだってお母さんにやってもらってるんだから。わたしは育児に専念させてもらってるんだから、恵まれてるんだから、甘えてばっかりいないで育児くらいちゃんとやらないと駄目でしょ？　そうなんでしょ？

――誰もそんなこと言ってないでしょう。

――でも思ってる！　みんな思ってるんだよ！

みんなって、どこの誰よ。希和子の反論は、瑛里子の涙を前に引っ込みました。今、理屈で説《と》いてみたってこの子はすこしも楽にならない。瑛里子はだらだらと涙を流しながら未希を抱っこし、ミルクを作るため台所に向かいます。疲れ果てて泣いていても、うんざりするほどの反復によって培われた一連の動作は迷いなく、プログラムされたロボットのようでした。

自分の時より大変な気がするわ、と希和子は内心でため息をつきました。わたしは幸いおっぱいがふんだんに出たし、瑛里子もごくごく健やかに飲んで新生児の頃からたっぷり眠ってくれて……もう、昔の話だからだろうか、あまりよく覚えていない。ひょっとすると瑛里子同様にめそめそ泣いていたのに、いいところだけが記憶に残っているのかも。古いアルバムを引っ張り出し、めくってみると、色褪《いろあ》せた写真の中の娘はごきげんな笑顔ばかりを振りまいています。まあ、泣き喚《わめ》いてる最中にカメラを構える余裕なんてないから、あてにならないわね。幼い瑛里子は、よくお人形を抱えていました。当時のお気に入りだったのでしょう、長いまつげが植わったまぶたをぱちぱち開閉させる、赤ん坊の人形です。ああ、そうだ、まだまだ赤ちゃんに近い瑛里子が赤ちゃんの人形を抱いて「いいこ、いいこ」「ねんねよ」なんてお母さんぶるのがかわいらしかった。あの人形、どこへやったかしら。

さて、夫の裕之です。温厚で真面目《まじめ》で、周囲の誰に尋ねても悪い評判というのは聞こえてこない人ですが、育児に関しては、多くの男性が陥《おちい》りがちな当事者意識の低さという欠点がありました。手伝えることがあったら言ってね、赤ちゃんが泣くのは当たり前だからうるさがったりしないよ、僕に気兼ねせずどんどんお義母さんに頼ったらいい……両親学級にも参加していたのに万事がそんな調子で、瑛里子が「そういうことじゃないんだけど」と抗議しても「育児疲れで気が立ってるんだね、かわいそうに」と悲しそうな顔をするだけ。栄養も睡眠時間も赤子に吸い取られている状態で頭がうまく働かない瑛里子は、理論立てて反論することができません。まずは自分が元気にならないと、この人の教育どころじゃない。

夫婦の雲行きが怪しくなってきた矢先、裕之に急な異動の辞令が下ります。他県の支店で欠員が出て、早急に補充をしなければ、とのことでした。

――一年くらいで戻ってこられるって。

隣県とはいえ、片道二時間以上はかかります。「しばらく単身赴任になるけど週末には帰るし、こっちの心配はしなくていいから」とのんきに話す夫に瑛里子は怒りを爆発させました。

――何で今、あなたが行かなきゃならないの？　何が「こっちの心配」よ、新生児の父親だって自覚ある？

――だから、今なら多少離れても、寂しかったって記憶に残らずにすむだろ？　嫁が専業主婦なのに、子どもを理由に断れないよ。

――信じられない。今だって何もしてないくせに、未希をわたしに丸投げする気？

――瑛里だってワンオペじゃないだろ、お義母さんに上げ膳据《ぜんす》え膳してもらって……。

――わたしが優雅に暮らしてるように見えるの⁉

交際時期を含めても初めての大喧嘩に発展し、瑛里子は憤然と母親に訴えました。

――異動なんか、裕之さんじゃなくてもいいはずなの。きっと自分から手を挙げたのよ。僕行きますよって。そういうところがあるの。先回りして過剰にご機嫌取っちゃうの。お母さんの近くに住もうって言い出したのも、未希の名づけだって。

ああ、この子はまた悪いほうに考えてしまっている。希和子は戸惑いつつ「サラリーマンなんだから」と取りなしました。

――上の人に言われたら逆らえないっていうのが普通じゃないの。

――お母さんは働いたことないでしょ。

瑛里子はぴしゃりと撥《は》ねつけます。

――お父さんだって、サラリーマンじゃなかったし。

瑛里子の言うとおり、亡くなった夫は開業医で、短大を出てすぐ見合いで結婚した希和子には社会人経験がありません。娘の気持ちには寄り添ってやりたい、でも一緒になって裕之を非難するのも違う……夫婦の間をうまく取り持てずまごまごしているうちに、裕之はさっさと赴任先に行ってしまいました。

しかし、この程度の不和は「乗り越えてきたこと」ではありません。時間が解決してくれる問題です。未希の発育が徐々に安定し、ご機嫌な時にはミルクで煮含めたような頬をむっちりと盛り上げ笑う時間が増えると、瑛里子の精神状態も比例して落ち着きを取り戻していきました。もちろん目が離せないことに変わりはないのですが、小さいくせにはちきれそうな指をちょんちょんとつつき、こんなかわいい生き物がこの世にいるのかという感動に浸れるようになると、未希の動画をせっせと裕之に送り、散歩に出かけて同じような月齢の子を抱いた新米ママと情報交換する余裕も出てきました。半死半生だったのはものの数ヵ月、そのさなかにいる時は永遠に明けない夜の底をさまよっている心地でしたが、いざ光が射《さ》してくるととても呆気《あっけ》なく思えました。

――わたし、やばかったよね。

頻度は減ったものの、定期的に通って家事を手伝ってくれる希和子にそう言うと「仕方ないわよ」と笑ってくれました。

――未希が大きくなって子どもを産んだら、今度はあなたがサポートする番だからね。

――そんなの、まだまだ先の話でしょ。

――そう思ってたらね、あっという間にきちゃうのよ。

そうかも、と瑛里子は思いました。かわいい時期も生意気な時期も、振り返れば一瞬の出来事に変わるのかもしれない。まだひとりで立つこともできないこの子と過ごせる時間なんて、本当に束の間。そう思うと未希へのいとおしさが迸《ほとばし》るほど激しくこみ上げてきます。何があっても絶対にママが守ってあげる。幸せにしてあげる。自分の血肉で養った子の、ずしりとした重みは瑛里子の幸福そのものでした。

未希が、生後十ヵ月を迎えた頃の話です。

――たまには裕之さんのところに行ってあげたら？

希和子からそんな提案をされました。

——掃除とか洗濯とか、男の人じゃ行き届かない部分もあるでしょ。未希はわたしがこっちに泊まって面倒見るから。

瑛里子はすこしためらいましたが、未希は祖母にあやされるといつもご機嫌でしたし、裕之に打診したところ大喜びで「おいでよ」と言うので、産後初めて、娘と離れひとりで出かけることにしました。子どももマザーズバッグも抱えていない身体は軽く、その身軽さが心地よい反面、ふらふらと風に流されていきそうな心許《こころもと》なさもあります。わたしが未希をつなぎ止めてるんじゃなく、あの子がわたしを地上に留《とど》めてくれてるんだ。大事な臓器を置き去りに出歩いているような不安は、しかし夫のマンションに着き、あれこれ小言を言いながら洗濯機を回し、掃除機をかけているうちに薄れていきました。

——瑛里、ごめん、友達とか大学の先輩にいろいろ話聞いて、自分が全然瑛里にも未希にも向き合えてなかったのが分かった。

——わたしも、話し合う余裕なくて、すぐキレてばっかでごめん。

ふたりきりだと素直に労り合うことができ、未希が生まれてからわだかまっていたしこりが解けていくのを感じて瑛里子はほっとしました。

久しぶりに夫婦水入らずで過ごした翌日、お昼過ぎのことです。

——あ、お母さんから電話。羽伸ばしすぎて、いつ帰ってくるんだって怒ってるのかも。

——お義母さんに限ってそれはないだろ。

軽口を叩きながら「もしもし」と出ると、母親のふるえる声が聞こえました。

——未希が動かないの。

そこから、どんなやり取りをしたのか瑛里子は覚えていません。気づいたら裕之とふたりで地元の病院にいて、子ども用の小さなベッドで未希が眠っていました。床では希和子が泣き崩れています。

——未希ちゃん、未希ちゃん、ごめんね。

この子は眠ってるんじゃない、眠ったように死んでいるんだ。でもどうして？　わたしがひと晩も家を空けてしまったから？　裕くんに優しくできなかったから？　おっぱいの出が悪かったから？　拳を握ると、固い芯《しん》のようなものがありました。菜箸《さいばし》です。裕之のためにおかずの作り置きをしている最中に電話が鳴ったからです。ゆるゆると手を開くと、ひと組の棒切れはかちゃっと床に落ちました。滑《すべ》り止めの溝が入った、夫が百均かどこかで買ったであろうありふれた菜箸、それが足元に転がっているのを見下ろし、瑛里子はこれが紛《まぎ》れもない現実だと認識しました。未希が、わたしの娘が死んでしまって、もう帰ってこない。

声は出ませんでした。手足を引きちぎられたような絶叫は自分の腹の中だけに響き、瑛里子は両手で耳をふさぎ、頭を抱えてしゃがみ込みました。ううう、うう、と洩《も》れる獣《けもの》じみた唸《うな》り声が陣痛の時と同じだと思いました。あの時は、未希を産むため。じゃあ今は？　何のために苦しみ、何のために夫はわたしの背中をさすっているの。

混乱がすこしも収まっていないのに、病室のドアが開き、白衣の男が顔を出します。

——お父さんとお母さん、ちょっとこちらに。

父が生きていれば同じくらいの年でしょうか、小児科医だというその医師は「この度は……」というお悔《く》やみもそこそこに、まくし立てるように話し始めました。

——未希ちゃんの死因ですが、急性硬膜下血腫《きゅうせいこうまくかけっしゅ》、要するに頭に衝撃が加わって、内部に出血が起き、血の塊《かたまり》が脳を圧迫したためです。ここに運ばれてきた時にはまだ自発呼吸がありましたが、間もなく息を引き取られました。お祖母《ばあ》さんからは、にわか雨が降ってきて、ベランダに干していた洗濯物を取り込んでいる間に未希ちゃんが転んだ、と説明を受けていますが、ご両親は現場にいなかったんですよね？

「現場」という言葉に眉をひそめながら、裕之が「はい」と答えます。

——単身赴任中で、きのうから妻はわたしのところに来てくれていました。

今度は医師が眉をひそめます。瑛里子の目には「赤ん坊を置いて泊まりがけで出掛けるなんて、ひどい母親だ」と言いたげに見えました。

――以前にもこういったことはありましたか？

――は？

――ですから、未希ちゃんが不審な怪我《けが》をしていたりだとか……。

――不審って、どういう意味ですか。

裕之が思わず声を荒らげると、医師の目つきはますます厳しいものになります。

――未希ちゃんのケースは虐待の疑いがあります。病院の義務として警察に通報しましたので、いずれご両親からも事情を伺うことになるでしょう。ご遺体は、司法解剖に回されます。

幼い我が子が突然死んだ、その事実さえまだ受け止めきれないでいるのに、次々放たれる二の矢、三の矢は瑛里子の心臓をまっすぐに貫《つらぬ》き、夫の抗議も、病室から洩れ聞こえる母のすすり泣きも、その風穴を通り抜けていくばかりで瑛里子に何の感情も呼び起こしませんでした。

医師の予告どおり、翌日には地元の警察に呼ばれ、育児のこと、家族関係のことをねちっこく尋ねられました。聴取に一番時間がかかったのは、当然というべきか、死んだ子の祖母である希和子です。希和子が娘夫婦に語った説明はこうです。

――未希が朝の五時ごろ目を覚まして、おもちゃで遊び始めたの。とてもはしゃいで、でも公園に連れ出そうかと思った十時ごろにはまた眠たそうにぐずっていたから、和室にふとんを敷いて寝かせた。わたしも側《そば》で本を読みながら見ていたんだけど、雨がぱらぱらっと降り出してきて、慌ててベランダの洗濯物を取り込んで部屋に戻ると、未希が仰向《あおむ》けのまま痙攣《けいれん》していた。抱き上げればいいのか、それとも触らないほうがいいのか分からなくて、家にあった子ども用の救急の手引きをめくっているうちに未希が動かなくなったから、動転したまま瑛里子に電話をかけたの。

未希は、つかまり立ちができるようになっていました。希和子がベランダにいる間に目を覚まし、ベビーサークルの柵《さく》に手を掛けて立ち上がったものの、バランスを崩して後ろ向きに転び、頭を強く打った――それが希和子の推測です。その瞬間を見ていないので推測でしかありませんが、希和子には他に考えられませんでした。

けれど、警察は違います。「固い床ならともかく、ねえ」と執拗《しつよう》に希和子を問い質しました。

――畳の上の、さらにふとんの上。そんな柔らかいところで、身長七十センチそこそこの赤ちゃんが転んだからって、死ぬような怪我をすると思いますか？　実際、頭部には目立った外傷はないんですよ。

――そんなの、分かるわけありません。どうしてわたしにそんなことを訊くんですか？

――お祖母さん、SBSって知ってますか？　SBS。

えす、びー、えす、と、幼児に噛んで含めるような物言いが不快でした。まだ還暦にも届かない自分が、赤の他人から「お祖母さん」呼ばわりされるのも。

——知りません。

——乳幼児揺さぶられ症候群、ですよ。読んで字の如《ごと》く、赤ちゃんを強く揺さぶることによって頭蓋《ずがい》内や眼底に出血が生じ、重篤な障害や死亡につながる。今回、未希ちゃんのケースはそれに該当するんじゃないかと懸念して、病院の先生は我々に連絡くださったわけでして。

——わたしが未希に何かしたっていうんですか？　ありえません。

「事情聴取」と「取り調べ」の違いって何だろう。たびたび警察に呼ばれ、同じことを訊かれ、同じことを言わされ、同じ日を繰り返しているかのような錯覚《さっかく》すら覚えながら希和子は考えました。あの日以来、瑛里子とは顔を合わせていません。一週間後に『未希のお葬式終わりました』というＬＩＮＥが届き、まる一日考えて『はい』と返すのが精いっぱいでした。弔《とむら》いに呼ばれもしなかった、でも当たり前だ。瑛里子と裕之さんに謝りたい。何百回でも地べたに額《ひたい》を擦《こす》りつけ、自分の不注意を詫《わ》びたい。わたしが目を離さなければ、「裕之さんのところに行けば」と勧めたりしなければ、こんなことにはならなかった。どうしてわたしの命と引き換えられないの。未希の愛くるしい写真やムービー、『枇杷《びわ》が安かったから買って冷蔵庫に入れてあります』というような日常のやり取り、それらは一日のうちに暗転し、二度と明るくなることはありません。

一方の瑛里子も、現実についていけないまま、ただ過ぎていく日々にぷかぷかと押し流されて暮らしていました。母が目の前にいたら、責める時もあったでしょう。どうしてちゃんと見ていてくれなかったの、と詰《なじ》り、泣いたでしょう。でも、激しい感情の波も、いつかは時間の作用で凪《な》ぎ（何年かかるか分かりませんが）、悲しみと後悔を胸の底にひっそり湛《たた》えて未希のいない生活を営んでいくはずでした。その波を、警察という第三者が現れてばしゃばしゃ乱すものだからどうすればいいのか分かりません。急きょ単身赴任を解かれて戻ってきた裕之とふたり、泣き声も笑い声も絶えた家でほとんど口もきかずに過ごしました。

未希の死から一ヵ月後、五、六人の警察官が朝から瑛里子のマンションに踏み込んできました。家宅捜索、という仰々しい用件を告げられた時、思わず半笑いで「え、何のために？」と訊いてしまいました。家宅捜索って、麻薬とか殺人事件の凶器を探す時にするものでしょう？　こんな、ありふれた一般家庭のどこで何を探すつもり？　瑛里子の困惑をよそに、彼らは未希が使っていたふとんや服、瑛里子の育児日記や母子手帳に至るまで次々に押収していきました。「それは娘の形見です」と夫婦でどんなに懇願しても「捜査が終了したら返却します」と繰り返すばかり。瑛里子はたまらず、希和子に電話をかけました。

――お母さん？　今、うちに警察の人が……。

――うちもなの。

希和子の強張《こわば》った声が聞こえます。

――こっちにある未希の着替えとかおもちゃとか、持っていかれて……瑛里子、お母さん、捕まるの？　何もしてないのに、全然話を聞いてくれないの。

母の縋《すが》りつくような問いに「そんなわけない」と返すのがやっとでした。何をどう調べたところで、未希が虐待を受けたなんて結論にはならない、だってお母さんがそんなことをするはずがないんだから。

その翌日から瑛里子と裕之は、未希と離れていた週末の二日間についてこれまでよりいっそうしつこく聴かれました。わたしも疑われてるんだ、と気づいた時、ぞっとしました。そういえば、「産後うつだったそうですね」と何度も念を押された。未希に暴力を振るって死なせたのはわたしで、口裏を合わせてお母さんが庇《かば》ってると思われている……。幸い、裕之が単身赴任をしていたマンションの管理人が瑛里子の顔を覚えていて、夫婦のアリバイは守られました。そして、疑惑の目はいよいよ未希とふたりきりだった希和子に集中します。希和子の証言以外に未希の状況を裏づけるものはなく、その希和子にしても、決定的な場面を見てはいないと言うのですから。

希和子が過失致死容疑で逮捕されたのは、一日だけ真夏に巻き戻ったような、とても暑い十月の平日でした。悪い予感が的中したわけです。夕方のニュースで「十ヵ月女児死亡で実の祖母を逮捕」というテロップとともに周囲をモザイクでぼかされた実家の映像が流れると、瑛里子はわたしみたいだ、と思いました。何もかもが歪《ゆが》んでぼんやりして、どこに進んでいけばいいのか分からない。いつも助けてくれたお母さんがいない。

取調室では、事情聴取の時と概《おおむ》ね同じような質問が、ずっと高圧的に激しく繰り返されました。警察の主張は、未希が泣きやまなかったとか粗相をしたとか、とにかく希和子をいらいらさせたため、かっとなって頭部に何らかの衝撃を与えた――そのシナリオに沿った供述を求められているのは明白でした。番号で呼ばれること、固いふとんで眠れぬ夜を過ごすこと、四六時中監視の目に晒《さら》されることもちろんでしたが、何よりつらかったのは、彼らが「虐待を許さない」という真っ当な怒りでもって希和子を糾弾《きゅうだん》することでした。

――たった十ヵ月で、かわいい盛りに死んでしまって……この子の無念を、絶対に晴らしてやる。

決意を語って涙ぐむ時さえあり、机を挟んで向かい合った希和子は、この刑事さんの目にわたしはどれだけ恐ろしい鬼畜に映っているんだろうと愕然《がくぜん》としました。我が子に食事を与えない親や、殴ったり蹴ったりして痛めつける親と同じだと思っている。姉から差し入れられたスウェットのズボンの上でふるえる手を握りしめ、希和子は必死で抗弁しました。

――未希が死んでしまったのは、確かにわたしの過失です。未希と娘夫婦には詫びても詫び切れません。でも、故意に未希を死なせたなんてことは絶対にありません。認めてしまえば、それこそ未希に顔向けできない。

――いけしゃあしゃあと孫の名前を持ち出すなっ‼

今まで、男性から至近距離で怒鳴られた経験のない希和子にとって、殺気立った密室は恐怖の箱でしかありませんでした。この人たちに何を言っても無駄だ、ならばいっそ、おとなしくお望みどおりの供述をすればいいんだろうか、法廷で裁判官に訴えたほうが話が通じるんじゃないだろうか、でも、一度起訴されてしまえば九十パーセント以上の確率で有罪判決が出ると聞いたことがある……。

葛藤《かっとう》する希和子に、刑事がこう切り出しました。

――あんた、本当はもうひとり娘がいたんだってな。真希《まき》ちゃん、だっけ？

真希。その名前を聞いた瞬間、氷水をぶっかけられたように希和子の全身がかたかたとわななきました。刑事はそれを見て、舌なめずりせんばかりの表情になります。

――瑛里子さんの妹にあたる次女が生後六ヵ月で亡くなってる。未希ちゃんとそう変わらないね。死因は急性心不全、死亡診断書を書いたのはあんたの旦那。とっくに骨になって、司法解剖に回せないのが残念だよ。旦那は死んでるし、真相は藪《やぶ》の中だな。

——どういう意味ですか。

——とぼけるな。あんたの周りで似た月齢の赤ん坊がふたりも急死してる。自分でおかしいと思わないのか？　それに、瑛里子さんは真希ちゃんの存在すら知らなかった。驚いてたよ。仏壇に手を合わせることも、墓参りに行くこともなかったらしいな。

何て母親だよ、と吐き捨てられ、希和子は初めて「違います！」と大声で叫びました。

——真希のことは、つらすぎて話すこともできなかったんです。すやすや眠っていたはずなのにちょっと目を離したら動かなくなっていて、わたしは半狂乱で夫のいる診療所に駆け込んで、蘇《そ》生《せい》処置をしてもらったけれどどうにもならなくて……。

——また、あんたしかいない状況で、寝ていたはずの子どもが勝手に死んでたって言いたいのか？　そんな話を誰が信じると思う？

——でも、本当なんです、本当にそうなんです……。

——怪しいのはそれだけじゃない、真希ちゃんの四十九日が過ぎて間もなく、旦那が急死してるだろう。飲酒運転で電柱に突っ込んだ自損事故……娘の死で自暴自棄になったとも考えられるし、単なる偶然かもしれない。あるいは、妻のために娘の病死を偽装したことへの良心の呵責《かしゃく》……。死人に口なしなのが悔しいね。

——そんな、ひどい……。

希和子は力なく机に突っ伏しました。目の前は真っ暗なのに、刑事が頭上から勝ち誇った視線を浴びせているのは分かりました。翌日、面会にやってきた娘はアクリル板越しにぎこちなく「身体の調子はどう?」「何か欲しいものはある?」などと質問を投げかけたのち、尋ねました。

――わたし、ずっとひとりっ子だと思ってたけど、妹がいたんだね。真希っていうんだってね。

――……ええ、そうよ。

――お母さん、前に言ってたよね。あなた「は」育てやすかったって。真希はそうじゃなかった?

瑛里子の言葉で、長い間蓋《ふた》をしてきた記憶がよみがえってきます。そう、真希は食が細くて神経質で始終ひんひんと泣いていた。未希にそっくりだった。長女の育児で得た経験値や自信が片《かた》っ端《ぱし》から覆《くつがえ》され、毎日必死で、ひと頃の瑛里子みたいに追い詰められていた。でも、半年経ってようやく落ち着いてきた、その矢先だった……。過去に浮遊していた心は、瑛里子の鋭い眼差しで現在に引き戻されます。

――どうして何も教えてくれなかったの? 死んじゃった家族のことずっと黙ってるなんて、おかしいよ。

――ごめんなさい。

――ねえ、どうして? 妹の写真どころか、お母さんから話を聞かせてもらったことさえないよね。ひた隠しにしてた理由は何？

――思い出したくなかったの。

希和子は細い声を絞り出します。

――まだ全然立ち直れていない時期に、お父さんまで交通事故で呆気なく死んでしまって、あなたを育てるのに一生懸命だった。あの子のことを思い出してしまえば、また悲しみで身動きが取れなくなる、それが怖かったの。

――だからって……。

瑛里子の目の中に、わずかな疑念が浮かんでいました。少なくとも希和子にはそう見えました。「本当なの」と希和子は透明な板越しに訴えました。

――何もしてない、未希にも、真希にも……お願い瑛里子、お母さんを信じて。

仕切りの向こうで娘は目に涙を溜《た》め「どうして？」と繰り返します。

――疑ってるなんて言ってないのに、どうして「信じて」って言うの。

もういやだ。何が本当で嘘で真実なのか、分からなくなってしまった。この世界に未希がいないことだけが絶対で確実だなんて、耐えられない。面会を終えた瑛里子は、実家に直行しました。掃除や空気の入れ換えのために、伯母が通ってくる日だったからです。

——伯母さんも妹のこと知ってたんでしょ？　どうして黙ってたの？　お母さんに口止めされてたの？

開口一番問い詰めると、伯母は悲しげにかぶりを振りました。

――真希ちゃんが亡くなった後、あなたのお母さんは本当に廃人みたいになっちゃったんだよ。お通夜《つや》に行ったら、何も見えてないし聞こえてない、心がここにない、別人の希和子がいた。うちは子どもに恵まれなかったけど、失うのがこんなにつらいなら、いないほうが楽かもしれないとすら思った。怖かった。瑛里ちゃん、しばらくうちで過ごしたのを覚えてない？

――え？

――瑛里ちゃんはまだ二歳になったばかりだったから、無理もないね。抜け殻《がら》同然の希和子には任せておけなくて預かったのよ。二週間くらいだったかな？　ママに会いたいってあんまり泣くから希和子のところへ連れて行くと、あの子はまだふとんから起き上がれずにぼんやり天井を見上げるばっかりで、瑛里ちゃんの声にも反応しなかった。

でもね、と伯母は声を詰まらせ、目頭を押さえます。

――瑛里ちゃんが枕元に駆け寄って「ママ、いいこ、いいこ」ってにこにこしながら頭を撫でたの。そうしたら、希和子の目にすうっと生気が戻って、泣きながら瑛里ちゃんを抱きしめてた。あなたがいてくれなかったら、希和子は絶望のどん底で死んでいたかもしれない。それから少しずつ回復していったけど、真希ちゃんの話はいっさいしなくなって、またあんなふうになるのが心配で、わたしたちも触れられずにいたの。瑛里ちゃん、ごめんね。びっくりしたでしょう。でもこれだけは忘れないで。警察の人がどんなふうに伝えたのか知らないけど、希和子は真希ちゃんのことも、瑛里ちゃんのことも、本当に大切に思っているのよ。

実家をあちこち探しましたが、やはり真希の存在を匂わせるものは写真一枚すらありませんでした。わたしなら、未希が生きていた証《あかし》をひとつ残らず処分するなんてできない。痕跡《こんせき》にさえ耐えられないほどの苦痛ってどんなもの？　裕之から「一卵性母子」とからかわれるくらいに仲がよく、瑛里子自身、自分の一番の理解者は母だと思っていましたが、同じような境遇に陥っても当時の母の心情を察するのは難しく、お母さんのことを何も分かってなかったのかもしれない、と考えずにはいられませんでした。

家に帰り、未希が最後に過ごした和室で座り込んでいると裕之が帰ってきました。真っ暗な家で放心している妻を見て「おいっ」と焦ります。

――あ、おかえりなさい、ちょっとぼーっとしてた。

――心臓に悪いよ。

――ごめんなさい。

あのね、と伯母の話を裕之にも教えようとすると、裕之が先に「あのさ」と口を開きました。

——うちの親が、一度お祓《はら》いしてもらったらどうだって。

——え？

——その、きのうの妹さんの話をしたら、家系でふたりもそういう死に方をする子どもが出るのはよくないねって。

——何言ってるの？

瑛里子の顔がみるみる険《けわ》しくなります。

——裕くんのおうちの宗教とは関わり合いにならないって約束だったよね。

——そんな大げさなもんじゃなくて、ちょっと厄払い的な。両親も心配してるから。

——安心させるためにお祓い受けなきゃいけないの？　うちが呪《のろ》われてるとか祟《たた》られてるって言いたいの？

絶対にいや、とにべもなく拒絶すると裕之もむっとしたのか「冷たすぎないか」と気色ばみました。

——瑛里がいやがるから、父さんも母さんも極力接触を控えてきただろ。未希にだって、数えるほどしか会えてなかったのに……孫が死んで悲しくて、何かしてやりたいって気持ちをちょっとは汲《く》んでくれよ。

――何でこの状況であなたの両親に配慮しなきゃいけないのよ！　どこにそんな余裕があるの⁉　どうせお祓いなんて行ったら大勢待ち受けてて、洗脳みたいにして入信させられるんでしょ！

――そんなことしないって！　いい加減にしろよ。

――いい加減にしてほしいのはこっちよ！　結婚の挨拶に行った時からおかしなパンフ見せてきたじゃない。

――何でそんな昔のことを蒸《む》し返すんだ。済んだ話持ち出す癖《くせ》、ほんとやめてくれよ。

――済んだと思ってるの、あなただけだから！

そこからふたりは、激しい口論になりました。単身赴任の件で言い争った時よりずっとヒートアップし、互いの不満をぶちまけ合いました。パートナーへの攻撃というかたちであれ、自らを奮い立たせる儀式みたいなものが、双方に必要だったのでしょう。その諍《いさか》いの中で、裕之が言いました。

――瑛里はいつも言いたい放題言うくせに、後から「生理前で気が立ってて」とか弁解するだろ、ずるいんだよ。

反撃を考えていた頭が、不意に回転を止めます。そういえば、生理が来ていない。いつからだっけ？　いろんなことがありすぎて気にも留めなかった。いきなり黙りこくった瑛里子を、裕之が訝《いぶか》しげに見つめます。

――瑛里？

――何でもない、生理まだだなって思っただけ。たぶんストレスのせい。ほら、結婚式の準備で忙しすぎた時もそうだったし。

――もし病気だったら怖いから、病院行きなよ。

口喧嘩はうやむやのまま終わりましたが、ふたりとも、ふしぎと後味の悪さは覚えませんでした。翌日、産婦人科を受診した瑛里子は妊娠を告げられます。

――おめでとうございます。

夫婦が最後に交わったのはいつだったか、考えるまでもありません。裕之のマンションを訪れた夜、未希が死ぬ前夜。わけも分からず奔流に呑《の》まれ、息継ぎさえままならない状態でもがいていた間にも、身体の中では新しい命が育っていた。「おめでとうございます」という言葉の温かな響きが時間差で胸に沁《し》みてくると、瑛里子は診察室で声を上げて泣きました。もう、自分の人生で二度と祝福の言葉など聞けない気がしていました。それを望むことさえ許されないだろうと。でも流れる涙は熱く、心臓も熱く、確かに瑛里子の全身が歓《よろこ》んでいました。

裕之に妊娠を伝えると、裕之も「そうか」と頷き、泣きました。

――そういえば、僕たち、未希の葬式の時にも泣いてないよね。

――そうだね。めまぐるしくて、この先どうなるか不安で、あの子をちゃんと送ってあげられなかった。

我が子を喪《うしな》った悲しみと静かに向き合う夜がようやく訪れました。ふたりは未希の思い出を語り、携帯に残った画像を見返しては涙を流しました。瑛里子にとっては、希和子の献身を振り返る作業でもありました。母がどんなに瑛里子に優しかったか、未希を慈《いつく》しんでくれていたか。涙は後から後から溢《あふ》れてきます。目の奥にきれいな泉が湧き、あらゆる濁りを洗い流してくれているようでした。瑛里子は、自分が最悪の時期を脱しようとしているのを感じていました。わたしにはやらなきゃいけないことがある、とも。

留置場に出向き、妊娠を告げると、希和子は「そう……」と途方に暮れたようにつぶやいたきり、目を伏せてしまいます。どう反応すればいいのか分からない、という迷いが、感情より先んじていました。自分に喜ぶ資格なんてあるのだろうか。

――「おめでとう」って言ってくれないの？

静かな声に顔を上げると、娘のやわらかな微笑がありました。未希を産んだ後と同じ美しさを感じ、希和子ははっとします。一方の瑛里子も、一連の出来事によってやつれた母の姿を、ようやくまともに認識することができました。髪の生え際は真っ白で、化粧っ気のない肌は不健康に青ざめ、大小のしわは顔じゅうに刻まれた無数の傷に見えました。希和子は特に美人ではありませんでしたが、いつも身ぎれいにしていて、外に出ない日も薄化粧をし、宅配の荷物を受け取る時にだってぼさぼさの頭で玄関先に出るようなまねはしませんでした。妙に聞こえるかもしれませんが、その時瑛里子の胸には母性のようなものが湧き上がりました。自分の母親に対して、です。お腹の子と同じく、わたしが守ってあげなきゃ死んでしまうかもしれない。死なせるわけにはいかない。そのためならわたしは、いくらでも強くなれる。

――お母さんは何も悪くない。

瑛里子はきっぱりと言い切りました。

――必ずここから出してあげるから、生まれてくる赤ちゃんを抱っこできるのを楽しみにしてて……わたしを信じて。

痩《や》せこけてしぼんだ希和子の頬に、涙がすうっと伝い落ちました。それは自分が夫と共に流した涙と同じものだと瑛里子は思いました。アクリル板に隔《へだ》てられ、拭ってやることは叶《かな》わなかったので、片手を上げ、空中で頭を撫でる仕草をして慰めます。

いいこ、いいこ。

それから瑛里子は、夫の手も借りつつ猛然と情報収集を始めました。警察や搬送先の小児科医の言い分は必ずしも正しいとは言えず、乳幼児の事故死で「虐待」のレッテルを貼られてしまった親や保護者が自分たちの他にもいることを知ると、ＳＮＳを通じてあちこちにコンタクトを取りました。彼らは親身に耳を傾け、すぐに同様のケースを扱った経験のある弁護士や脳神経外科医を紹介してくれました。起訴される前にこちらから最大限働きかけたほうがいい、というのが経験者からのアドバイスでした。

――そもそも、SBSっていう概念自体が疑問符だらけなんですよ。

紹介された医師は、瑛里子に分かりやすく説明してくれました。

――いわゆる「三徴候」っていうのがありまして、硬膜下血腫、眼底出血、脳浮腫《のうふしゅ》、これらが見られる場合はSBSを疑ったほうがいいと。そしてこの三徴候は、三メートルぐらいの高さから落ちない限り生じない、だから、第三者が人為的な力を加えた可能性が高いという基準があるんですが、百パーセントではありません。虐待の結果、三徴候を示したからといって、三徴候のすべてが虐待の結果とは言えないわけです。赤ちゃんの頭蓋骨はとてもやわらかいので、畳やプレイマットの上で転倒しても乳幼児型急性硬膜下血腫に陥るケースは十分考えられます。アメリカでは、SBS理論を基に虐待とみなされた刑事事件のうち約一割が起訴の取り下げや有罪判決の破棄などに至ったという報道もありますから。

もちろん、子どもを故意に傷つけるような事件はあってはならないことで、加害者の責任は追及されるべきですし、加害を見逃さない細かな網の目は必要です。でも、その中で無実の人間が絡まり、苦しんでいるとしたら――彼らは保身に長《た》けた嘘つきでしょうか。それとも、無責任な不届き者でしょうか。子どもを育てていく中で、「あの時あしていればよかった」という後悔が一瞬もない親はいるでしょうか。子どものちょっとした行いで、あわや、と蒼白《そうはく》になった経験のない親は？　子どもの成長というのは「たまたま無事でいてくれた」日々の積み重ねだと感じたことのない親は？

うちの息子も小さい時はわんぱくで、とベテランの弁護士がしみじみと語りました。――妻が何度肝を冷やしたか。家庭って、ある意味ブラックボックスですからね。外からは見えないし外に分かってもらうことも難しい。

そのわんぱくだった息子は無事に成長し、父親と同じく弁護士になったそうです。未希はどんな大人になっただろうと想像するとまた瑛里子の胸は痛みましたが、痛みこそが瑛里子を突き動かす原動力でした。弁護士は希和子に供述の受け答えや被疑者ノートをつける際の注意点を具体的にレクチャーし、医師による二十ページ以上の意見書を検察に提出してくれました。そこには「当該患児は軽微な打撲《だぼく》によって硬膜下血腫を発症したものであり、虐待の可能性を否定するのが妥当である」と明記されています。

わたしは、お母さんを「信じる」なんて言わない。瑛里子は自分自身に誓いました。お母さんは何もしていない、信じるまでもない事実だ。もし裁判になっても怖くない、何年かかろうがそれを証明してみせる。波に呑まれ、溺《おぼ》れて沈みかかっていた瑛里子が、今は潮目をじっと見極め、岸まで泳ぎ着こうとしていました。母とまだ見ぬ子、ふたりの命を抱えて。

二十日の勾留《こうりゅう》期間が満了し、検察が下した判断は「不起訴」でした。「帰っていいですよ」と何の説明もなく、逮捕された時より不親切に、希和子は釈放されました。私物を持って留置場を出ると、瑛里子が待っていました。

――瑛里子、お母さん、もういいの？　もうあれこれ調べられなくていいの？　うちに帰っていいの？

まだ現状を把握できず、きょとんとしている母を、瑛里子がぎゅっと抱きしめます。

――うん、もう大丈夫だからね。

――瑛里ちゃん、ごめんなさい。

希和子の涙が瑛里子のカーディガンを濡らしました。

――お母さんのせいじゃないよ。

――違うの。昔、瑛里ちゃんが大事にしてたお人形を捨ててしまったの。真希だと思って抱き上げたら人形だった、そんな夢ばかり見て、つらくて……。何で今まで忘れてたんだろう、ごめんね。

――そんなこと、どうだっていいよ。

瑛里子はようやく母の涙を拭うことができました。

——おかえり、お母さん。

やがて生まれた赤ん坊は女の子で、真実《まみ》と名づけられました。真実《しんじつ》。いい名前ですね。

お弁当を広げて、楽しそうなピクニックは続きます。公園で一番大きな欅《けやき》の枝に座り、わたしはみんなを見下ろしています。わたし——真希です。肉体こそありませんが、母と姉の側でずっとふたりを見守ってきました。容れ物がなくても中身は育つのです。親がなくても子が育つように。子がなくても親は育つのです。生きるだけなら、できるみたいですね。母の希和子が何も悪くないことなど、わたしには最初から分かっていました。

あの日の出来事について、お話ししたいと思います。母が蓋をした記憶の、さらに二重底になって封印されている部分。

わたしは、ふとんの上に寝かされていました。急な通り雨に気づいた母が洗濯物を取り込むため、庭に出ます。すると、隣で眠っていた姉の瑛里子がぱちっと目を覚まし、わたしを見てにっこり笑いました。そしてよちよち立ち上がり、いつもお気に入りのお人形にするようにわたしを持ち上げようとしました。抱っこをしたかったんですね。わたしの頭を両手で持ち、すぐその重さに耐えきれず離してしまいます。ぽすん、とわたしの頭は敷きぶとんに落ちます。それが何度か繰り返されると、姉はバランスを崩してわたしの顔の真上に倒れ込みました。やわらかいお腹がわたしの鼻と口を塞《ふさ》ぎ、わたしは苦しさに短い手足をじたばたさせましたが、すぐに何も感じなくなりました。母が戻ってきたのは、それから間もなくです。

髪を振り乱して絶叫する母を父が必死に抑えるところを、わたしは天井の片隅から見ていました。

――お前は悪くない、瑛里子も悪くない。真希は生まれつき病気だったんだ。病気で、突然心臓が停まってしまった。それだけだ。いいか、誰も、何も悪くない。忘れるんだ。

母の心はしばらく仮死状態に陥りましたが、姉のおかげで息を吹き返し、父が繰り返した言葉を真実と定めて再起動を始めました。残念ながら、父には優しい嘘を言い聞かせてくれる人がいなかったので、持ち重りのする秘密に耐えきれず、自滅のような死を迎えてしまいました。そのせいでしょうか、父の中身が、わたしのように地上に留まることなく遠くへ行ってしまったのは。あれはどこなんでしょうね。お父さんと話がしたかったのに。残された母の心の奥底に、父の声はますます深く強く刻まれました。誰も悪くない、真希は病気だった、忘れなくてはいけない。

そして、もうひとつの「あの日」。よく晴れた暑い夏の終わり、表ではためく洗濯物、突然の雨。和室のふとんで眠る赤ん坊、その上にかけられたベビーケットの色まで、何もかも、似すぎるほどよく似ていました。洗濯物を抱えて室内に戻った母は、突如《とつじょ》、自《みずか》ら封印した記憶に揺さぶられます。あの日のリプレイのようなあの日。

真希？　真希なの？　いいえ、真希はもういない。いつもの悪い夢だ。

母は、目の前の赤ん坊を両手で抱き上げます。未希は眠ったまま反応しません。ほらね、真希にちっとも似てないお人形、ただのおもちゃ。分かってるから、もう泣かないの。あの人形は捨てたはずなの。こんなのいらない。母の手から放り出されたお人形――未希が、頭からふとんに落ちます。そして母は、白昼夢から覚めます。覚めた瞬間に忘れます。

誰も悪くありません。お母さんも、お父さんも、お姉ちゃんも。そうですよね？――そこの、あなた。わたしが見えていますよね。わたしの代わりに伝えてほしいんです。

真実とお母さんを、絶対にふたりきりにしないで。お母さんの中に眠っているものを二度と起こさないようにして。お願い。わたしを信じて。早く。

四〇九号室の患者

綾辻行人

突然、音が変調した。

耳を裂く甲高い摩擦音。続いて凄《すさ》まじい衝突音。

一瞬にして世界が転倒、瓦解《がかい》する。

衝撃。振動。回転。——圧迫。激痛。驚愕《きょうがく》。狼狽《ろうばい》。恐怖。焦燥。——爆発。

膨れ上がった光が割れ、飛び散った。散らばった光はすぐにまた集まると、揺れ動き、色を変えながら成長し、咆吼《ほうこう》する。赤と黒がグロテスクに入り混じった、凶悪な斑《まだら》模様の獣……。

男と女がいた。

血とガラスの破片にまみれて倒れている。ふたつの口から、弱々しい呻《うめ》き声が切れ切れに洩《も》れる。

赤い牙《きば》を剝《む》き出して、獣が襲いかかる。熱く鋭いその爪が、倒れた二人に容赦なく突き立てられる。

女が絶叫する。

喉《のど》が破裂せんばかりに声を振り絞りつつ、必死で身をよじらせ、逃げる。逃げながら、男のほうを振り返る。

男は腕を立て、上半身を持ち上げて這《は》い出そうとしている。だがすでに、男の足もとにまでそれが迫っている。

やがて男の身体《からだ》が——足が、胴が、腕が、髪が、灼熱《しゃくねつ》の爪と牙に抉《えぐ》られる。毒々しい真っ赤な舌がひと舐《な》めするごとに、男はそれの喉の奥へ、腹の中へ、ずるずると呑《の》み込まれていく。

女が絶叫する。

男の名を呼びながら、駆け戻る。傷だらけの手をさしのべて男の両腕を掴《つか》み、あらん限りの力を集める。

虚《うつ》ろになりかけていた男の目が、女の顔を見つけてかすかに光る。爛《ただ》れた唇が、痙攣《けいれん》のように短く動く。——男は女の名前を呼んでいた。彼がそれまでの人生で最も深く愛した女性の名だった。

斑の獣は咆吼を続け、嬉々《きき》として踊り猛《たけ》る。

形のないその爪が、とうとう女の身体をも捕える。ジリジリと皮膚が焦げる異臭。激しい痛みと灼熱感が、だんだんと鈍い痺《しび》れに退化していく。

非情に燃え盛る炎の中で、男と女はあえぐ。

ひときわ高く、野獣めいた叫び声。長く尾を引いてそれが途切れる。失調した意識が、次第に真っ暗な底なしの淵《ふち》へと沈み込んでいき……。

炎は、そして、ひとつの命とひとつの心を白い灰に葬った。

四〇九号室の患者の日記より

十月二十日　火曜日

きょうからこの日記をつけることにしよう。

誰に命じられたわけでもない。わたしが、自分の意思で思い立った。混乱した心の中を、少しでもきちんと整理していくために。

この思いつきを大河内《おおこうち》先生に話すと、先生は「それは良いことですね」と云って日記帳とペンを用意してくれた。「よろしければ私にも見せてくださいー」とも云われたのだけれど、今のところそんな気はまったくない。

わたしにはどうしてもまだ、彼らを信用することができないから。

今、わたしの手もとには一枚の写真がある。この病室に移ってきてから、大河内先生が持たせてくれたものだ。

写真に写っているのは、二人の男女。どこかのひなびた海岸を背景に、季節は冬だろう、二人はお揃いの生成《きな》りのセーターを着て、屈託のない笑顔を見せている。

男のほうは三十代前半。長身で撫《な》で肩の、なかなかの美男子だ。オールバックにした髪。彫りの深い目鼻立ち。広い額は生白く、日焼けとはあまり縁がなさそうな感じ。

彼にぴったりと寄り添うようにして、女がいる。

男の肩までの身長。くるりとした大きな目が、カメラではなくて男の横顔を見上げている。男と同様に色白で、幼づくりの顔にストレートのショートヘアがよく似合う。

二人は夫婦だ。いや、夫婦だった、と云うべきだろうか。

芹沢峻《せりざわしゅん》、そして園子《そのこ》。

死んだわたしの夫、そしてわたし。

わたし……そうだ。わたしの名は、芹沢園子。

少なくとも今は、そう思っている。

自分自身の名前のことを「そう思っている」とは妙な話だけれども、ほかに云いようがないのだ。それにはもちろん、やむをえない事情がある。そして、だからこそ現在、わたしはこういった境遇（精神科病棟の入院患者……！）に置かれているわけなのだ。

真実がどこにあるのか、残念ながら、わたしはいまだ確信できないでいる。一刻も早くすべての確信を得たい。今のわたしにとっては、その〝確信〟こそが唯一の、そしてせめてもの救いとなるものだろう。

だけど、大河内先生も云うように、焦るのは良くない。

できるだけ冷静に〝自分〟と対峙《たいじ》しなければいけない。心を鎮めて、じっくりと……。

とにかくまず、今ある記憶を順に辿《たど》っていくことから始めよう。

気がついたとき、わたしは見知らぬベッドの上にいた。

あのときの体験は、今ではもう夢の中の出来事のようにしか思い出せないのだけれど、翳《かげ》りのない白い天井と鼻をつく薬のにおい……それだけは鮮明に憶《おぼ》えている。

そこはこのＫ＊＊綜合《そうごう》病院の、外科病棟の一室だった。

身体中に（顔や頭にもだ）包帯が巻かれていて、ちょっとでも身動きをすると激痛が走った。無数の針で肉をほじくりかえされているような痛みだった。

何かひどい怪我をしているらしいとは分かったが、どうして自分がそんな場所にいるのか、そのときのわたしには疑問——と云うよりも不思議だった。

やがて、医師が現われた。わたしを受け持った、吉村《よしむら》という外科医だった。四十がらみの大柄な男で、のっぺりした顔に険しく光る小さな目と、少し歪《ゆが》んだ分厚い唇が印象に残っている。

医師が語ったところによると、わたしはどうやら何か事故に遭って、瀕《ひん》死《し》の重傷を負ったらしい。けれど、そう云われてみてもいっこうにぴんと来なかった。また、その前に彼がわたしを「芹沢さん」と呼んだときも、その名が自分を指して使われたものだとはまったく気がつかなかった。「事故」のことはおろか、みずからの姓名をすら、わたしは忘れてしまっていたのだ。

吉村医師の険しいまなざしは、あおむけに寝かされたわたしの、包帯で覆われた顔にじっと向けられていた。それを見上げるわたしの目からはやや視線を外しながら、哀れむような口調で彼は語った。

全身の打撲、骨折、そして火傷《やけど》。

この病院に運び込まれてきたときのわたしが、およそ生きているのが信じられないほどの重体であったこと。特に両足の傷がひどくて、生命を救うためにはそれを切断せざるをえなかったこと。……

自分の両足が付け根から失われてしまっている現実に、わたしは医師の話を聞くまでまるで気づいていなかった。意識を取り戻してから感じつづけていた痛みは、あたかも両足が今までどおりそこにあるかのように、わたしの神経に訴えていたのだから。

それだけに、切断の事実を知らされてわたしが受けたショックは、並大抵のものではなかった。

わたしは叫び、身悶《みもだ》えした。

医師と看護婦たちが、慌ててわたしを押さえつけた。それでもわたしは、傷の痛みも忘れて喚《わめ》き、やみくもに腕を振りまわしていたように思う。

鎮静剤を注射されて、わたしは眠りに落ちた。

薄れていく意識の中で、そのときわたしは、自分の心に広がる巨大な空白をはっきりと認めていた。

十月二十一日　水曜日

（きのうの続き）

薬剤による睡眠と覚醒《かくせい》の繰り返しが、何日ものあいだ続いた。目覚めるたびに吉村医師が訪れ、身体のぐあいや気分を尋ねた。けれどわたしには、何を答える気力もなかった。わたしはずっと、みずからの作った厚い殻の中に閉じこもっていた。

医師はまた、病室を訪れるたび、いろいろと「わたし」を取り巻く状況についての情報を与えてくれた。

だけどわたしの耳には、それらはすべて何の意味もなさない、現実から遊離した絵空事のようにしか聞こえなかった。難解な学術書に出てくるたぐいの、わけの分からない単語や数式の羅列。そんな感じでもあった。

今では、そのころに彼が何度も話してくれた言葉のかけらさえ、満足に思い出すことができない。

日が経つに従って、身体の傷は徐々に回復へ向かった。

けれども一週間がすぎ、二週間がすぎても、心の中に広がった空白のほうはいっこうに埋められる気配がなかった。

わたしはいったい何者なのか？

その疑問は、全身に負った火傷や失った両足と同じくらい、いや、むしろそれ以上の重みをもって、わたしの心を悩ませつづけた。

そんなある日――。

ふとしたことでわたしは、膠着《こうちゃく》した心のもつれめを解きほぐす糸口を手に入れた。それがすぐに記憶の回復へとつながったわけではない。あるいは取るに足らない、ほんのささやかな閃《ひらめ》きにすぎないものかもしれなかったけれど、それでもわたしにしてみれば、暗闇の中で見つけたかけがえのない光明だった。すべての前提となるべき最初の道標を、ようやくわたしは発見したのだ。

きっかけとなったのは、看護婦に頼んで探してきてもらったある新聞記事だった。

乗用車、崖《がけ》から転落・炎上

七月二十日月曜日の朝刊、社会面の片隅。小さな見出しのあと、記事はこう続く。

十九日午前七時ごろ、京都市左京区《さきようく》花脊町《はなせちよう》の峠道にて、乗用車がガードレールを突き破り、およそ十メートルの崖下に転落、炎上しているところを、バイクで通りかかった大学生Nさんが発見した。車に乗っていたのは高槻市《たかつきし》＊＊町の会社員、芹沢峻さん（三一）と妻の園子さん（二九）と判明。両名とも全身打撲、火傷等のため意識不明の重体。警察では、運転していた峻さんが急カーブでハンドル操作を誤ったものと見ている。

わたしが遭ったという、問題の「事故」の記事だった。

それまで、医師や看護婦の口から再三にわたって聞かされてきた話ではあった。だけど、彼らの説明はいつも、たとえばテレビのブラウン管の中で展開されるドラマを見るような感じで、自分とは直接的な関係のない、作り事めいたお話として、心の表面を素通りするばかりだった。実感の伴わない単なる知識、とでも云えばいいだろうか。

だからその日、わたしは看護婦にその新聞記事を頼んだのだった。少しでも違った形で〝事実〟に触れることによって、それに対する何かしらの〝実感〟が得られるかもしれない、と考えたのだ。

その思惑は当たったと云えるだろう。

細かい活字の群れの中に見つけた「芹沢」という苗字《みょうじ》、そして「園子」という名前。どちらも、それまでさんざん聞かされつづけてきた姓であり名だったが、〝文字〟としてそれらに接してみて、初めてぴんと来るものがあった。

芹沢園子。

そうだ。この名前だ。

新聞記事に目を釘付《くぎづ》けにしたまま、わたしはしばし、奇妙な感慨にひたった。

芹沢園子。

この名前を、確かにわたしは、ごくごく身近なものとして知っている。

芹沢峻とその妻である園子、二人の乗った車が峠道で事故を起こし、炎上した。ああ、そう云えば心のどこか奥深くに、猛り狂う〝炎〟がある。凄まじい恐怖の感情とともに焼きついた、赤い、灼熱のイメージ……。

瀕死の二人はこの病院へ運び込まれ、夫の峻は死亡、妻の園子——すなわちこのわたしだけが、かろうじて命を取り留めた。

そう。芹沢峻は死んだ。

意識不明のまま、負った傷の重さに耐えきれず、無残な最期を遂げたのだ。そうして一人生き残ったのがこのわたしなのだから、わたしは園子なのだ。

けれど——。

芹沢園子というその名前を、ひとつの〝実感〟として思い出してしまったのちもなお、わたしは問わずにはいられなかった。

いったい、わたしはいったい何者なのか？

わたしは園子だ。——むろんそうだろう。そのはずだ。そうとしか考えられない。

しかし、何の躊躇《ちゆうちよ》もなく「そうだ」と断言できるだけの自信が、わたしにはまだ持てなかった。「そのはずだ」とは思いつつも、そこに一抹の疑念を差し挟むだけの余地があることを、漠然とながらわたしは感じていたのだ。

その疑念が具体的にどんな形を取りうるのかは、わたしには分からなかった。あまりに摑みどころのない、それでいてとても不吉な翳りを含み持った、それは〝予感〟であり〝謎〟だった。

以来、わたしの自分自身に対する問いかけに、若干の変更が加わった。

わたしはいったい何者なのか？——わたしは芹沢園子だろう。が、もしもそうでないとしたら、わたしは何者なのか？

十月二十二日　木曜日

（きのうの続き）

その後、身体の傷がだいぶ良くなって、専用の車椅子の上で身を起こせるようになると、わたしは外科病棟から今いる精神科病棟の四〇九号室に移された。

そちら方面の治療が必要だから——と、移動に先立って、吉村医師は精神科の大河内先生を紹介してくれた。常に厳しい顔つきを崩さなかった中年の外科医とは打って変わって、その小柄な初老のドクターは、温厚そうなしわくちゃの丸顔で微笑みながら、車椅子のわたしと向き合った。

「芹沢園子です。はじめまして」

そう云って、わたしは丁寧に会釈した。顔の包帯はまだ取れていなかったので、身体を起こしていると頭が重たくて仕方なかった。

「芹沢園子さん――」

笑顔のまま、精神科医はべっこう縁の大きな眼鏡の向こうからわたしを見据えた。

「あなたのお名前ですね」

「そう思います」

わたしは素直に答えた。

「思い出せたって云えるのは、この名前と、死んだ主人の名だけで。ほかのことはまだ、いろいろと教えていただいても、ぜんぜん実感が湧かなくって」

「はっきり思い出せないのですね。――事故の件も?」

「ええ。事故に遭ったということは、そう云われればそんな気もするんですけど、具体的な状況とかはまるで……」

「なるほど」と深く頷《うなず》いて、大河内先生は傍らの吉村医師に目配せした。

「外科のほうの許可が下り次第、こちらの病室へ移ってもらいましょう。いやあ、なに、心配されることはありません。いわゆる記憶喪失というやつですが、気長に養生すれば、ふとしたはずみで回復するものです。焦ったり悩んだりするのはかえって逆効果だったりする。——大丈夫ですよ。とにかくまあ、私を信頼してください。よろしいですね、芹沢さん」

この病室に移ってきて、きょうでそろそろ一週間になる。

その間いくらかの〝知識〟の追加はあったけれど、同時に、わたしを困惑させるばかりのでたらめな言葉も多く耳にした。それらをいちいちここに記すのは、混乱を招くだけなのでやめておこう。

両手、両腕、胸やおなかに巻かれていた包帯は、すでに取り去られている。が、顔と頭のほうはもうしばらく時間がかかるらしい。いまだ白い包帯が幾重にも巻かれたままだ。

もしも、ひどい火傷の痕《あと》が顔に残ることになったら……。

いや、その問題はなるべく考えないようにしよう。ようやく、失った両足を命の代価として諦《あきら》める気持ちが芽生えてきたところなのだ。このうえ顔までが、などと考えはじめたら、それこそ気が変になってしまう。

吉村医師は普段と同じ淡々とした口調で、心配は要らないと云った。今はただ、その言葉は慰めじゃないと信じるしかない。

両手が自由になってからも、もしかしたら……と思うと怖くて、恐ろしくて、包帯の上から顔をさわることすらできないでいる。

十月二十三日　金曜日

芹沢園子。

この女のことを、今はひとまず「彼女」と、自分から切り離して眺めてみるほうがいいかもしれない。〝真実〟に近づくためには、できる限り客観的な視点に立つ必要があると思うから。

きょうまでわたしが、医師や看護婦や事故に関する事情聴取に来た警察関係者などから得た、信用するに足る〝知識〟を、次にまとめておくことにしよう。

芹沢園子。二十九歳。旧姓は阿古田《あこだ》という。兄弟姉妹なし。京都市に生まれる。

早くに両親を亡くすが、父親がかなりの資産を遺《のこ》してくれたおかげで、生活や就学に苦労することはなかった。地元のN＊＊女子大在学中、二歳年上の芹沢峻と知り合い、恋愛関係に。大学を卒業した年の秋、二十三歳で結婚。

夫の芹沢峻は三十一歳。静岡県浜松市《はままつし》出身。京都のK＊＊大学法学部を卒業後、S＊＊生命に入社、大阪支社に勤務。将来を嘱望される優秀な人材であったという。園子と結婚後、大阪府高槻市のマンションに入居。両親はすでに死去。妹が一人いる。

二人のあいだに子供はいなかったが、夫婦仲はしごく円満だった。休日のたびに、揃ってどこかへ出かけていたという話だ。

七月十九日、日曜日。二人は、前日土曜の夜半からドライヴに出たものらしい。行く先ははっきりしないが、おそらく若狭湾《わかさわん》のほうまで足を延ばしたのではないかと思われる。その帰り道で、問題の事故が起こったもよう……。

もちろん〝事実〟はこのとおりなのだろう。

けれど、いくらそうと分かっていても、わたしの心の中の問題は解決されない。これらの客観的な〝知識〟をわたしの〝記憶〟に結びつける〝実感〟が、どうしても欠けているのだ。

それればかりではない。

深い霧が立ち込めたわたしの頭の中には、もっとほかに何かがあるような気がする。何か——それはたぶん、おとといこの日記に記した〝予感〟あるいは〝謎〟という言葉に置き換えることができるものだと思う。この「何か」がときおり、思い出したように心の表へと蠢《うごめ》き出てきては、わたしに何事かを告げようとする。

いったいこれは何だろう？

十月二十五日　日曜日

きょうは面会客があった。

女性のわたしが見てもはっとするような、長い髪、繊細な白い肌の清楚《せいそ》な美人で、芹沢峻の妹だと名乗った。名前は美樹《みき》。二十九歳というから、わたしと同い年だ。

四年前に結婚し、苗字は松山《まつやま》と変わって、現在は神戸に住んでいるらしい。すでに二児の母だというが、スリムで均整の取れた身体の線は、とてもそのようには見えなかった。

入院して三ヵ月あまりにもなるのだから、きょうまで彼女のような面会者がまったくなかったわけではない。外科病棟にいて意識が戻ったばかりのころには、入れ替わり立ち替わりいろんな見舞い客が訪れたと聞く。

けれども、何しろそのころはまだ、わたしの心の状態は混乱の極みにあったので、どんな人物がやってきて何を喋《しゃべ》ったのか、ほとんどと云っていいほど憶えていないのだった。ただ、見知らぬたくさんの顔がわたしを覗《のぞ》き込んで口をぱくぱくと動かしている——そんな光景がぼんやりと思い浮かぶだけだ。

その後、わたしの心がいくぶん落ち着いてきたときには、ぱったりと誰も訪れる者がなくなった。のちに大河内先生から聞いたところでは、わたしの精神がいまだ非常に不安定な状態にあるため、治療上の配慮として、そのころから面会の規制を始めたのだとか。

そんなわけで、美樹にしても、病院へはこれまで何度も足を運んだというのだが、病室まで通されたのは最初の二度だけで、あとはずっと許可が下りなかったらしい。やっときょう、三度めの面会が許されたのだという話だった。

「三度め」と云っても、前の二度は外科病棟で、わたしは先に書いたとおりの有様だった。「記憶喪失」と診断されたわたしにとっては、だから、この松山美樹という女性はきょうが〝初対面〟の相手であり、従ってもちろん、彼女の顔も声もまったく記憶にはないものなのだった。

淡い黄色のブラウスに洒落《しやれ》た千草色のジャケットを着た彼女は、車椅子に坐《すわ》ったわたしの姿を見ると、ハンカチでしきりに目頭を押さえながら、「可哀想に」と口の中で繰り返していた。

それからひとしきり、おそらくわたしよりも彼女のほうがよほど気が高ぶっていたのだろう、わけの分からないことを喚くように云ったかと思うと、またハンカチを目に当てて泣きだした。大丈夫よ、元気にしているから——と、逆にわたしのほうが、取り乱す義妹《いもうと》をなだめなければならなかった。

「違う。違うの」

と、それでも彼女は、涙にむせびながら口走っていた。

「お願いだから、気を落ち着けて。ね、美樹さん」

わたしはやりきれない気持ちで、顔を伏せる義妹の手を取った。彼女の手は冷たく、子供のように小さかった。

「あなたのほうがそんなだったら、わたし、どうしたらいいか」

「ああ……」

美樹はあえぐような長い息を落とし、そして、弱々しく首を振りながら

「ごめんなさい」と云った。

「ごめんなさい。分かってる。でも……」

細く掠《かす》れた声だった。小刻みに震える彼女の手を、わたしは強く握りしめていた。

やがて美樹が平静を取り戻すと、わたしは彼女から、自分――芹沢園子に関する何らかの新しい情報を訊《き》き出そうとした。美樹はもう泣いたりはせず、いろいろと話を聞かせてくれたのだけれど、これといった収穫は得られなかった。

ただ――。

ひとつだけ、彼女はとても気になることを云っていた。

「今年の春ごろから、義姉《ねえ》さんはお兄ちゃんのことで何か心配事があるみたいだった。いつだったかあたしが遊びにいったとき、憂鬱《ゆううつ》そうな顔で洩らしてたわ。最近どうも彼の様子が変だ、浮気でもしてるんじゃないか、って。そんなわけないわよって、あたしは否定したんだけど。でもね、実際のところどうだったのかは、あたしたちには分かりようがなかったから……」

十月二十六日　月曜日

きのうの美樹の話が、気にかかって仕方ない。

死んだ芹沢峻に浮気の相手がいた。

はた目にはとても仲の良い夫婦だったというが、結婚六年めにして、まだ子宝には恵まれていなかった。夫は一応以上の美男子で、しかも一流企業のエリート……。あるいは、浮いた噂のひとつもなかったほうがおかしいのかもしれない。

けれども今、わたしの心をざわめかせてやまないのは、夫の浮気が事実か否かといったレベルの問題ではない。そうではなくって、その相手――峻がつきあっていたかもしれないという、愛人の女の影そのもの。

「女の影そのもの」とは、いったいどういうことなのか。

自分でもうまくは説明できない。

「峻の愛人」というその言葉、その響き、そこにつきまとうイメージ……それらが、心のどこかで眠っている記憶を、何か奇妙な、強い力で揺り動かすのだ。

なぜ？

美樹によれば、わたし（＝園子）は、その女の存在にうすうす勘づいていたらしい。当然、不安や嫉妬《しっと》に心を痛めたことだろう。その記憶が「気にかかる」原因なのだろうか。

違う。違うと思う。

単なる嫉妬だけでは片づけられない何物かが——もっと複雑な、いや、もしかしたらそれとはぜんぜん異質な何物かが、心の奥深くにひそんでいる。そして、その何物かこそが、どうやら〝真実〟に辿り着くための重要な手がかりらしい。

わたしにはそう思えてならない。

十月二十八日　水曜日

この顔の包帯は、いつになったら取れるのだろうか。

きょう担当の看護婦に、思いきってそのことを訊いてみた。

看護婦の名は町田範子《まちだのりこ》という。身体を清めるのから下の世話まで、よく面倒を見てくれる。つねづね彼女には感謝しなければと思っているのだけれど、実のところ、わたしはこの看護婦にあまり良い印象を持ってはいない。

男のようにがっしりとした肩の、背の高い女だ。年はもう四十すぎだろうか。

小じわの目立つ化粧っけのない卵形の顔は、いつも事務的な無表情で、必要以上のお喋りはしない。それはそれでかえって気楽だと云えなくもないのだが、ときとしてそんな彼女の様子が、何とも云えず不愉快に感じられたり、冷たく恐ろしいものに見えたりするのだ。

与えられた仕事を行なうあいだ、ベッドや車椅子のわたしに向けられる無感動なまなざし……。

その目で、彼女は哀れな患者に何を見ているのだろうか。

その向こうで、彼女の心は何を考えているのだろうか。

……いや、そんなことではなくて。

もしかするとわたしは、範子のそのあまりにも無機的な目ゆえに、そこに自分の姿を映して見てしまっているのかもしれない。彼女の目に映った自分自身の謎を恐れ、怯《おび》えているのかもしれない。

「この包帯、いつになったら取れるのかしら」

唐突なわたしの質問に、範子は不意をつかれたように身を硬くし、視線をそらした。一瞬だったけれども、そこには確かに狼狽が見えた。

「さあ。――外科の先生にお訊きしてみないことには、何とも」

わずかの間をおいて、そんなあたりさわりのない答えが返ってきた。

「ね、町田さん。わたしもそれなりの覚悟をして訊くんですけど」

さらに私が尋ねようとしたときには、彼女はもう普段の無表情に戻っていた。

「毎日、包帯を取り替えてくださるでしょ。だからあなた、知ってますよね。わたしの顔、もとどおりになってるの？　今はまだ痕が残っているにしても、治る見込みはあるの？　それとも……」

「何をおっしゃるんですか」

彼女はいつもと変わるところのない、やや抑揚の欠けた声で云った。

「そりゃあ、少しぐらいの傷は残っていますよ。けれど、だからまだ包帯が取れないわけでしょう。心配するお気持ちは分かりますけどね、あんまり神経質にならないように」

「大丈夫ですよ。もうしばらく治療を続ければ、必ずもとどおりのきれいなお顔になります。先生もそう云っておられますから」

「でも……」

「――本当に?」

「本当ですとも。ですからね、今はそれよりも、心の病気を治すほうに専念してください。顔の傷のことは忘れて」

彼女に云われなくっても、これまでずっと、わたしは忘れようと努めてきた。それでもやはり、ときおり抑えようのない不安と恐怖にかられるのだ。

わたしの顔。

包帯の下の、わたしの顔……。

「大丈夫ですよ」と云った看護婦の言葉を、そのまま信じてもいいのだろうか。それともあの言葉は、ただの気休めにすぎなかったのだろうか。

ああ、考えだすときりがない。

いまだにわたしの指は、首よりも上をさわってみようとしない。

十月三十一日　土曜日

わたしはいったい何者なのか？――わたしは芹沢園子だろう。が、もしもそうでないとしたら、わたしは何者なのか？

自分自身に対するこの問いかけが今や、いよいよ深刻な含みをもって、わたしの心にのしかかってくる。

わたしはいったい何者なのか？

今まで何度、自問してみただろう。そのたびにわたしは、自分は芹沢園子だ、そのはずだ――と、なかばおのれに云い聞かせるようにして答えてきたのだった。けれども、「そのはずだ」と論理的に割り切って考えることすら、もはやわたしにはできない。

「もしもそうでないとしたら」――今まで純粋な仮定にすぎなかったその言葉が、にわかに現実味を帯びはじめている。つまり、「もしもそうでないとしたら、わたしは何者なのか？」という問いに対する答えが――今まではありうべくもないと思っていたその答えが、具体的な形を備えてわたしの前に現われたのだ。

芹沢園子。

客観的なデータから考えると、わたしはこの女以外の何者でもあるはずがなかった。ところが今になって、それとは異なる新たな可能性を、わたしは発見してしまった。

わたしは園子ではないのかもしれない。

園子とは別の、ある女なのかもしれないのだ。

と云うのも……。

きょう、また面会客が訪れた。

S＊＊生命の社員で、木島久志《きじまひさし》という名の男だった。芹沢峻の大学時代からの後輩で、峻とは特に親しい仲だったらしい。

当然わたしのほうも、彼とは面識があるはずだった。けれど、いくら云われてもやはり、わたしは彼の名前も顔も思い出せなかった。初めて聞く名前、初めて見る顔、でしかなかったのだ。

太り気味のごつい身体に、窮屈そうな灰色のスーツを着ていた。浅黒い顔。ぴっちりと七三に分けた髪。太い眉《まゆ》の下の目は糸のように細くて、少し茶色がかった瞳《ひとみ》をしている。

いかにも実直そうな男、という印象を受けた。

お決まりの悔やみ文句を並べたあと、木島はまじまじとわたしの姿を見つめた。

ミイラのような包帯だらけの顔。切断された両足。……車椅子の上で身を縮めたわたしは、さぞや哀れな、不幸な女として彼の目に映ったに違いない。焦茶色の瞳に浮かんだ静かな光に、わたしは明らかな憐愍《れんびん》を見て取った。

「あの、木島さん」

その瞳から逃げるように重い頭を横に向けながら、わたしは云った。

「ひとつわたし、お訊きしたいことが」

「はい。何なりと」

彼は大きく頷いた。

「少しでも記憶を回復させるお手伝いができれば、と思って来たんですから」

「ありがとう。――じゃあ、お尋ねします。もしもちょっとでもご存じなら、率直に話してくださいね。わたしは本当のことが知りたいんです」

そして、わたしは彼に質問した。芹沢峻に愛人がいたというのは事実なのか、と。

一瞬、木島は返答に詰まり、何とも複雑な表情を見せた。

「芹沢は死にました。今さら死んだ人をとやかく責めるつもりはありません。わたしはただ、事実をそのまま知りたいだけなんです」

わたしは声を高くした。

「木島さん、お願い。ご存じのことがあれば、何も隠さずに聞かせてください」

「──分かりました」

やがて彼は答えた。沈痛な面持ちだった。

「先輩には確かに、そんな相手がいたみたいです」

「やっぱり」

「僕は先輩よりも二年遅れて入社して、同じ大阪支社に配属されました。先輩とは大学のサークルが同じで、そのころから何かと面倒を見てもらっていて。就職にさいして同じ会社を選んだのも、先輩に誘われたからというのが大きな理由だったんです。会社に入ってからも、ちょくちょく一緒に飲みにいったり、お宅へ伺ったりして。奥さんのことも、だからよく知っていました。

今から、そう、二年ほど前になりますね。先輩は、あるクラブのホステスと関係を持っていました。僕も、その店には何度か連れていってもらったことがあります。何て云うかその、あまり品の良くない店でしたが。そのホステスはマヤっていう源氏名で、二十五、六歳の、かなりはすっぱな感じの女でした。どうひいき目に見ても、先輩にふさわしいような女じゃなかった。

そのころ先輩は結婚して四年めで、夫婦のあいだにそろそろ子供がいてもおかしくない時期で……。先輩がそんな女と遊ぶようになった理由はどうも、その辺にあったみたいですね。先輩は昔から大の子供好きで、早く自分の子が欲しいってよく云っていた。なのに、なかなか望みが叶《かな》わないものだから、先輩自身か奥さんに何か、不妊の原因があるんじゃないかって、いつだったか洩らしていたのを憶えてます。

そのマヤっていう女とは結局、二、三ヵ月の短いつきあいで終わったようでした。何でも彼女はえらく身持ちの悪い女で、ある日いきなり無断で店を休んで、それっきり出てこなくなったんだとか。おおかた誰かほかの男でもくわえこんで、よその街へ流れていったんだろうって話でしたが。それっきり先輩もその店には行かなくなって、もとの愛妻家に戻ったみたいで……。僕ははたで見ていて、ああ良かったなってね、胸を撫で下ろしたものでした」

そこまで一気に話すと、木島は言葉を切り、上目づかいにわたしの反応を窺《うかが》った。

「まだ、続きがあるんですね」

わたしが云うと、彼は頷き、話を再開した。

「それからはずっと、夫婦の仲はうまくいってたみたいで、そのたぐいの噂はひとつもなかったんです。先輩は社内の女の子にもけっこう人気があったんですけどね、誘いをかけられたりしても、まるで無関心といった様子で……。

ところが、今年の春——と云っても三月の、まだ寒い時分のことです。土曜の夜、でした。僕は同僚の何人かと一緒に街へ飲みに出て、そこで偶然、先輩の姿を見かけたんです。かなりもう遅い時刻でした。飲み屋から出てきたところで、前を通りすぎていく先輩を見つけて……声をかけようとしたんですけど、思いとどまりました。つまりその、連れの女性がいたからです。

僕の知らない女でした。はっきりと正面から見たわけじゃなかったんですけど、背丈は奥さんと同じか少し高いくらいで、真っ赤なロングコートを着て……ずいぶん派手ないでたちでしたね。髪は長くて、ソバージュっていうんですか、ああいう髪型で、濃い化粧をして。夜なのにサングラスをかけていたりも……。

　先輩たちは週末の人盛りの中を、べったりと腕を組んで、女のほうはちょっとうつむきがちに、どことなく人目をはばかるような感じで、僕たちには気づかずに通りすぎていきました」

「それが、芹沢の愛人だったと？」

「ええ」

　木島は決まり悪げにわたしから目をそらし、

「ただの女友だちというふうには見えませんでしたから。かと云って、水商売の女っていうのともどこか雰囲気が違っていた。

　僕がその女性を見たのは結局、それ一度きりでした。けど、同僚の連中で、ほかの日に同じような光景を目撃したって奴が何人かいましたから、人違いということはないはずです。

　で、それから一ヵ月ほど経ったころ、大学のサークルの同窓会がありましてね、僕も先輩も出席したんですが、その三次会だったか四次会だったかで、思いきって訊いてみたんです。ふだん会社で顔を合わせても、そんなことを訊けるはずがないし、おまけに先輩はポーカーフェイスの名人だったから。そのときは二人ともだいぶアルコールがまわっていて、僕にしても勢いで尋ねてしまえたわけで……。

このごろえらく派手な女を連れて歩いていますねえ、と僕が切り出したら、意外なほどにあっさりと、先輩はそれを認めました。そして、べつにうろたえたそぶりも見せずに、あれは俺の愛人でね、なんて云うんです。あんまりあっけらかんとしてるんで、何だか僕のほうがしどろもどろしてしまって、奥さんに知られたらまずいですねとか何とか、野暮なことを云った憶えがあります。先輩はふふんと鼻で笑って、そりゃあまずいだろうなって、それだけ。内緒にしとけよとも何とも云わなかった」

「それで……あの、その女性はどういう人だったんでしょう。名前は?」

自分の声がうわずっているのが分かった。しかし、それは決して――奇妙な話だけれど――峻の妻としてその女に嫉妬を感じたからではない。わたしの心にこのとき渦巻いていたのは、悲しみでも怒りでもなくて、強烈な、ある〝予感〟だった。

「詳しいことは知りません」

と、木島は答えた。

「職業とか住んでるところとか、その女性の素性に関わるような話はいっさい、先輩の口からは聞けなかったので。ただ、女の名前だけは、字まで書いて僕に教えてくれました」

そうして彼は、その名を告げた。

「岡戸《おかど》沙《さ》奈《な》香《か》。岡山の岡に戸口の戸、ご無《ぶ》沙《さ》汰《た》の沙に奈良の奈、そして香りの香です。沙奈香。変わった名前でしょう?」

岡戸沙奈香。

その名前を聞いた瞬間、わたしの心に電撃が走った。それはちょうど、七月二十日の新聞記事に「芹沢園子」の文字を見たときに感じたのと同質の衝撃だった。

わたしはこの名前を知っている。それも、非常に身近な存在として。

新たな〝実感〟が、心の中の空白に蘇《よみがえ》ったのだ。

十一月二日　日曜日

わたしはいったい何者なのか？　――わたしは芹沢園子だろう。が、もしもそうでないとしたら、わたしは何者でありうるのか？

その答えを、今やわたしは手に入れた。

岡戸沙奈香。

蘇った記憶は、まだまだ小さな断片にすぎない。けれども、ここに来てわたしは、少なくとも自分自身の名前に関するひとつの〝確信〟を得たのだ。

わたしは芹沢園子か、でなければ岡戸沙奈香だ。

理屈は二の次でいい。とにかくそれが、やっと手に入れたわたしの〝確信〟であり、同時に新しい課題でもあるのだった。

わたしは、芹沢園子か岡戸沙奈香のどちらかだ。このことに間違いはない。

では、いったいわたしはどちらの女なのだろうか？

これまでは漠然としたものだった疑念が、明確な二者択一の問題にすりかわっただけの話なのかもしれない。けれど、あと少しで〝真実〟が見えてくるような気がする。あと、もう少し……。

そう思うのは、あまりに楽観的すぎるだろうか。

十一月二日　月曜日

ふたつの可能性のあいだを、わたしは振子のように揺れ動いている。きのうの楽観的な展望は、やはり楽観的にすぎたらしい。

わたしは芹沢園子なのか？　それとも岡戸沙奈香なのか？　考えれば考えるほど、いよいよ分からなくなってくる。いったいわたしはどっちなのだろう。

わたしが園子だとしたら――。

その可能性の中身について、あれこれ想像を巡らせる必要はもはやないと思う。今までそう聞かされてきたとおり、七月十九日の早朝、芹沢峻・園子夫妻は、深夜のドライヴの帰りに車ごと崖から転落した。そうして生き残ったのが、園子＝わたしだったということだ。

ただしこの場合、峻の愛人である沙奈香がその後どうしているのか、という問題が残る。事故の発生を知らないでいるのか。知ってはいるが、立場上どうすることもできずにいるのか。——事故のあと、さまざまな人間が病院を訪れたそうだけれども、沙奈香らしき女が峻を訪ねてやってきたという話はまったく聞かない。

問題はもうひとつある。

わたし＝園子だとして、ではどうして、わたしは岡戸沙奈香という名前をよく知っているのか？

松山美樹の話によると、今年の春の時点で、園子は峻の浮気を疑っていたようだという。ならばそののちに、わたし＝園子は沙奈香の名を知ったことになるが、どのようにしてそれを突き止めたのだろう。夫に詰め寄ったのか。自分で調査するかどうかしたのか。沙奈香本人と会ったことはあるのか。……

一方、わたし＝沙奈香だとしたら、〝事実〟の内容はどういうふうに変わってくるか。

そもそも、芹沢峻の運転する車に同乗していた女が園子であるとされたのは、「前の夜、芹沢さんが奥さんを乗せて外出した」という同じマンションの住人の証言によるところが大きかったと聞く。しかし、炎上した車から救出された二人は、全身に重い火傷を負った状態で、わたしはこのとおり顔にもひどい傷があった。所持品等はほとんど燃えてしまっていたらしい。車のナンバーから男のほうが芹沢峻であるとは判明したにせよ、では、女のほうが園子であると証明することはできたのだろうか。

単に、芹沢峻と同乗していたという状況だけを理由に、女＝園子と決めつけられた可能性が高いと思うのだ。とすると、その女が実は愛人の沙奈香だった、ということも充分にありうるのではないだろうか。

何らかの事情で、車の助手席には園子ではなく、愛人の沙奈香＝わたしが乗っていた。そこにあの、予期せざる事故が……。

入院以来、わたしの顔はずっと厚い包帯の仮面の下に隠されたままだ。警察関係者はもちろん、面会客の誰に対しても、いまだ一度として素顔をさらしていないし、そのうえわたしは過去の記憶を失ってしまっている。たとえ、わたしが園子ではなく沙奈香だったとしても、それは誰にも知りようがない話ではないか。

この場合はしかし、ひとつ大きな疑問が出てくる。

わたし＝沙奈香だったとして、そのわたしが芹沢園子の名前を知っていることに大きな問題はないだろう。問題なのは、本物の園子は今どこにいるのか、ということだ。

事故の前夜、峻と二人でドライヴに出かけたはずの園子は、いったいどこに行方をくらましてしまったのだろうか。

十一月三日　火曜日

大河内先生が毎日、病室を訪れてカウンセリングをしてくれるのだけれども、そのおかげで記憶が回復に向かう気配はいっこうにない。

そういった治療法を続けることで自分の病気が治るとは、どうしてもわたしには思えない。精神医学的にはどうなのか知らないが、これはあくまでもわたし自身の、わたしの心の中の問題なのだ。他人の手によってその解決がつこうなんて考えないほうがいいと思う。

わたしは芹沢園子なのか？　岡戸沙奈香なのか？

とにかく今、問題の焦点はそこにある。

けれど、このまま悶々《もんもん》と考えつづけてみても、自分の内側からはもう何も出てこないような気がする。何か特別なきっかけでもない限り。

何でもいい。そのきっかけが欲しい。

何か……そう、たとえば客観的に〝事実〟を確かめることによって、それが得られはしないだろうか。

わたしはどっちの女か？

これを〝事実〟としてはっきり確認できれば――それさえできれば、きっと何か、心の内側からも蘇ってくるものがあるはずだ。

確かめる方法は、ふたつほど思い浮かぶ。

ひとつは、園子の顔写真とわたしの顔を自分の目で見比べてみること。だけれど、今のところそれは不可能だ。わたしの顔はいまだに、包帯だらけのミイラなのだから。

いつになったらこの包帯が取れるのかも知らされていない。それに、たとえ取れたとしても……いや、そのことは考えるまい。考えたくもない。

ふたつめの方法は、指紋の照合だ。

幸い、手や指先の傷はほぼ完全に治っている。このわたしの指紋と芹沢園子の指紋を突き合わせてみれば、自分が園子なのかどうかを、同時に、沙奈香でないのかどうかを確認できる。園子の指紋は芹沢家の、たとえば彼女の化粧品の壜《びん》にでも残っているだろうから……。

とは云っても、入院中のわたし一人の力では、これはどうにもしようがない。

思いきって大河内先生に打ち明けてみようか。いや、でもそれは……。

ならばやはり、顔の包帯が取れる日を待つしかないのか。

ああ、わたしはどうすればいい？

十一月七日　土曜日

昨夜もまた、恐ろしい夢を見た。

このところ、毎晩のように悪夢にうなされる。自分の上げた声で夜中に飛び起きたりもする。

悪夢はいつも、抽象的な意味不明の恐怖で彩られていた。目覚めたときには、だから、どんな内容の夢かは忘れてしまっているのが常だった。

なのに、昨夜の夢ときたら……。

それはこれまでになく具体的な、生々しい映像や音、においや触感をも伴ってわたしを襲った。今でもありありと思い出すことができる。

……冷たい感触。

妙に冷たい、柔らかな感触。

硬い椅子に坐らされたわたし。縄で縛りつけられてでもいるように、身体の自由がきかない。

両側に垂れ下がった腕は痺れて動かない。指の一本すら思うように動かせない。まばたきひとつ意のままにならない。ぜんまいの切れた、おもちゃの人形のように。

冷たい感触の主は、幾本もの白い手だ。正面を向いたきり微動だにできないでいるわたしの身体を、顔を、手たちは無遠慮に撫でまわしている。

(可哀想なミイラのお人形さん……)

耳もとに囁《ささや》き声が吹きかけられる。薬臭いような黴臭《かびくさ》いような、何だかひどくいやな臭気が立ち込めている。

(可哀想に。そんなに怯えなくってもいい。何も怖がることはないんだからね。さあ……)

するすると布のすれる音。白い、冷たい手たちが、わたしの顔に巻きついた長い包帯をゆっくりとほどきはじめる。

ほっ、ほっ、ほっ……と、感情を押し殺したかすかな息づかい。

ほっ、ほっ、ほっ、ほっ……という、そのリズムに合わせながら、徐々にわたしの顔があらわになっていく。

（さあ）

さっきの声が云う。

（さ、おしまいよ、お人形さん）

白い手たちが、いったん姿を消す。どこへ行ったんだろうと思うまもなく、今度はてんでに、大小とりどりの何枚もの鏡を携えて、わたしの前に戻ってくる。

（さあ、ご覧なさいな）

声がやんわりと命ずる。

（怖がらなくていいのよ。しっかりとそう、目を開いて、見て。ちゃんと見て。目をそらしちゃだめ。さ、お人形さん）

手たちが持つ鏡の中には、どれにも同じものが映っている。それが何なのかを認めるのに、もちろんそんなことは分かりきっているのだけれど、わたしは馬鹿なくらい時間がかかった。

ピンクと紫と黒と……汚く濁った色が複雑に入り混じった、ひしゃげた球形の肉塊。下方の一部分に走った、不恰好《ぶかっこう》な赤い亀裂。醜く爛れて盛り上がった肉の切れめから、怨《うら》めしげにこちらを睨《にら》み返す、充血したふたつの眼球……。
(可哀想にね)
(何て可哀想な、お人形さん)
(何て哀れな)
(何て不幸な)
(何て醜い)
(何て恐ろしい)
(何て……)
悲鳴。そして——、闇。

十一月十日　火曜日

ああ。このままではきっと、わたしは気が狂ってしまう。
これまでわたしは、せいいっぱい冷静に、理性的に、わたし自身の問題と取り組んできたつもりだ。心の中の失われた部分をこの手に取り戻すため、ずっと一人で考えつづけ、悩みつづけ、そうしてやっと、自分は芹沢園子か岡戸沙奈香であるというひとつの〝確信〟にまで辿り着いた。しかし——。

もう一週間以上経つというのに、そこから先は依然として〝謎〟のままだ。

十一月三日のこの日記で、わたしは自分が二人の女のうちのどちらなのかを確認する方法をふたつ挙げた。けれども、相変わらず顔の包帯は取れないまま。そしてわたしは、この四〇九号室の箱の中にいて、自分の足で歩くことさえできない。どちらの方法も実行は不可能……。

誰かの助けが必要だと思う。わたし一人の力では、これ以上はどうしようもない。なのに今のわたしには、全面的な信頼を寄せられる「誰か」すらいないのだ。

わたしを取り巻く人たち——大河内先生、町田範子をはじめとする看護婦たち、ときたま訪れる外科の吉村医師……彼らが果たして、わたしのことを正しく理解し、心から思いやってくれていると云えるだろうか。

見舞いにやってきた松山美樹、それに木島久志——この二人にしても同じだ。

確かに彼らは、わたしに深い同情を示し、岡戸沙奈香という重要な人物についての情報を与えてくれた。けれど同時に、彼らはわたしの心を混乱させるばかりの、神経を疑いたくなるようなふるまいを見せもしたのだ。あのことを考えると、やっぱり信頼する気になんてなれない。だけど、このまま一人きりで思い悩む毎日が続いたら……。わたしはとても正常な精神状態を保っていられる自信がない。夜ごとの悪夢の件もある。昨夜も見た。一昨夜も見た。どれも、先日この日記に書いたのと同じ夢だった。

わたしは、怖い。

十一月十二日　木曜日

ときどき病室の窓から外の景色を眺めてみる。窓はベッドから離れた場所にあるので、自分で車椅子を動かして行かなければならない。そのたびにわたしは、ここが精神科の病室であるという事実を思い知らされる。狭い窓枠にはめこまれた、冷たい鉄格子……。

精神科病棟、四〇九号室。

これまで何人の患者が、この閉ざされた部屋の中で苦悩の日々を送ってきたのだろうか。苦悩？――いや、彼らの中には、そんな感情とは無縁の者も多くいたことだろう。みずからが造り出した狂気の世界で、自分だけの幸福な時間をすごした者もたくさんいたに違いない。

四階の窓から見る十一月の風景は、暗く、荒涼としていた。遠くの山々や空葉を落とした木々、コンクリートの建物の群れ……遠くの山々や空までまでもが、ひどく立体感のない、陰鬱なモノトーンの絵に沈んでいた。

孤独。

その言葉の意味を、その意味の恐ろしさを、わたしは改めて痛感する。

誰も救ってくれない。誰も、信じられる者がいないのだ。今ここに存在する、ほかならぬこの「わたし」さえもが、何て遠い……。

もういやだ。

もうこれ以上、一人で苦しむのはいやだ。

いっそのこと、大河内先生にすべてを話してしまおうか。

十一月十三日　金曜日

日課となっているカウンセリングのとき、わたしは決心を固め、大河内先生に考えを打ち明けた。わたしは芹沢園子ではなく、岡戸沙奈香という別の女なのかもしれない、と。

「おっしゃることはよく分かりました」

わたしの話を最後まで黙って聞くと、精神科医は興味深げな面持ちで云った。

「岡戸沙奈香、か。その名前に、あなたは確かにぴんと来たわけですね」

「ええ。そうです」

「そして、それがあなた自身の名前であるかもしれないと考えた……」

ちんまりとした丸い顔にかけた大きな眼鏡の奥で、初老のドクターは米粒のような目を何度もしばたたいた。

彼がわたしの考えを、少なくとも頭から否定はせず、真面目に受け止めてくれている様子であることに、わたしは多少なりとも力づけられた。そこで、続けてわたしは、自分がどちらの女なのかを自分自身で確認したいのだ、と訴えた。そのためには顔写真か指紋の照合が必要だ、とも。

「写真は、前にお渡ししていましたね。しかし――、あなたの顔の包帯が取れるのがいつごろになるのか、まだ分からないので」

「そんなに長くかかるんでしょうか」

「私は専門じゃないので、何とも云えませんが」

「先生」

わたしは語気を強めて医師に迫った。

「知っておられるのなら、はっきりとおっしゃってくださいませんか。つまり、わたしの――わたしの顔はもしかして、もう人目にはさらせないくらい……」

「そんなことはない、芹沢さん。そんな、悪いようにばかり考えてはいけません」

先生はわたしをたしなめたが、その声にはどことなく戸惑いのようなものが感じられた。

「そうですな。では、指紋のほうを何とかしてみましょうか。ただし、芹沢園子本人のものに間違いないという指紋がうまく手に入れば、の話ですが」

そして先生は、近いうちに自分のほうで手配しておくから、と云った。

十一月二十日　金曜日

一週間ぶりで日記をつける。

大河内先生はどうも、頼んだ指紋のことを忘れてしまっているようだ。いっこうにその件についての報告がない。わたしのほうも、あえて黙っている。やはり、そうだ、他人は信用できない。

記憶は相変わらず、遠い手の届かないところにある。何の進展もない。もがいてももがいても、近づくことができない。

わたしはどっちなのか。芹沢園子？　それとも岡戸沙奈香？

考えつづけることにも、いいかげん疲れてきた。

十一月二十二日　日曜日

包帯はいつになったら取れるのか。

このところ、以前にも増してそれが気にかかる。気にするまいと努めても、いつのまにかそのことを考えてしまっているのだ。

いつかのような悪夢に悩まされることはずいぶん少なくなった。けれどもそのぶんだけ、目覚めているときに心を痛める。

包帯はいつ取れるのか。医師たちの言葉は信用できるのか。どれもこれも慰めにすぎないのではないか。包帯の下にはどんな顔があるのか。もしかしたら……。

想像すると、それだけで動悸《どうき》が乱れてくる。冷や汗が滲《にじ》み、思わず大声で喚きだしたくなる。

ああ、本当に気がおかしくなりそうだ。

自分で勝手にほどいてしまおうかと、そんな衝動にもかられる。勝手にほどいてしまって、この手で……。

だめだ。怖い。

そんなこと、できるはずがない。

十一月二十三日 月曜日

包帯の下のわたしの顔……。

きょうも一日、叫びだしそうになるのをこらえる。

包帯の下の……。

もういやだ。もうたくさん。これ以上、何も考えたくない。

十一月二十四日　火曜日

包帯の下には、ケロイドだらけの醜い顔がある。

ああ、きっとそうなのだ。救いようもなく醜い、化物のような顔がきっと……。

なまじっか希望を抱いているからいけないのだ。いっそ破滅的な予測を固めてしまったほうが、まだしも楽なのかもしれない。いっそのこと……いや、けれどもやっぱり……。

十一月二十五日　水曜日

もう、耐えられない。
誰でもいい。神様でも、悪魔でもいい。誰か、わたしを助けて。

十一月二十六日　木曜日

わたしには両足がない。わたしには、顔もない。心もない。哀れな、醜い女。みんながわたしを哀れみ、同時に恐れ、忌み嫌う。後ろ指をさされ、白い目で見られ……だからわたしは、いつしか仮面をつけるのだ。醜いこの顔を隠すために。空白の心を忘れるために。
のっぺらぼうの、白い仮面。

十一月二十七日　金曜日

私は醜い化物だ化物だ。化物だ。化物だ化物だ化物だ。化物

……。

十一月二十八日　土曜日

ばけもの。

十一月二十九日、日曜日の朝。

看護婦の町田範子はいつもどおり、午前八時半には朝食をのせたワゴンを押して四〇九号室へ向かった。

ここ何日か、患者はいよいよ無口になり、ひどい鬱状態が続いている。好ましい病状ではない——と、主治医の大河内もたいそう心配していた。

無理もないわね、と範子は思う。

事故で最愛の人を亡くしたうえ、自分は両足を切断されて、記憶を失って……。身体の火傷はだいぶ良くなってきて、そんなに目立った痕も残っていないけれど、よりによって顔面の傷がいちばんひどくて……。本人には「大丈夫ですよ」と云ってある。医師からも、そう云うように指示された。しかしながら、範子が毎日取り替えてやる包帯の下の皮膚は、いかにも惨《むご》たらしい有様だった。いくら近年の形成外科の技術進歩がめざましいと云っても、あれではもう……。

患者自身もうすうす、その事実に気づいているのではないかと思う。いったい医師たちはいつ、本当の状態を告げるつもりなのだろう。はっきりとそれを知らされたとき、あの人はどれほどのショックを受けることだろう。

考えると、胸が痛んだ。

私が気をまわす問題じゃない――と、範子はおのれに云い聞かせる。

それはそれ、先生たちに任せておけばいい問題だから。私はただ、私に与えられた仕事をするだけだ。

この病棟で今まで、幾人もの患者たちと接してきた。いろいろな患者がいた。

彼らに対して、そのときどきに抱いたさまざまな感情。あるときは強い同情や憐愍を、あるときは大きな恐怖や嫌悪を感じ……そうしてやがて、彼女はそういったみずからの感情をなるべく抑え、心の内に隠しておくすべを学んだ。

看護婦というものがいかにあるべきか、といった議論に積極的な関心はない。彼女はただ、自分が患者に対して過度に種々の感情を持ってしまうのを恐れるのだ。特にこの種の病棟にあっては、それは決して有益なことではない、ときとして非常に危険なことでもある――と、彼女は考えていた。

四〇九号室のドアの前まで来た。

眉間《みけん》に寄せていた深いしわを消し、職業上の顔として自分に与えた仮面をつける。が、黒い鉄格子の嵌《は》まったドアの小窓から室内を覗き込んだところで、範子は思わず度を失った悲鳴を上げた。

大変っ！　すぐに知らせないと。

病室のベッドの上で今、仰向《あおむ》けに寝ているはずの患者が俯《うつぶ》せになっている。それだけではない。ベッドの端から力なく垂れ下がった頭。ほどけた長い包帯。その包帯を赤く染めて、リノリウムの床に滴る鮮血……。

範子はワゴンをその場に置き去りにして、もつれる足で廊下を駆けだした。

＊

患者は気を失っていただけで、命に別状はなかった。

どうやら一時的な錯乱状態に陥り、自分で自分の顔や頭を掻《か》きむしったり、ベッドの金具に打ちつけたりしたらしい。出血が多かったのは鼻血のためで、怪我自体はさほど深刻なものではなかったのだが、失神から覚めてもなお患者の精神は錯乱しており、医師の慰撫《いぶ》にも応じずにあらぬことを口走りつづけていた。

二日経って、ようやく患者は平静を取り戻した。顔にはもとどおり、白い包帯が巻かれていた。

四〇九号室の患者の日記より

十二月五日　土曜日

きょうからまた日記をつけることにしよう。

やっといくらか、気を取り直してきたところだ。あのときは本当にどうなるかと思った。あのまま気がふれてしまわなかったのが、そして今なおこうして生きていることさえ、ひどく不思議に感じられる。

あの日、わたしは自分で顔の包帯をほどいてみたのだった。

あれ以上もう、不安と恐れにさいなまれる時間をすごすのは耐えがたかった。自分の顔がふた目と見られぬようなものになっているのなら――それならそれで、早いうちに知ってしまったほうがいい。そんな想いが爆発したのだ。

病室には鏡が置かれていない。だから、自分の素顔をこの目で見ることはできなかったのだけれど、わたしは包帯を半分ほど解いたところで、剝き出しになった額と頰に恐る恐る手を当ててみた。

そのざらざらとした、いびつな感触だけで充分だった。

やはり、そうだったのだ。やはり、わたしの顔は……。

その後、自分が何をしたのかは憶えていない。気がつくと、わたしはいつものように病室のベッドにいて、顔にはふたたび包帯が巻かれていた。

もう、そのことはいいと思う。

ここに確認しておこう。

もうそのことはいい。諦めるしかない。そうだ。正気を保ちたいと思うのなら、きっぱりと諦めてしまえ。

どうせこのわたしにこれから先、人並みの幸せなどありっこないのだから。両足の切断を知らされた時点で、それは覚悟していたのだ。今さら、顔の傷がどうのこうのと云って嘆くのはやめよう。

どんな慰めも励ましも、わたしには無用だ。

もうどうでもいい。ひとかけらの希望も抱くまい。あしたのことは考えまい。

十二月六日　日曜日

「あしたのことは考えまい」と、きのう書いた。こんな身体になってしまったわたしにとって、〝未来〟なんてないも同然だから。

だから——。

もしもわたしに残されているものがあるとすれば、それは〝過去〟しかないのだと思う。過去……そう、過去の思い出しか。

また、始めることにしようか。

問題は以前のまま残っている。

わたしは芹沢園子なのか？　岡戸沙奈香なのか？

答えがどっちであるにしろ、失った記憶さえ取り戻せたならば、少なくともそこには、芹沢峻という一人の男性を愛し、彼に愛された、その思い出があるはずだ。慰めなど無用だときのうは書いたけれども、せめてそれくらいは――救いのある思い出くらいは欲しい。自分の過去だけは、この手に取り返したい。

そのためには――。

わたしは園子か？　沙奈香か？

とにかくやはり、それを知るのが先決なのだ。

十二月九日　水曜日

ああ、何ということだろう。

新たな記憶の断片が蘇った。まったく唐突に、何の前触れもなく、心の中で真っ赤な閃光《せんこう》が炸裂《さくれつ》するように。

小さな羽虫が飛んでいた。

もう十二月だというのに、何だってそんなものが病室に入ってきたのだろうか。

ベッドに寝かされたわたしの目の前を、それがふらふらと横切った。包帯で覆われた耳に伝わってくる羽音。かすかな音なのに、やたらと甲高くてうるさい……。

ぼんやりと虫の飛ぶさまを見ていたわたしの心に突然、それに対する殺意が生まれ、一瞬のうちに極みに達した。

両手を伸ばし、虫を打った。ぱちん、と音がはじけた。合わせた手を離し、片方の掌《てのひら》に貼り付いた生き物の残骸《ざんがい》を見た。その瞬間、だった。

殺した、と言葉が光った。

殺した……。

殺された虫、殺した自分の手。わたしの頭の中で、目に映ったそれらがいったん形をなくし、やがて何かほかのものへと変貌《へんぼう》しはじめた。

……不自然なほどに白い、細い首。

人間の首だ。そして、その喉もとを押さえつけるようにして伸びた、二本の腕。

……呻き声。

……振り乱された黒い髪。

……強い香水のにおい。

……ばたばたと無秩序に動く手足。

……飛び散る汗、口からこぼれる唾液《だえき》。

……早鐘のように打つ心臓の音。

連鎖反応のように次から次へと、さまざまな映像が、音が、感覚が、心の奥底から湧き出してきた。

相手の顔は分からない。しかし、女であることは確かだった。二本の腕は「わたし」の腕だ。床に倒れた女の身体に馬乗りになって、「わたし」は必死でその首を絞めつけている。気が遠くなるほどに長く感じられた時間。乱れに乱れた呼吸……。

女は動かなくなった。だらしなく唇の端から垂れた舌と、白眼《しろめ》を剝いたふたつの目だけが、顔から離れて大写しになる。

わたしは――。

い、い、い、い、わたしは人を殺した！

何て皮肉なことだろう。失った「過去」を取り戻そうとさんざん悩み抜いたあげく、ようやく蘇ったのが、よりによってそんな、人殺しの記憶だなんて……。

何かの間違いではないか。

繰り返し自問してみた。が、間違いではない。まぎれもなくそれは「わたしが行なったこと」なのだ。

どこの誰だかは思い出せない。いつ、なぜそんなことをしたのかも分からない。けれども、いつかどこかで、わたしは一人の女を殺した。確かにこの手で絞め殺したのだ。

十二月十日　木曜日

人殺し――。

わたしは人殺しだ。

一日経っても、不意に再生したこの恐ろしい記憶は消えようとしない。それどころか、それはますます揺るぎのない、罪の意識をも伴った〝確信〟へと成長してきている。

（おまえは人殺しだ）

心の中で喚き立てるものがいる。

（おまえは人殺しだ。人殺し。人殺し。ヒトゴロシ……）

その声から耳を塞《ふさ》ごうとしながらも、では――と、わたしは問いかけてみる。

では、わたしが殺したのは誰なのか？

女――それも、わりに若い女だ。けれど、それ以上のことはまるで思い出せない。いつ殺したのか？　どこで？　そしてなぜ？

記憶はそこでまた、硬い殻に閉ざされてしまっている。

十二月十一日　金曜日

わたしは芹沢園子なのか？　それとも岡戸沙奈香なのか？

考えつづけるうち、どうもわたしには、自分の正体が沙奈香のほうであるように思えてきた。

わたしは岡戸沙奈香。芹沢峻を愛し、峻に愛された女。そして沙奈香は、もしかしたら峻と共謀して、二人の恋を妨げる邪魔者を葬り去ったのではないだろうか。

あの日——あの事故の前日、七月十八日の夜。

芹沢峻は妻をドライヴに誘い出した。そうして、たとえばどこか人目につかぬ場所へ連れていき、そこで待ちかまえていた愛人と対決させた。当初からの計画だったのかどうかは分からないが、とにかくそのとき、沙奈香が園子を殺してしまったのだとしたら……。わたし＝沙奈香であるとした場合の疑問——「園子はどこに消えたのか？」——が、これで説明されるではないか。

園子を殺したあと、峻とわたし＝沙奈香は死体を車に積んで、それをどこかの山中に埋めるなり、海に沈めるなりするために遠出した。その帰り道で、二人はあの事故に遭ったのだ。

けれども——。

よく考えてみると、同様の仮説が、わたし＝園子の場合にも成立するのではないか。

たとえば、それはこういうことだ。

芹沢峻はやはり園子のほうを深く愛していて、いっときの遊び相手にすぎなかった沙奈香との関係を清算したいと思いはじめていた。ところが沙奈香のほうには別れる気がなく、彼に強く追いすがった。そして、どうしても別れたいと云うのなら奥さんに何もかもぶちまけてやる、というふうに峻を脅していたのだとしたら……。

あるいは、このようにも考えられる。

夫の浮気に気づいた園子が、相手の女に会わせてほしいと彼に詰め寄った。そしてそれが実現したとき、逆上した彼女が相手を殺してしまった。

そうすると、殺された女は沙奈香のほうであり、沙奈香を殺した「わたし」は園子だということになる。

わたしは園子か？　沙奈香か？

殺された女は園子なのか？　それとも沙奈香なのか？

問題は依然、堂々巡りに陥ったままだ。

十二月十三日　日曜日

一昨夜、昨夜と続けて同じ夢を見た。

と云っても、以前うなされつづけた〝顔〟の悪夢ではない。今度の夢は……。

女の死体がある。わたしが殺したあの女の死体だ。白い喉に残った指の痕。乱れた髪。汚い紫色に膨れ上がった顔面（誰なのかは分からない）。破れた服。硬直した腕。……

車のトランクの中に、それが詰め込まれている。

真夜中だ。懐中電灯の光。虫の鳴き声。どこか近くから聞こえてくる、谷川のせせらぎ。ひんやりと冷気を含んだ、それでいてじっとり肌に粘りつくような風。

むっと鼻を突く木と草のにおい。スコップ。黒い土。……地面に掘られた大きな穴。

トランクから担ぎ出された女の死体。いやなにおいがする。息切れ。めまい。吐き気。……穴の中に死体が転がり落ちる。その顔を、懐中電灯の黄色い光が撫でる。虚ろに凍った白い目が、それでも何か怨み言を告げるように、じっとこちらを見上げている。

ただの夢にしては、あまりに生々しすぎると思う。
ひょっとすると——いや、たぶんこれは……。

十二月十四日　月曜日

どうやらあの夢は、新たな記憶の蘇生《そせい》を示すものらしい。

昨夜もまったく同じ夢を見た。そればかりではない。きょう一日、目覚めているあいだも、ふっとまぶたを閉じるたび、あの夢と同じ光景が鮮やかに脳裡《のうり》に映し出されるのだ。

わたしは女を殺した。そして——。

車のトランクに詰めて運んだその死体を、どこかに埋めたのだ。どこか……そう、近くを谷川が流れる林の中に。

十二月十五日　火曜日

ミチノタニ。

きょう、いつものように町田範子が運んできてくれた夕食を食べているときいきなり、何の脈絡もなしにその地名が思い浮かんだ。

ミチノタニ。――道ノ谷《みちのたに》。

わたしたちが事故に遭った花脊峠から、さらにずっと北へ――曲がりくねった山道を行くとやがて、佐々里《さささり》という名の小さな集落に出る。そこから未舗装の林道に入り……。

「道ノ谷」という地名をきっかけに、埋もれていた知識が次々に言葉となって、心の空白に並べられていく。

道ノ谷の林道。それから、あれはそう、「北水無峠《きたみずなしとうげ》、一時間」と記された古い道標。道に沿って流れる細い谷川。鬱蒼《うつそう》とした雑木林。……

それらの知識が、夢の中の「死体を埋めた場所」の光景に歩み寄り、重なっていくのに、大した時間はかからなかった。

そうだ。そうだった。

佐々里。道ノ谷。北水無峠への道標付近の雑木林。――そこが女の死体を埋めた場所なのだ。

十二月十六日　水曜日

わたしはいったい何者なのか？

この疑問に答えるための決定的な証拠が、そこにある。

道ノ谷の雑木林の中。

そこに埋められている女の死体が、芹沢園子のものか岡戸沙奈香のものか。——それさえ確かめることができればおのずと、生き残ったこのわたしはどちらの女なのかが証明されるわけなのだ。

わたしは今、このことを、大河内先生を通じて警察に知らせてしまおうかと真剣に考えている。

わたしに〝未来〟はない。ならばせめて、自分自身の確かな〝過去〟を取り戻したい。それがたとえ、殺人の罪に汚れた忌まわしい過去であったとしても。

たとえそうであっても、このまま一人、こんなよるべのない宙ぶらりんの状態でいつづけるよりはずっとましだと思う。

それに――。

わたしは、芹沢園子か岡戸沙奈香か、どちらかの女をみずからの手で絞め殺した。このことが真実だと分かれば、まさにそれこそが、わたしが芹沢峻に対して抱いた愛の――その大きさの証明となるのではないか。

芹沢峻という一人の男性を、わたしはそれほどまでに愛していたということなのだ。そしてそう、園子であったにしろ沙奈香であったにしろ、わたしはきっと、今ではこんな有様になり果ててしまったこの身体と心に、彼の愛を受けたに違いないのだ。だから……。

ほかにはもう、何も要らない。

峻を愛し峻に愛された、その〝過去〟の思い出さえあればいい。それさえ自分の中に取り戻せたならば、ほかのことはどうでもいい。本当にもうどうでもいい。

おのれの正体すら定められない、両足のない、醜い顔の女。――それが今現在のわたしだ。そこに〝殺人者〟の汚名が加わったからと云って、どうということはないではないか。

もちろん、自分の名前をはっきり確認できたとしても、それですべての記憶を呼び起こせるとは限らないだろう。けれどもとにかくまず、殺された女がどちらだったのかを明らかにすることで、確かな自分の名を手に入れたい。切実にそう思う。

あすのカウンセリングのとき、大河内先生に話してみるつもりでいる。

どうか先生が、わたしの話を信じてくれますように。


十二月十七日、木曜日。

四〇九号室の患者の告白を聞いた精神科医は、興奮気味の患者をなるべく刺激しないよう、その願いを承知したと云いおいて病室を出た。

さて、どうしたものか。

部屋に戻り、煙草を何本も立て続けに吹かしながら、大河内は思案に暮れた。

本人があれだけ真剣に訴えるのだから、女を殺して埋めたという記憶の蘇生は信ずるに足るものだろう。

先月の中ごろ、岡戸沙奈香という愛人の件を聞かされたときは、妄想ではないかと疑ってみた。しかし、患者の話に出てきたＳ＊＊生命の木島久志という男に問い合わせたところ、その女は確かに存在するとの確認が得られた。さっきの話も、だから無視してしまうわけにはいくまい。なるほど筋は通っている。そのような「殺人」が現実に起こっていた可能性は否定できない。

警察にはやはり知らせておいたほうがいいかもしれんな、と大河内は考える。知り合いに府警の刑事がいる。まずはあの男に相談してみようか……。

＊

三日後。

京都府北桑田郡美山町《きたくわだぐんみやまちょう》、道ノ谷奥の雑木林で、女性の他殺死体が発見された。もともと地中に埋められていたらしいその死体は、山に棲《す》む獣の仕業だろう、半分以上が土から掘り出された状態で見つかった。登山者などによって、それまで発見されることのなかったのが不思議なくらいであった。

K＊＊総合病院精神科の大河内医師からの情報提供を受けて、その付近の捜索に当たっていた警察官たちは、知らせどおりに見つかった死体に色めき立ったが、しかし一方で、医師の話とは矛盾する、どうにも不可解な事実に首を捻《ひね》らずにはいられなかった。

確かに死体はそこにあった。

だが、その死体は完全に白骨化しており、鑑定の結果、死後すでに二年以上が経過したものだと判明したのである。

四〇九号室の患者の日記より

十二月二十三日　水曜日

そんな馬鹿な話があるものか……。

きょう、大河内先生から聞かされた。

わたしの云ったとおり、道ノ谷の雑木林からは女の他殺死体が見つかった。ところが、それは完全な白骨死体で、身許《みもと》を示すような所持品もなくどこの誰だか分からない、しかもそのうえ、死んでから二年以上も経った死体だというのだ。

そんな馬鹿な話があっていいものか。

先生の言葉が本当だとすれば、死体は芹沢園子のものでも岡戸沙奈香のものでもありえないということになる。

では、わたしが絞め殺し、あの場所に埋めたあの女はいったい誰だったのだ？　そして、このわたしは誰なのだ？

十二月二十四日　木曜日

昼食のあと、食べたものをぜんぶ吐き出してしまった。

胃のぐあいがおかしい。それに、何だか熱っぽくて頭がくらくらする。風邪でもひいたらしい。

殺された女は誰だったのか。発見された白骨死体は誰のものなのか。いくら考えてみても、答えは出ない。——答え？　いったいそんなものが存在するのだろうか。

きょうはクリスマス・イヴ。

去年の今ごろ、わたしはどこで何をしていたのだろう。愛する人と一緒に聖夜を祝ったのだろうか……。

メリー・クリスマス。

今のわたしに、サンタなんて来るはずもない。

十二月二十五日　金曜日

きょうも一日、身体の調子がすぐれない。やはり風邪をひいたようだ。内科の医師がやってきて、薬を処方してくれた。二、三日は安静にしているように、とのこと。

病室の壁に掛けてある日めくりカレンダーが、きょうも「二十四日」だった。夕方になってもそのままなので町田範子に云ってみたところ、彼女はちょっと驚いた顔で、

「おかしいわね。今朝めくったはずなのに」

それから看護婦は、部屋のくずかごの中を調べ、やがて丸めて捨てられていた日めくりの一ページを見つけ出した。

「変ねえ。これも、二十四日のだわ」

と、範子はわたしにそれを示した。わたしが首を傾げると、彼女は厚い唇を歪めて不器用に微笑みながら、

「きっと製作所のミスか何かで、同じ日付のが二枚続いていたんですね」

と云った。

範子は相変わらず無表情で無口だけれど、最近はときたま、その静かな目の中に何かしら暖かなものを感じる。同情？　それとも哀れみ？　……何だってかまわない。今のわたしには、何かすがるものが必要だ。

十二月二十六日　土曜日

いったい、この世界は何なのだろう。わたしは今、本当にこの現実の中に存在しているのだろうか。

すべてが実は、一瞬のうちに見ている夢か幻で、今にもそう、世界の輪郭がどろりと崩れ、消えてなくなってしまうのではないだろうか。

熱がある。身体がだるい。

わたしなんか、このまま消えてしまえばいい。

十二月二十七日　日曜日

微熱の残る頭の中で、きょうもまた、いつ果てることもない想いにふける。

なぜ？

（……カレンダー）

（日めくりのカレンダー……十二月二十四日……クリスマス・イヴが二枚……）

なぜ、そんなことが気にかかるの？

（ページは二枚でも、日にちは一日……）

意味がない。いや、意味はある？

これは、何かの暗示だろうか。

（1プラス1は2）

次は、簡単な算数の問題でも。

（2マイナス1は1）

当たり前だ。だから、わたし＝園子あるいは沙奈香なのだ。

芹沢峻を愛した二人の女。一人がわたしで、もう一人がわたしじゃないどちらか。わたしは一人を殺したのだから……。

（2マイナス―は―）

引かれた―はどっちだったのか？

だけど、そうだ、この引算が行なわれたのは今から二年以上前のことだったと判明しているのだ。すると、引かれた―は、園子でもなく沙奈香でもなく……。

い、
もとが3なのだろうか。

（3マイナス―は2）

残った2のうちの―がわたしだ。では、もうひとつの―はどこに消えてしまったのか。引かれた―は誰だったのか。

ああ、頭が割れそうだ。

十二月二十八日　月曜日

芹沢峻。――わたしが愛した男。

ベッドの横のテーブルに、彼と園子の並んだ例の写真が、白木の写真立てに入れて置いてある。

二人はどんな夫婦だったのだろう。

今さらのように、そんなことを考えてみる。

学生時代からの恋を実らせた二人。結婚して六年。一流大学を出て一流会社に勤める三十一歳の夫。ふたつ年下の、どこか幼さの残る妻。

夫は強く子供を欲したという。二人の愛の証《あかし》として？　夫婦の絆《きずな》のために？

園子は平凡でおとなしそうな女だ。とりたてて美しい顔立ちでもないが、夫を見上げる目は愛らしく輝いている。お揃いのセーターを着た二人。笑っている。幸せそうに見える。幸せ……どこにでもあるような、実にありきたりの。けれども（それゆえに？）何だかがらんとしている。何だか寒々としているようにも……。

峻は園子を愛していたのだろうか。

愛していたのだ、きっと。わたしにはそう思える。

岡戸沙奈香とは、では彼にとってどんな存在だったのだろう。

沙奈香。――妻がいることを承知で峻を愛した女。水商売の女性という雰囲気でもなかった、と木島は云っていたが。派手ないでたちに長いソバージュの髪、濃い化粧……写真の中で峻に寄り添っている園子とは、あまりにも対照的な。

(あれは俺の愛人でね)

峻は意味ありげに笑ったという。

(愛人……)

単なる〝遊び〟にすぎなかったのだろうか。そこにあった〝愛〟は、妻に対するそれとはまったく次元の異なるものだったのだろうか。それとも……。

……違う。

きっと峻は、沙奈香のこともまた、同じ心で愛していたのだ。

どうしてなのかは分からない。けれどもわたしには、二人のまるでタイプの違う女を同時に愛した彼の、その心の形が、漠然とながら見えるような気がする。

わたしは園子なのか？　沙奈香なのか？　もしかすると、そんなことはどうでもいい問題なのかもしれない。

十二月二十九日　火曜日

何かがちらちらと見え隠れしている。
（日めくりカレンダーの……）
また考えている。同じこと。
（二枚のクリスマス・イヴ）
（簡単な算数の……）
（1プラス1は2）
本当に？
もしもそうではないとしたら、何がどう変わってくる？　何が見えてくる？
（1プラス1は1）
ありえない？　――いや、ありうる。
もしもそうだとしたら……。
芹沢園子。
岡戸沙奈香。
園子と沙奈香。園子と沙奈香。ソノコとサナカ……。

……まさか。そんなことって。

十二月三十日　水曜日

やっと、わたしには分かった。

やっと答えが見つかったのだ。思い出したのだ。

わたしはいったい何者なのか?

長いあいだ探し求めてきたその解答が、ようやく明らかとなった。そして、まるで呪縛《じゅばく》から解放されたように、今やわたしはすべての〝真実〟を語ることができる。

(同じ日付のカレンダー)

(ープラスーはー)

まさか、ではなかった。きのう心をよぎった思いつきは、まぎれもなくことの真相を云い当てたものだったのだ。

わたしは今、いささかの躊躇もなく云いきれる。

わたしの名は芹沢園子だ、と。

芹沢峻は妻の園子を、誰よりも深く愛していた。わたしはその園子だ。そうして同時に彼は、その同じ心で、同じ深さで、岡戸沙奈香を愛してもいたのだ。

園子

沙奈香

これまで漢字で記してきたこのふたつの名前を、平仮名に直して並べてみる。

そのこ

さなか

語感が似ているだけではない。五十音表で云うなら、「そのこ」の三文字は、「さ行」「な行」「か行」のそれぞれ最下段に位置する。一方、「さなか」は最上段だ。

SONOKO

この名前を構成する三文字を、子音はそのままにして、それぞれの母音をOからAに綴《つづ》り替えてみると――。

SANAKA

変わった名前でしょう、と木島が云っていたけれど、それもそのはずだ。

「沙奈香」とは、彼女が親から与えられた名前ではなく、「園子」をもとにして作られた名前だったのだ。

それから、「岡戸」という苗字も——。

芹沢園子の旧姓は「阿古田」だった。

あこだ——AKODA

おかど——OKADO

これもまた、「園子—沙奈香」と同様の関係にある音《おん》の連なりではないか。母音をAからO、あるいはOからAへ移動させているだけなのだ。

きのうこの事実に気づいたときは、偶然の一致だろうと思った。だけど今は、そうじゃないと断言できる。なぜなら、わたしは今やそれをみずからの記憶として知ってしまったのだから。

岡戸沙奈香は芹沢園子のもうひとつの名前だった。

二人は同一人物だったのだ。

芹沢峻と園子。結婚六年めの、どこにでもありそうな夫婦。平和で、世間並みに豊かな家庭。その中で、二人は愛し合っていた。愛し合っていたいと願った。けれども、だからこそそこには、常に一抹の危機感がつきまとっていた……。

夫は子供を欲した。妻も同様だった。自分たちの〝愛〟に形を与え、そばに置きたかったから。見、聞き、触れることができるものとして。愛し合う二人の心の結晶として。そうやって確かめ、安心したかったのだ。

ところが、いくら望んでもそれは叶わぬことと分かった。

妻が不妊症の診断を受けてしばらく経ったころ、夫は街で女と遊んだ。くだらない女だったが、そこには妻との日常的な生活では得られない甘美なスリルがあった。けれどもやがて、彼は悔いた。自分が本当に愛しているのはやはり妻だけだと、強くみずからに云い聞かせた。なのに、そんなときに起こってしまったあの事件……。

単調な日常生活と時の移ろいの中で、永遠を誓ったはずの愛がいやおうなく、もとの〝形〟を失っていく。あの事件のあと、二人は前にも増して、臆病《おくびょう》なほどにそれを恐れるようになった。

そして——だから、二人は話し合いの末、ある対策を講じようと決めたのだ。それは自分たちの愛を守るための、あるいは異常とも滑稽《こっけい》とも見える、一種の〝ゲーム〟だった。

以来、園子はふたつの顔を演じる女になった。

ひとつはそれまでどおり、芹沢峻の愛らしい妻として。

もうひとつはそれとは正反対の、危険な香りをまとった芹沢峻の愛人として。

週に一度、夫は〝愛人〟と〝密会〟する。女の名は岡戸沙奈香。派手な衣裳《いしよう》、厚い化粧、ソバージュのかつら、サングラス……普段の園子からは想像もつかないような女に彼女は変身し、淫《みだ》らで挑発的な〝愛人〟を演じることで夫を、同時にみずからをも酔わせた。

甘く胸騒ぎに満ちた、それでいてせつないゲームだった。

愚かなまねを、なんて云わせない。誰にそんなことが云える？　わたしたちは、わたしたちなりに懸命だったのだ。

この世界――この〝モノ〟に満ち溢《あふ》れた現代の社会――の中で、そして〝平和な結婚生活〟という抑圧的な鋳型《いがた》の中で、男と女の愛は常に風化の危険にさらされている。わたしたちが試みたのは、それに対するひとつの、哀しいばかりに切実な抵抗だったのだと思う。

夫は〝愛人〟とうたかたの夢を遊び、妻は夫の〝浮気〟を憂える貞淑な女を演じる傍ら、〝愛人〟として不倫の恋にひたった。二人を取り巻く者たちはみんな――松山美樹も木島久志も――、そんな二人の関係をすっかり誤解していたのだった。

あとの記憶はまだ、完全なものではない。

けれども、思い出すのは時間の問題だろう。

わたしは一人の女を殺した。そしてそれは確かに、発見された死体の状態が示すとおり、今から二年以上前のことだった。

女の名はマヤという。あのとき峻が遊んだ相手だ。軽薄で性悪な、品のない色気だけがとりえの女だった。

女は何度か夜をともにしただけで峻に妻との離婚を迫り、それが無理だと見ると、途方もない額の手切れ金を要求してきた。脅迫まがいの言葉を吐きつけられ、困り果てた彼は、わたしに事情をすべて打ち明けた。わたしは——もちろんショックだったけれど——彼を許し、彼に同情し、彼と一緒にその女を憎んだ。

二年半前の夏、わたしは女を絞め殺した。ある夜、家まで押しかけてきた女の悪態に逆上したあげくの行動だった。わたしと峻はそして、その死体を車で運び、道ノ谷のあの林の中に埋めたのだ。

だから、今度こそ間違いない。

林で発見された白骨死体は、そのマヤという女のものだ。

七月十八日の夜、わたしたちは車でマンションを出た。目的地は道ノ谷だった。あの事件から二年経って、死体を埋めた雑木林がどういう状態かを確かめにいくことにしたのだった。

具体的な不安の材料が、何かあったようにも思う。

何か……確かそう、それはハンカチだ。

マヤを殺したあの夜のあと、わたしは持っていたハンカチがなくなっているのに気づいた。イニシャルの入った、黄色いハンカチだった。ひょっとして死体を埋めた場所の近くに落としてきてしまったのではないか、だとしたらまずい――と、長らく気にかかっていたのだが……。

林は二年前と変わらぬ様子だった。

わたしたちは初め、死体を埋めた地点まで行って無事を確認し、ついでにハンカチを探してみるつもりだったのだけれど、いざとなると二人とも怖くなってしまい、けっきょく車を降りることすらできなかった。例の道標の前で車を方向転換させると、まざまざと蘇ってくるあの夜の光景と拭《ぬぐ》い去れぬ罪の意識に追われながら、そのまま帰路についた。

そしてあの、花脊峠の下り坂――。疲労のためだったのだろう、急カーブで峻がハンドルを切りそこねたのだった。

ブレーキの甲高い摩擦音。続いて、車がガードレールに衝突する凄まじい衝撃。

何を考えるまもなく、世界が転倒、瓦解した。

崖下へ転がり落ちる車。振動と回転に弄《もてあそ》ばれ、激痛が身体を貫いた。驚愕。狼狽。恐怖。焦燥。立ち込めるガソリンの臭気。やがて――、爆発。

膨れ上がった光が割れ、飛び散った。散らばった光はふたたびひとつに集まりながら、炎となって咆吼する。

血とフロントガラスの破片にまみれて倒れた、峻とわたし。

赤い牙を剝き出して、炎がわたしたちに襲いかかってきた。熱く鋭いその爪が、容赦なく突き立てられる。

わたしは絶叫した。

喉が破裂せんばかりに声を振り絞りつつ、必死で身をよじらせ、逃げた。逃げながら、峻のほうを振り返った。

峻は腕を立て、上半身を持ち上げて這い出そうとしていた。けれどもすでに、彼の足もとにまで炎が迫っている。

やがて峻の身体が——足が、胴が、腕が、髪が、灼熱の爪と牙に抉られ……。

わたしは絶叫した。

峻の名を呼びながら、駆け戻った。傷だらけの手をさしのべて彼の両腕を摑み、あらん限りの力を集める。

虚ろになりかけていた峻の目が、わたしの顔を見つけてかすかに光った。爛れた唇が、痙攣のように短く動く。彼はわたしの名を呼んでいた。「そ、の、こ」——そして「さ、な、か」と。

炎は咆吼を続け、嬉々として踊り猛る。

形のないその爪が、とうとうわたしの身体をも捕えた。ジリジリと皮膚が焦げる異臭。激しい痛みと灼熱感が、だんだんと鈍い痺れに退化していき……。

炎は、そして、峻の命とわたしの心を白い灰に葬ったのだ。

十二月三十一日、木曜日。その年の最後の朝。

患者の話を聞きおえると、大河内は眼鏡の縁に指をかけたまま、しばらく黙って考え込んだ。それからおもむろに、傍らに置いていた黒い鞄《かばん》の中から大判の封筒を取り出し、車椅子に坐った患者に向かって差し出した。

「芹沢さん。あなたの思い出されたことは、おそらく事実だろうと思いますが……」

意を決し、医師は云った。

「いつお見せしようかと迷っていたのです。その封筒の中身をご覧ください。あなたが欲しがっていたものですよ」

封筒の中には、二枚の写真が入っていた。

「一枚は芹沢園子の、左手人差指の指紋です。彼女は自動車の運転免許を持っていましてね、一年ほど前、交通違反で捕まったことがある。そのときに採取されたものです。もう一枚はあなたの、左手人差指の指紋。食器に付着していたのを採らせてもらいました」

大河内の説明を聞いて、二枚の写真を取り出した患者の手がぴくりと動いた。老医師はその様子を注意深く観察しながら、

「さあ。どうぞふたつの指紋を比べてみてください。専門家に鑑定を願う必要もないでしょう」

患者は白い包帯の隙間から覗いた目で、喰《く》い入るようにそれらを見比べた。脚部の欠けたその身体全体が、ぴくりとまた動いた。

「よくご覧なさい」

これまでになく厳しい声で、大河内が命じた。

「よく見て、しっかりと事実を認めるのです。ふたつの指紋は同じものですか？」

患者の肩が小刻みに震えだす。呼吸が荒くなってきている。――と、とつぜん手に持った写真を乱暴に放り出すと、

「嘘よ」

何かとてつもない恐怖に襲われたように、激しくかぶりを振った。

「こんなの、偽物に決まってるわ」

「嘘ではありません。写真はどちらも本物です」

「嘘っ！」

患者は声高に叫んだ。

「わたしは芹沢園子よ。そして同時に、岡戸沙奈香でもある。だから当然、ふたつは同じはず。なのに……」

「そうです。ふたつの指紋は違っている。ですから、あなたは違うのです。園子ではないのです」

「そんな」

患者は頭を抱え込んだ。

「じゃあ、沙奈香はやっぱり、園子とは別個の人間として存在していたわけ？　わたしはその沙奈香なの？」

譫言《うわごと》のような問いかけは、目の前の医師にではなく、自分自身の心に向けて発せられているようだった。

「いいえ。そんなはずはない。絶対にそんなはずはない。沙奈香は園子。園子は沙奈香。二人は同じ一人の人間だった。同じ一人の……でも、それじゃあわたしは？　園子ではない。沙奈香でもない。わたしは――」

患者の視線は医師を避け、助けを探すように部屋のあちこちを彷徨《さまよ》った。そうしてやがて、ヒステリックに頭の包帯を掻きむしりながら、ひときわ高く叫んだ。

「わたしは誰なの？」

「いいかげんに目を開きなさい」

大河内が鋭い語気で命じた。椅子から立ち上がり、恐慌にわななく患者の両肩に手を置くと、その目の中を覗き込むように顔を近づける。

「いいですか。よくお聞きなさい」

医師は云った。

「あの事故で死んだのはあなたではないのです。奥さんのほうなんですよ、芹沢さん」

*

四〇九号室のベッドの上で、患者は虚ろに両の目を開き、瞳に白い天井を映している。何も喋らないし、身動きもしない。彼の心はもはや、誰にも破ることのできない分厚い殻に覆い尽くされていた。

……可哀想に。

包帯の解かれた患者の顔を、習い性になってしまった無表情な眼差《まなざ》しで見下ろしながら、町田範子は声には出さず呟《つぶや》く。

芹沢さん。あなたはよっぽど奥さんのこと、愛していたのね。

患者に向かって「あなた」と話しかけている自分に、少しだけ彼女は戸惑いを覚えた。あんな事故を起こして、奥さんを亡くして、両足が切断された事実を知らされて、そのうえ……。

範子はそっと、患者の下腹部に目を向ける。腿《もも》の付け根で不自然に途切れたその部分からは、彼の男性を象徴する器官が失われていた。

おそらくその残酷な事実（〝男〟を失ったこの肉体。女を愛せぬこの……）を知った瞬間、彼の精神は完全に均衡を崩し、狂気へと傾きはじめたのだろう。

彼はそれまでのいっさいの記憶を失うと同時に、芹沢峻という男性の存在をみずからの心の中から抹消した。自分が妻を死なせたのだという激しい自責の念が、妻に生きていてほしいと願う狂おしい想いが、死んだのは園子ではなくて峻のほうなのだという現実の歪曲《わいきょく》を生み、さらには、生き残った「このわたし」は女性であるという思い込みへとつながっていった。そうして自分が、男ではなく女として、死なせてしまった妻に代わって生きつづけることを、狂えるまでに彼は欲したのである。

彼が男であるということを——芹沢峻であるということを、いろいろな人間が幾度も説いて聞かせた。だが、そのどれをも、彼はまったく信じようとはしなかった。ときには鼻先で笑い、ときには聞かぬふりをし、ときには狂暴に喚き散らしたりもして、その現実を否定した。人々の言葉はすべて、彼の狂った心の中では「わけの分からないこと」として処理されてきたのだ。

ショックが大きすぎたようだ、と大河内は云っていた。思いきった方法に出てみたのだが、かえってまずい結果になってしまった、と。

あなたはもう、決して自分を取り戻すことがないの？　こうしてここで、この部屋のベッドで、年老いて朽ち果てるまで、ずっと心を閉ざしつづけるの？

それでいいのかもしれない、と範子は思う。

そのほうが、いいのかもしれない。

醜く焼け爛れた患者の顔。そこにはしかし、苦悩の色はもうなかった。

こんな有様になってしまってようやく、この病室に来てから初めての安らぎを得たかのように、彼はただじっと生気のない視線を白い天井に向けている……。

＊

道ノ谷の雑木林で汚れた一枚のハンカチが見つかったのは、年が明けてすぐのことである。「S・S」というイニシャルが刺繍《ししゅう》された、黄色い木綿のハンカチだった。

裂けた繭《まゆ》

矢樹純

一

「誠司《せいじ》、お母さんそろそろ行くね」

階下から聞こえた洗面所と台所を慌《あわ》ただしく行き来する物音で、出勤時間が近いことは分かっていた。それでも誠司の母は、わざわざ二階に上がり、廊下に朝昼兼用の食事を置くと、きちんとドア越しに声をかける。

そうしなければ誠司は壁を殴ったり、どんどんと床を踏み鳴らしたりして抗議するからだ。約束をないがしろにすることを、誠司は決して許さない。

母親が家の中にいる間は、誠司はトイレを使わない。だから家を出る時と帰った時には合図として、必ず外から声をかけることになっている。誠司が定めたルールの一つだった。

「卵とハムのサンドイッチとコーヒー牛乳とゼリー。それとキウイも切ったから」

誠司は座椅子《ざいす》にもたれてテレビゲームをしながら、今日の献立を告げる母親の無感情な声を聞いている。いつものようにテレビ画面から目を離さず、返事もしなかった。

ノートパソコンが置かれた小さなこたつと、ウレタンの潰《つぶ》れた座椅子。その正面に二十四インチの液晶テレビ。右手の窓に面した壁際《かべぎわ》には、湿った布団《ふとん》がもうずっと敷かれたままになっている。床一面に積み上がったゴミの入ったビニール袋、排泄物《はいせつぶつ》を溜《た》めたペットボトル、汚れた衣類、雑誌の山などで足の踏み場もない六畳間は、息をするのが苦痛なほどの異様な臭《にお》いが漂っていた。

カーテンを閉め切った仄暗《ほのぐら》い室内に、ゲームのBGMと効果音、かちゃかちゃとコントローラーを操作する音だけが響く。にきび跡の凹凸が目立つ誠司の頬と、生え際の白髪がちらちらと、テレビ画面に照らされて光っていた。もう長いこと風呂《ふろ》に入っていないため、肩まで伸びた髪の毛は、脂《あぶら》じみて束になっている。

偏《かたよ》った食生活のせいか、まだ二十代の半ばだというのに体は不健康にたるみ、腹と腰の肉がだらしなくスウェットのウエストゴムの上に乗っている。朝と晩に母親が部屋の外に食事を置いていくが、誠司は野菜には一切手をつけなかった。食べたいものだけを食べ、足りなければ深夜でも朝方でも母親のスマートフォンにメッセージを送り、菓子パンや弁当を買いに行かせた。

誠司の視線が、テレビから部屋の入口へと移る。今日に限って母親は、なかなかドアの前から去らなかった。言葉を発することはしないが、何か言いたげな気配が伝わってくる。やがてわざとらしく咳《せき》をして、お母さんはここにいるのよ、といじましく主張した。

ドアには誠司が取りつけたナンバー式の南京錠《ナンキンじょう》が二つもかけられていて、母親は部屋に入ったら殺すと言い渡されていた。誠司が母親にさせる約束は、いつもそんなふうに一方的だった。

バン、と大きな音が室内に響く。誠司が手元にあった漫画雑誌を、ドアに投げつけたのだ。

弾《はじ》かれたように廊下を叩《たた》くスリッパの音と、階段を踏み外したらしいガタンという音。ほどなく玄関の扉が開閉し鍵《かぎ》がかかる音がしたあと、家の中は静かになった。聞こえるのはまた、誠司がゲームをする音だけとなる。

「用が済んだら、すぐ下に降りるって約束だろうが」

舌打ちのあと、口の中でつぶやくと、誠司はコントローラーを苛立《いらだ》たしげに床に放り出した。画面の中のリアルな戦闘機が、薄く煙を吹き出しながら地面に落ちていく。火柱が上がり、床の上のコントローラーが長く振動する。誠司は握った拳《こぶし》を強く目に押し当て、歯を食いしばって言葉にならない声を上げた。そうすることで、自分が破裂しそうになるのをこらえているようだった。

「――お母さん、言いたいことがあったんじゃないの」

やがて、息を吐き切ってぽかんと開いた誠司の口から、そんな言葉が発せられた。

舌足らずな、少女のような口調だ。

「こっちは、聞きたくないんだよ。聞く義理もないし」

再び最初の乱暴な話し方に戻り、そう吐き捨てる。

「誠司の、好きにすればいいけどさ」

口を尖《とが》らせて、拗《す》ねたようなしゃべり方。その時だけ、誠司は喉《のど》を絞り、少し高い声を作る。

「余計なお節介はやめろよ、みゆな」

《みゆな》は誠司が作り出した、彼のただ一人の友達だ。誠司はもう一年近く、《みゆな》としか口をきいていない。

「大きい声出さないでよ。近所に聞こえたら、お母さんに病院連れてかれるかも」

《みゆな》がそう注意すると、誠司が、ふふふ、と演技じみた笑い声を漏らす。それが途中で、力が抜けたようなため息に変わる。

「んなわけねえじゃん。そもそも、あいつがやらせたんだから」

薄くまばらに伸びた髭《ひげ》を引っ張りながら、誠司はつまらなそうに言った。

誠司の架空の友達《みゆな》が生まれたのは、十年ほど前、誠司が不登校になった中学生の頃のことだ。

中学一年の冬から、誠司は学校に行けなくなった。友達はいなかったがいじめに遭っていたわけではなく、理由ははっきりしなかった。朝、目が覚めても布団から出られず、何をする気も起きなくなった。

期末試験の勉強の疲れが出たのかもしれない。数日経《た》てば気力も回復するだろうと仮病を使って休むうち、ずるずると二週間が経ち、そのまま冬休みに入って年が明けると、登校することを考えただけで腹痛と吐き気がするようになった。内科を受診しても原因は分からず、母親は不登校の相談窓口や、児童精神科の外来に出向いてアドバイスを受けた。

そこで母親は、子供に気持ちを整理させるためには、自分自身と対話させるのが効果的だと聞きかじってきたらしい。丸い癖のある字で『心の友達とおしゃべりしよう！』と表紙に書かれたノートを渡され、友達に打ち明けるつもりで、自分の気持ちを書いてみるようにと勧められた。

今もクローゼットの奥に仕舞われているそのノートに、誠司はこれまでの出来事や、その時の思いを書きつけた。初めは自分が何を考えているのかすら分からず、手が動かなかったが、母親が教えたように友達に語りかけたり、友達から問われたことに答える形なら、気持ちを言葉にすることができた。

なぜ突然学校に行けなくなったのか、自分でもよく分からず、不安と焦《あせ》りで押し潰されそうだった誠司は、馬鹿《ばか》らしく思える方法であってもそれに縋《すが》った。

その対話相手として誠司が心の内に作り出した友達が《みゆな》だった。《みゆな》の名前と性格は、当時好きだった学園ミステリーのヒロインから借用した。主人公の少年が探偵役で、《みゆな》は少年の推理を手助けする頭脳明晰《めいせき》な幼馴染《おさななじみ》。彼女なら悩みごとの相談相手としても頼りになりそうだった。異性の友達に設定したのは、同年代の男子に対して苦手意識があったからだ。

『父親が家を出て行ったんだ。「自分がいない方が誠司の気持ちが落ち着くから」なんて言ってたらしいけど、逃げたに決まってる。俺が父親にキレたのは、今まで成績のことばっか言われて、どんなに嫌だったか分かってほしかったからなのに』

『母親は、俺が頼んだことはなんでもしてくれるけど、ちゃんと話を聞いてくれない。学校に行くことを考えると死にたくなるとか、同じクラスのやつらが自分とは違う生き物にしか思えないとか、何を言っても「そういうことってあるよ」って軽く流されて、本当に伝わってるようには思えない』

最初は照れもあったのか、自分の気持ちを書くことしかできなかった。だが《みゆな》の受け答えを書いてみることで、自分や周囲を俯瞰《ふかん》で見られることが分かった。

『お母さんは、誠司と本気で向き合うのが怖いんだよ。自分の子育てが失敗だったって認めたくないから。だからとにかく世話を焼いて、義務を果たした気になってるんだと思う』

『誠司はお父さんに厳しくされてたから、自己評価が低くなっちゃったんじゃない？　叱《しか》られてばかりで、褒められたことがなかったでしょう。だから何をやっても自分は駄目だって、思い込んじゃってるんだよ』

ノートの対話のおかげで、誠司はこれまで気づいていなかった自身と両親との問題を掘り下げることができた。しかしその先にあったのは、この両親が結局のところ、自分を受け入れてはくれないのだという絶望だった。

成績や生活態度について口うるさく注意しながらも息子と深くは関わろうとしない父親は、家を出た半年後に誠司に一言もなく母親と離婚し、二度と戻らなかった。

母親は相変わらず誠司の表面上の問題だけに向き合い、本質のところには触れないようにしていた。そうすることが恐ろしいからか、単に面倒だからかは分からない。母親は誠司が聞いてほしいこと、理解してほしいことがあっても、呆《ほう》けた顔で相づちを打つだけで、すべてを受け流し続けた。

生きていくのに不自由はないが誰も誠司に向き合ってはくれない空虚な家族関係の中で、いつしか《みゆな》は、誠司のよりどころになった。現在のように、ノートに書くのではなく直接《みゆな》と話すようになったのは、孤独な誠司が人と接する温かみを切望し、《みゆな》に声という実体を持たせたかったからだろう。

だが、誠司は始終こうして《みゆな》と対話しているわけではない。誠司が《みゆな》と話すのは、強いストレスを感じている時――無意識に心を安定させたいと感じている時だった。

「俺、こんなことしてて、大丈夫なのかな」

座椅子の背に体を預けたまま、誠司が弱々しくつぶやく。

「誠司は悪くないよ。仕方なかったんだから」

宙を見つめていた誠司の目が、暗い光を帯びた。布団の方に手を伸ばすと、ティッシュティッシュペーパーの箱を引き寄せる。手作りのティッシュカバーは色が褪《あ》せ、レースの部分には埃《ほこり》が溜まっていた。

引き出したティッシュペーパーを半分に千切ると、固く丸めて両方の鼻に詰める。それから顔を自分の肘《ひじ》の内側に押しつけ、匂《にお》いを感じないことを確かめた。

こたつのノートパソコンの隣に置いてある医療用ゴーグルとマスクをつけ、決意したように立ち上がると、床に散乱したゴミ袋を足を使って端に寄せ、半畳ほどの空間を作る。部屋の奥へ進み、大きく息を吸ってから、テレビの向かいのクローゼットの扉を開けた。

扉の取っ手を摑《つか》んだまま、「うえっ」と誠司がマスクの中でくぐもった声を漏らす。

室内のゴミと排泄物の臭いに甘ったるい芳香剤の香りが混じり、続いて魚の血やはらわたを腐らせたような強烈な臭いが漂ってきた。

先ほど、出勤前の母親が誠司に言いたかったのは、この件だろう。

誠司はその場にしゃがみ込むと、背中を丸めて何度もえずいた。ようやく顔を上げ、ゴーグルをずらして服の袖《そで》で涙を拭《ぬぐ》うと、クローゼットの中の毛布で包まれた塊に手を伸ばす。

毛布の端がめくれ、無精ひげに覆《おお》われた青白い男の顔があらわになった。開いたままのまぶたから覗《のぞ》く眼球は、膜がかかったように濁り、水分を失ってしぼんでいた。

二

誠司は死体の顔を見ないようにしながら、クローゼットの扉をさらに大きく引き開け、奥の方へ腕を突っ込んだ。まずはカセットコンロを摑み出して床に置くと、それからクローゼットの中に体を入れ、一抱えもある大きな鍋《なべ》を両手で引っ張り出す。

先ほどゴミを寄せて作ったスペースまで鍋を運ぶと、折り畳んで中に入れてある防水シートを取り出し、その場に広げた。シートの中央にカセットコンロと鍋を設置すると再びクローゼットまで戻り、今度は水の入ったポリタンクと、白い粉の入った厚手のジップ式ポリ袋を抱えてくる。

「お母さんが帰ってくるの、いつも夕方の六時くらいだよね。それまでに済むかな」

「間に合わなかったら、明日またやるしかないだろ」

「まあ、あとは頭だけだから、いけるかな。胴体が一番大変だったものね」

ポリタンクの持ち手にかけてあったゴム手袋をはめながら、誠司は小声でつぶやき続ける。《みゆな》と話していた方が、気が紛れるのだろう。

タンクの中の水をすべて鍋に移すと、コンロに火をつける。袋のジッパーを開け、入れたままになっているプラスチックスプーンで几帳面《きちようめん》に五杯分の粉を水に落とした。再び袋の口を閉めてクローゼットに放り込むと、一旦《いつたん》腰を伸ばし、それから音を立てないようにそろそろと布団の横の窓を開ける。臭いが外に漏れる心配はあったが、換気が必要なのだ。

レールに挟まったままのガラスの破片が擦《こす》れ、きゅっと不快な音を立てた。窓ガラスに開いた三角形の穴は、ダンボールとガムテープで簡単に塞《ふさ》いだだけになっている。

事態が起きたのは、五日前のことだった。

母親が出勤するために家を出てからそれほど経っていなかったので、時刻はおそらく昼前くらいだろう。窓の外から、かすかな砂利を踏む音が聞こえた。

誠司の部屋は家の裏の細い路地に面していて、建物と路地からの目隠しとなるブロック塀との間は、庭とは呼べないような砂利を敷いただけの通路になっている。野良猫《のらねこ》が入り込んだとしても、窓を閉めていて聞こえるような足音を立てることはない。こたつに寝転んで毎週母親に買わせている漫画雑誌を読んでいた誠司は、本を床に伏せると、ゆっくりと体を起こした。

しばらく待っても、それ以上、外からは何の物音もしない。気のせいだったのかと、再び誠司が横になろうとした時、窓のすぐ近くで金属がぶつかるような音がした。続けて、くぐもったごつんという音とともに、床に振動が伝わってくる。二回目はそれにガラスの割れたような音が混じった。誠司はびくりと体を震わせ、素早くこたつに潜り込むと息をひそめた。

サッシ窓が静かにレールを滑る音。部屋の中に、すうっと冷たい空気が流れ込んだ。閉じられていた水色の遮光カーテンが内側に膨らみ、その隙間《すきま》から、黒いニット帽をかぶった頭が覗いた。

続いて、マイナスドライバーを握った手が窓の桟を摑むと、靴を履いたままの足がにゅっとカーテンの裾《すそ》から突き出される。しわくちゃの浅黒い顔をした小柄な男は、短い足を畳むようにして窓枠を乗り越え、部屋の中に侵入すると、素早く元どおりに窓を閉じた。年齢は五十代くらいと見えるが、猿のように身軽な動きだった。頭を低くしてしゃがみ、ぎょろりと光る目だけを動かす。ここで部屋の異様さに気がついたのか、男は驚いたように眉《まゆ》を上げると、警戒する様子でそろそろと首を回し、周囲を確認した。

その視線が、窓の横に敷かれた布団に向けられた時だった。不意に壁際のテレビの電源が入り、ワイドショーのコメンテーターの朗らかな笑い声が響いた。男は慌てた顔で体を捻《ひね》り、窓に飛びついて引き開けた。

逃げ出そうと身を乗り出した時、襟首に生白い手が伸びた。床の上に仰向《あおむ》けに倒された男の喉を、毛玉だらけの靴下を履いた足が踏みつける。

げえ、と男は呻《うめ》き、丸い目を飛び出しそうなほどに見開いた。マイナスドライバーを振り上げると、誠司のふくらはぎに突き立てようとしたが、力が入らないのか床に取り落とす。そのドライバーを蹴《け》って転がすと、誠司は激昂《げっこう》した様子で再び男の喉に踵《かかと》を打ち下ろした。めきっと何かが砕ける音がした。あえぐように大きく開いた口の端から、血の泡がこぼれる。

ふう、ふうと尖らせた口から息を吹き出しながら、誠司は体重をかけて何度も男の喉を踏みつけた。そのたびに男の頭が、壊れた人形のように跳ね回った。

やがて、誠司は疲れたように動作を止めると、握り締めていたテレビのリモコンを不思議そうに見つめた。部屋の中には嗅《か》ぎ慣れない生臭い臭いが漂っている。

部屋に入った者は殺す。そんな約束事があるとは、男には知る由《よし》もなかっただろう。

耳が肩につきそうなほど深く首を折り曲げ、どろりと虚《うつ》ろな目をしたまま動かなくなった男を、誠司は肩で息をしながら見下ろしていた。

「――泥棒、だったのかな」

声が上擦り、上手《うま》く《みゆな》になり切れない。

「きっと、プロパンガスのボンベを踏み台にして登ってきたんだ。ちょうどこの窓の下が、庇《ひさし》になってるから。不用心だって、ずっと思ってたんだよ」

力が抜けたようにその場に座り込むと、誠司は天井を仰いで目を閉じた。

「まじかよ。どうする、これ」

「どっかに捨ててくるとか、無理だよね。誠司、外に出られないし」

「隠しといても、絶対臭いでばれるぞ。やばいって。クソジジイ、なんで入ってくんだよ！」

「落ち着こう、ねえ。何か方法はあるはずだから」

早口でそんな対話をしながら、誠司は《みゆな》の声を作ることも忘れているようだった。

「誠司、ネットで調べてみよう。どうにか気づかれないように、私たちで死体を処理するしかないよ。だって警察呼んだりしたら、この部屋に入れないわけにいかないんだよ。それはどうやったって、無理でしょ」

探偵の少年を手助けする役割のはずの《みゆな》が、死体の始末を指示する。悪い冗談のようなやり取りだった。

「《死体》、《処理》、《方法》で検索してみよう」

誠司はこたつの上のノートパソコンに触れ、スリープ状態を解除する。ファンの回る音がして、画面が明るくなる。おぼつかない手つきでキーボードを叩くと、エンターキーを押した。

「なんだ、これ。こんなに色々、やり方があんのかよ」

誠司は呆《あき》れた声でつぶやきながら、画面の上から下まで並ぶリンクの一つをクリックした。

検討した結果、誠司と《みゆな》が選んだ方法は、炭酸ナトリウムという薬品の溶液で死体を煮て、骨だけにするというものだった。

骨格標本を作る時などに用いられる方法で、炭酸ナトリウム自体は掃除用の洗剤として普通に売られているものなので、即日配達でネット注文した。

誠司がゲームやフィギュアを通販で買うのはよくあることだが、電器店やホビーショップではなく薬局から荷物が届いたことに、母親は違和感を覚えたようだ。いつもなら、部屋の外に荷物を置いた旨《むね》を伝えてすぐにその場を離れるのに、その時は「ずいぶん重いけど、何か食べ物でも買ったの？」と中身を詮索《せんさく》してきた。誠司が無視していると諦《あきら》めて戻っていったが、そのあとに頼んだ防水シートやマスクとゴーグル、消臭芳香剤などはギフト配送のサービスを使い、送り主を誠司自身とすることで、母親に不審がられないように配慮した。

代金は母親のクレジットカードから引き落とされるので、いずれ明細が届けばこれらの買い物の内容もばれてしまうが、とにかく今はこの状況を切り抜けることが重要だと判断したのだ。鉈《なた》と出刃包丁が届いた時は、何かを感じたのか、また母親が中身を気にして尋ねてきたが、ヒステリックに壁を蹴とばすと、逡巡《しゅんじゅん》しながらも荷物を置いて去っていった。

必要なものが揃《そろ》うと、誠司は手順をよく確認した上で作業に入った。処理はすべて、母親が仕事に出ている間に、この部屋の中だけで行わなければならない。

床に傷がつかないように古雑誌を並べた上に防水シートを敷き、まずは男の死体を部位ごとに分けて解体した。

腕は肘から先と肩、足は膝《ひざ》から下と腿《もも》と、大体のサイズを決める。最初に肘に鉈を振り下ろす時にはしばらくためらったが、始めてしまえば、手足を切り離すのは、それほど時間がかからなかった。関節を狙《ねら》って何度か鉈を叩きつけ、足で踏んで押さえながらねじ切るように回せば、骨が外れてぶらぶらになることを理解した。あとは出刃包丁で皮膚と筋肉と腱《けん》を切ればいい。道具が届くまで丸二日かかったおかげか、もうあまり血は流れなかった。

手間がかかったのは腰と胴体だった。誠司が腹に包丁を入れると、酷《ひど》い臭いのする腸があふれ出し、シートからはみ出すほどに広がった。適当な長さに腸を切り分けながら、ひとまず内臓だけを二重にしたゴミ袋に詰める。それから今度は胴体を、鍋に入る大きさに切り分けていく。

背骨を一箇所切り離したところで鉈の刃が欠けたので、また即日配達でもう二本の鉈と、それから廃棄物の切断用として売られていた細い鋸《のこぎり》を注文した。木材やプラスチックだけでなく金属まで切ることができる替え刃付きの鋸で、これは何本もある肋骨《ろっこつ》を切るのに役立った。半分ほど切れ目を入れれば、あとは踏みつけるだけで内側に折ることができる。男の胴体の厚さでは鍋には入らないので、魚をおろすように腹側と背中側を、それぞれ左右に分けて切り離さなければならなかった。

もちろん誠司も、これらのおぞましい作業を平気でできたわけではないだろう。しかしどの段階かは分からないが、ある程度のところで男は人間ではなくなり、心理的な抵抗は減っていったように感じた。ただ頭部だけは、いつまでも人のような顔をしてそこにあり、誠司の目を背けさせた。

「苛性《かせい》ソーダがあったら、骨まで全部溶かせたんだけどな」

鍋の溶液の中で煮込まれている男の頭のことを考えたくないのか、生気の抜けた顔でテレビゲームの画面を見たまま、誠司は《みゆな》と話し続けた。

「パイプクリーナーの、業務用のやつね。でもあれ、一般人は買えないって書いてたじゃない。劇物扱いだから、受け取るための書類を書いて身分証明書を出さなきゃいけないって」

「骨は、どうしようか。部屋に隠しとくとしても、ずっと置いてあるのは嫌だし」

「細かく砕けば、トイレに流せるんじゃないかな。これが終わったら、ハンマー買おうよ。とりあえず骨だけにしちゃえば、腐ったりすることはないんだから、そっちは急がなくていいよ」

「昔、キャンプで使ったでかい鍋、捨てられないで納戸にあって良かったよな。この先はもう、使うことないだろうな」

子供の頃のことでも思い出しているのか、言いながら誠司は目を細めた。

溶液を新しいものに変えながら半日かけて煮込んで、頭部はやっと骨だけの状態となった。鍋の中身はその都度、何回かに分けてトイレに流しに行った。男の頭蓋骨《ずがいこつ》を毛布にくるんでクローゼットに放り込み、最後に残った肉の溶けたスープ状の液体を捨てる。台所で食器用洗剤を使って鍋を洗い終えたあと、張り詰めた糸が切れたように、誠司はこたつで眠り込んだ。連日の気の滅入《めい》る作業の疲れもあってか、眠りは深かった。

誠司が目を覚ましたのは、午後六時のことだった。

薄暗い部屋の中で体を起こし、はっとした顔で耳をすませる。ぴちゃ、ぴちゃと断続的な、水滴が落ちるような音がしていた。そして壁か床に何かが当たっているような音と振動と、かすかな息づかいの気配。誠司は慌てて立ち上がり、蛍光灯の紐《ひも》を引いた。

誠司がまず目を向けたのは、窓の方だった。しかし空にした鍋が乾かしてあるだけで、特に異変はない。クローゼットの扉もぴったりと閉じられていて、先ほどと変わりはなかった。

肉に埋もれた喉仏が上下した。何かが起きているのは、ドアの方だ。

ゆっくりと頭を回す。誠司は信じられないものを見たように一瞬、呆けた顔をしたあと、言葉にならない喚《わめ》き声を上げ、ドアへと駆け寄る。

閉じられたドアに背を預けて床に座り込み、首筋に開いた穴からまだ漏れ出している血でセーターの胸元を真っ赤に濡《ぬ》らした母親が、大げさなしゃっくりをしているみたいに上体を痙攣《けいれん》させていた。

三

「お母さん、お母さん、お母さん！」

誠司は母親に縋りつき、力なく腿の上に置かれていた小さな手を握り締めた。薄く開いた目はただ黒々としていて、もう何も見ていないようだった。

「しっかりして、お母さん、ねえ」

祈るように、母親の手を自身の胸に押しつける。腕を引かれ、ぐらりと傾いた細い体をもう片方の手で抱きとめた。母親の唇が、何か言いたげに動いた。だが声は発せられなかった。誠司はゆっくりと開いたり閉じたりする口の動きを、食い入るように見つめた。何度か同じ動作を繰り返したあと、笑ったような半開きの形のまま、停止した。

「——救急車」

しばし身動きもせず、母親の体を抱いていた誠司が、不意につぶやいた。自分に言い聞かせるような、妙にはっきりした言い方だった。

誠司は静かに母親をドアにもたせかけると、立ち上がって振り返り、白々と蛍光灯に照らされた部屋の、窓際のある一点をじっと見た。

染《し》みだらけのトレーナーの胸が、大きく上下している。目を真ん丸に開いて、口元を歪《ゆが》ませ、まるで今にも泣き出しそうな幼な子のような表情だ。

「駄目だ、駄目だ」

ごん、ごんと重い音を立て、誠司は拳を自身の側頭部に打ちつけた。苦痛に眉根を寄せ、額に青筋を浮かせて、強く、強く殴りつける。

「駄目だ、駄目だ、ああ」

意味のない言葉がやがて、嗚咽《おえつ》に変わる。大きく開いた口の中で唾液《だえき》が糸を引いた。黄ばんだ不揃いな歯が、ぬらぬらと光っている。その奥から低く長い、獣のような声が絞り出される。

ごとん、とドアの方で、硬く重い物が床に落ちる音がした。唸《うな》り声が止まる。誠司は振り向かなかった。すぐ目の前にぶら下がる蛍光灯の紐に、能面のようなのっぺりとした顔で指を伸ばす。カチ、カチという確かな響きとともに、部屋は再び薄闇《うすやみ》に包まれた。

誠司は力が抜けたようにその場に座り込んだ。口の中で「ごめんなさい、ごめんなさい」と小さくつぶやきながら、何かに耐えるように目を閉じる。やがて疲れ切った様子で肩を落とすと、もぞもぞとこたつに潜り込んだ。布団を頭まで被《かぶ》り、ドアの前に倒れている母親に背を向けたまま、静かに横たわっていた。

「――きっと、救急車を呼んでも間に合わなかったと思うよ」

小一時間が過ぎた頃、こたつの中で、くぐもった声がした。

「本当に、そうかな」

「自分を責めても、仕方ないじゃない。それよりどうするか、考えなきゃ」

ガタン、と大きな音を立てて、こたつがひっくり返った。天板の上にあったノートパソコンがテレビ台にぶつかり、口の開いたスナック菓子の袋の中身がばら撒《ま》かれる。

「どうするかって、またやれって言うのか？　母さんにあんなこと、できるはずないだろ！」

そう大声で喚くと、癇癪《かんしゃく》を起こしたように自分の腿を拳で何度も叩く。荒い息をしながら立ち上がった誠司は、乱暴な手つきでこたつ布団を引きずると、クローゼットの前へと運んだ。

積み上がった漫画雑誌の山を崩して平らにし、そこに布団を広げる。ドアの前に倒れている母親を抱き上げ、その上に横たえる。開いたままの目を閉じてやろうとするが、指で押さえてみても完全には塞がらず、上手くいかなかった。しばらく無言で母親の顔を見つめていたが、やがてこらえきれなくなったように布団を被せた。小柄な体を足の方まで丁寧にこたつ布団で包み終えると、ぐったりと座椅子に腰を落とした。たるんだ頬に涙の筋が光っている。

「もう無理だ。母さんが死んだら、お終《しま》いだ」

座椅子をきしませて頭を反らすと、誠司は抜け殻のような表情でぽかんと口を開けた。その口から、長いため息が吐き出される。目じりから、新たな涙の粒があふれる。

黒い天井を見つめていた誠司が、不意にそこに何かを見つけたように、はっとした顔になった。唇を指先でなぞりながら、何か考え込むように、宙に視線をさまよわせる。

やがて誠司は口を開くと、ゆっくりと言葉を切りながら言った。

「――ねえ。誰が、どうして、誠司のお母さんを、殺したの？」

当然の疑問が、今になってやっと湧《わ》いたらしい。

「あの男の、仲間がやったのかな。仕返しのために」

誠司は喉を絞り、《みゆな》の甲高い声で自問自答する。

「誠司があいつをやっつけた時、外で見張ってた仲間がいたのかもしれない。でも、どうして外にいる人間にそれが分かったんだろう。カーテンはずっと閉めてあったし——第一、だったらなぜ、誠司は殺されなかったんだろう。復讐《ふくしゅう》されるとしたら、誠司の方だよね」

学園ミステリーのヒロインらしく、ぺらぺらと自分の推理をしゃべり続ける。いつにもまして演技がかった話し方で、まるで誰かに聞かせようとしているようだった。

「じゃあ、誰が——」

《みゆな》になり切った誠司は言いかけて止《や》めると、せわしく爪《つめ》を嚙《か》みながら、何もない暗がりを睨《にら》んだ。言葉にするのをためらうように、何度も口を開けては閉じ、ついに、ぽつりと。

「自殺、だったのかな」

作り声で言ったあと、誠司は一瞬、紙のような無表情になった。

「——ううん。お母さんは、そんなことする人じゃない。自分を責めるようなタイプじゃないもの。それに、どうして今さら？　息子が部屋にこもってから十年も、波風立てないように目をつむって、やり過ごしてきたのに」

早口で言葉を継ぐ。あきらかにいつもと様子が違った。先ほどから、一度も《誠司》

が話していない。誠司は手の甲でごしごしと目を擦《こす》る。

「たとえ誠司が人を殺したことに気づいたとしても、何もしないでしょう、あの人は。今までだって、ずっとそうだったじゃない！」

ヒステリックに吐き捨てると、両手で口元を覆ってうつむく。自分の言葉に感極まったように、誠司は肩を震わせながら洟《はな》をすすった。やがて顔を上げると、スウェットの腰の辺りで手のひらを拭う。

「やっぱり、自殺なんかじゃない」

声は落ち着きを取り戻していた。誠司は、このおかしな推理劇を、どうしても続けるつもりのようだ。

「だってお母さん、手に何も持ってなかったじゃない。ナイフとか、そういうの——そうだ。もしかして、座ってたところに落としたのかな」

誠司はドアの近くまで這《は》っていくと、血に濡れた床に顔をつけるようにして、母親の命を奪った凶器を探した。だが、それらしいものは見つからなかったようだ。立ち上がると、仰々しくため息をついて、目にかかった長い前髪を掻《か》き上げた。

「じゃあ、考えられる可能性は、一《ひと》つだよね」

振り向いた誠司の唇が、不自然に吊《つ》り上がっていた。

「お母さんは部屋の外で刺されて、この部屋に逃げ込んだのよ。犯人はやっぱり、あの男の仲間だったんだ。家の中は見えなくても、ここに空き巣に入って出てこないなら、何かあったって思うもの。お母さんを捕まえて聞き出そうとして、それで――」

さっき自分で否定した推論だった。いったい、何がしたいのか。破たんした推理を、無理矢理に接《つ》ぎ合わせようとしている。それを披露している途中で、誠司の動きが止まった。

視線は一点に注がれている。

しっかりとかかったままの、ドアの二つの南京錠。

「この部屋は――」

誠司が大きく目を剝《む》いて、窓の方を見る。ゴミを蹴散らして駆け寄ると、カーテンをめくった。

「ちゃんと閉まってる」

サッシ窓の鍵は下りたままで、割られた窓ガラスの穴は、きちんと内側から塞がれている。

「この部屋に入れた人間は、いないんだ」

ようやく《みゆな》でなく、誠司の声が言った。

発した言葉の意味を考えるように、窓に映った自身の顔をじっと見つめる。きらきらと目を輝かせ、どこか得意げな表情を浮かべて。

誠司は、これがやりたかったのだ。

不敵に唇を歪め、布団の上に腰を下ろすと、正面にあるドアを睨む。

「さっきの、母さんの口の動き、見てたか」

答える者はない。

「《みゆな》って、母さんは言ったんだ、何度も。昔、俺が教えた、お前の名前を」

やはり答える者はない。

「俺は《みゆな》と会話する。でも、俺は二重人格なんかじゃない。《みゆな》は俺なんだ。俺が寝ているうちに《みゆな》の人格が俺の体を操って、母さんを殺すなんて、あり得ないんだよ」

誠司は振り返り、低い声で告げた。

「だから、母さんを殺したのは、お前だ」

名探偵よろしくこちらを指差そうとした誠司のこめかみに、私はマイナスドライバーを思い切り突き立てた。

四

誠司が下校途中の私を拉致《らち》し、この部屋に押し込めたのは二年前。私が高校一年生の時のことだ。

ソフトテニス部に所属していた私はその日、秋の新人戦に向けての練習のため、普段より遅くに学校を出た。すでに夜の七時を過ぎて辺りは真っ暗で、近道をしようと、いつもは通らない細い路地に入った。

人通りのない道だった。切れかけた電柱の外灯の瞬《また》きの下に、太った男が立っていた。思いつめたような顔をした男の前を通り過ぎようとした時、背中に強い痛みが走り、体が動かなくなった。男は体型に似合わない俊敏な動きで私を抱え上げ、すぐ角を曲がったところの小さな一軒家に駆け込んだ。それがこの誠司の家だった。

リビングには明かりがついていて、テレビの音が聞こえていた。声を上げようとすると、廊下の床に叩きつけられた。どうかしたの、という母親の問いかけに、「出てきたら殺す」と誠司は怒鳴った。そして私の目の前に顔を寄せると、「声を上げたら殺す」とささやいた。生臭い息が鼻にかかった。

誠司は私の両腕を摑んで、引きずり上げるように階段を昇った。頭や膝を階段の角にぶつけながら、悲鳴をこらえた。部屋に入り、ドアの鍵をかけると、誠司は私を敷きっぱなしの布団の上に放り出した。そして取り上げたスクールバッグの中のスマートフォンを窓の桟に数回叩きつけて壊したあと、血走った目で私を見下ろし、理解不能な命令をした。

「今日からお前は《みゆな》だ。俺の友達になるんだ」

クローゼットから分厚いノートを出してきた誠司は、《みゆな》が生まれた経緯について、説明を始めた。早口で滑舌が悪いので聞き取りにくかったが、誠司がノートに記した自伝めいた文章を読むことで、やっとこの男が何をしたいのかが分かってきた。

誠司は《みゆな》に実体を——声と体を持たせたいと考えていたのだ。

「文字だけのやり取りじゃなく、ちゃんと人と話したいんだ。母さんは俺の話を聞いてくれないし、俺の望む受け答えは絶対に返ってこない。母さんには俺の話すことが理解できないんだ。誰ともまともに話せないってことが、どんなにつらいか分かるか。俺はこのままだと死ぬしかない。何度も何度も死のうと思った」

袖をまくって見せつけたのは、手首から肘の内側にかけて走る、何本もの赤い線だった。どれもごく浅い、引っかき傷のようなかさぶたで、本気で死のうなどと思っていないことだけが分かった。

「お前に《みゆな》と同じ考え方ができるようになってほしいんだ。ノートはまだ何冊もある。全部読んで《みゆな》になってくれ」

一方的で理不尽な命令だった。とてもそんなことができるとは思えなかった。

ここに連れて来られて最初の一週間は、どうにか逃げ出そうと考えていた。

部屋に閉じ込められたその日から、《みゆな》になるための勉強が始まった。ノートを読みながら疲労のあまり眠りかけると、そのたびに誠司に頭を拳で殴られた。悲鳴を上げそうになると、すかさず腹を蹴られる。

「俺だって寝てないんだ。真剣にやれ！」

殴ったり蹴ったりだけでは効果がないと分かると、誠司は私の腕や太腿を至近距離からエアガンで撃った。跳ねた弾が当たると危ないから目を塞げと言われ、いつ、どこを撃たれるか分からない恐ろしさに身構えていると、次の瞬間、カチッという乾いた音とともに激痛が走る。それが幾度も繰り返された。恐怖と苦痛から逃れるためには、誠司の言いなりになるしかなかった。

丸三日寝ないで何冊ものノートをめくり続けた。内容はほとんど頭に残らなかった。そこに記されていたのは、薄っぺらで身勝手きわまる自己憐憫《れんびん》と、こんな自分をそのまま誰かに受け入れてほしいという甘ったれた切望だけだった。

すべてのノートを読み終えると、誠司はやり遂げたご褒美《ほうび》だと、初めて食事を摂《と》らせてくれた。水だけは時々飲ませてもらえたが――トイレは母親が仕事に行っている間にドアを開けたまま させられた――空腹で倒れそうだった。

ようやく与えられたのは、偏食の誠司の食べ残しだった。

「ピーマンと玉ねぎと、ミニトマトは食べていい。あとみかんも、まあいいや。これ、あんま甘くないから」

誠司がひと房だけ食べて渡してきたみかんは、充分に甘く感じられた。肉野菜炒《いた》めに入っていたピーマンと玉ねぎは甘辛く味付けされていて、豚の脂の風味がして、涙が出るほど美味《おい》しかった。食べ終えると誠司は、私に布団の上に戻るように言った。

「俺の許可なくそこから動いたら、殺すから。今日はもう寝ていい」

ドアを開け、お盆に載った食器を廊下に出すと、誠司は鍵のかかったドアを塞ぐように座椅子を移動させて、そこで眠り始めた。私は誠司の寝息が深くなるのを待って、音を立てないようにノートのページを一枚破った。文面を選び、さらにそれを小さな断片に切り取った。

翌日からは、《みゆな》のように話す訓練が始まった。誠司が言ったことに、《みゆな》になり切って返す。なるべく当たり障《さわ》りなく、誠司が喜ぶような返答をしたつもりだったが、誠司は「なんか違うんだよな」と納得いかなそうに首をひねった。殴られないように神経を張り詰めていたので、終わる頃には疲れ切っていた。

この日も誠司は食べ残した野菜や果物を私に与えた。食事の際、誠司の目を盗んで皿の下に折り畳んだノートの切れ端を挟んだ。誠司が書いた《ここから出たい》という文字だけを、意図的に破り取ったものだ。誠司が私を家に連れ込んだ時の物音を聞いている母親には、これだけで状況は伝わると思った。

母親が警察に通報してくれる。すぐに助けがくると信じていた。だが、半日が過ぎても何も起きなかった。翌日も皿の下に《誰かの助けが必要なんだ》と書き殴られたノートの断片を入れたが、母親は朝になると普段どおりに出勤していった。

私はまだ諦めてはいなかった。誠司は母親のことを、察しの悪い人間のように言っていた。メモの意味が分からないだけかもしれない。とにかく気づいてもらえるまで続けよう。そう決めてその夜は《学校に行きたい》という言葉を選び、皿の下に置いた。

ようやく、何かが起きているということは伝わったのだろう。

翌朝、誠司の母親は、それまでと少し異なる対応をした。

食事を廊下に置いたあと、いつもならすぐにドアの前を離れるのに、ぐずぐずとしばらくそこに立っていた。誠司は母親がまだその場にいることに気づかず、鍵を外してドアを開けた。

母親は驚いた顔で、布団の上にうずくまる私を見た。確かに目が合った。

誠司がすぐにドアを閉めてしまったので一瞬だったが、間違いなかった。誠司は狂ったようにドアを叩きながら、「てめえ、殺してやる！」と怒鳴った。階段を駆け下りていく足音を聞きながら、安堵《あんど》で涙が出た。

やっと家に帰れる。お父さんとお母さんに会える。友達にも会えるんだ。

だが、夕方まで待っても、誰も助けには来てくれなかった。六時になって、いつものように帰ってきた誠司の母親が「ただいま」と言う。そっと夕食のお盆を置いて、そそくさと階段を降りていく。

その日は誠司が、野菜だけでなく魚とご飯、そしてデザートを残した。

「魚は食わねえって言ってんのにな。飯もやたら大盛りだし」

誠司の母親は息子に逆らって私を助け出すのではなく、ただ飢えさせずにおくという、波風の立たない決断をしたようだった。それを悟り、絶望しかけたが、彼女がしたことはそれだけではなかった。

「俺、ゼリーは桃ゼリーしか食わないのに、間違えて出しやがった」

そう言って誠司が放り投げてきた半透明のカップ入りのグレープフルーツゼリーを食べ終わった時、空になったカップの底に、黒い汚れのようなものがついているのに気づいた。ひっくり返して見ると、そこにはサインペンの小さな丸文字で『必ず助かる！』と書かれていた。

母親からのメッセージだった。「助ける」ではなく「助かる」と書かれているのが気になったが、見捨てられたわけではないのだ。私はその希望にすがった。

ゴミの中に無造作にまぎれていた何かの景品らしいペンを拾い出すと、早朝、誠司が寝ている隙に、母親のメッセージの横に自分の名前と自宅の電話番号、そして『両親に無事だと伝えてください』の一言を添えた。暗い中で急いで書いたので乱れた字になったが、充分に読めるだろう。朝になって廊下に出された食器を片づける時に、母親は必ずそれを目にするはずだ。すぐには警察を呼んでもらえないとしても、せめて両親を安心させたかった。

翌日も、翌々日も、デザートはゼリーではなく果物だった。数日が経ってようやくぶどうのゼリーが出された時は泣きそうになった。誠司からカップを受け取ると、すぐにその底を確認した。小さな丸文字で、前回よりも長い文章が書かれている。心が沸き立った。私の無事を知った両親は、なんと言っていたのだろう。

『いい名前だね！ 色々あって電話はできないけど、あなたの優しい気持ちはきっとご両親に伝わってるはずだよ！』

母親のメッセージは、ただ、それだけだった。

返事は書かなかった。それから私は、皿の下にメモを置くことはしなくなった。時折、デザートに出てくる桃以外のゼリーの底に『負けるな！』、『頑張ろう！』といったメッセージが書かれていることがあったが、その丸文字を見ただけで虫唾《むしず》が走るため、やがて一切読まなくなった。

一か月が過ぎた時、誠司はうんざりした顔で、お前には無理みたいだ、と言った。

「お前、頭悪いだろ。考えが浅いし、話すことも薄っぺらだ。全然《みゆな》じゃない。もういいよ、別の方法を考えるから」

それから誠司は、自分で《みゆな》になり切って話すようになった。そもそも《みゆな》は誠司が作り出したキャラクターなのだから、それが一番的確な方法だろう。初めからそうすれば良かったのだ。

そして誠司は用のなくなった私を、どうすることもせず、ただそのまま布団の上に留め置いた。

元々あったドアの鍵の他に、南京錠を二つも取りつけた。私から目を離さないために風呂に入ることを止め、部屋に入ったら殺すと母親に宣言した。

誠司の食べ残したものを食べ、監視されて排泄しながら、私はこの部屋で二年近くを過ごした。月に一回だけ、母親がいない間に風呂に入ることを許されたので、その時に急いで下着を洗った。栄養不足のせいか、たまにしか生理が来なくなったのは幸いだった。服は攫《さら》われた時にバッグに入っていた部活用のジャージを着続けている。逃げたら殺される、という恐怖は、もうあまり感じなかったが、逃げようという意志を折られていた。

ずっと寝ていたら歩けなくなるかもしれないということだけが心配で、誠司の目を盗んで布団の中で、静かに足を曲げ伸ばしした。起きている時間は部屋にある漫画雑誌を読んだり、誠司が見ているテレビ番組や、ゲームをする様を眺めていた。かたかたとたつが振動する音と荒い息づかいが聞こえている間は、じっと布団を被って息を殺した。

久しぶりに皿の下に紙切れを入れたのは、誠司がこの部屋に侵入してきた男を殺した三日後だった。

喉を踏みつけられた男が取り落とし、誠司が蹴り飛ばしたマイナスドライバーが、私の方へ転がってきた。気づかれないように拾って、布団の中に隠し持っていた。そのあとに、目の前で誠司が始めたおぞましい作業。ずっと麻痺《まひ》していた恐怖が、急速に呼び覚まされた。

『誠司さんが空き巣に入った男を殺しました。死体が部屋にあります』

あの母親にも伝わるように、はっきりとそう書きつけた。誠司が眠っている隙に、漫画雑誌の切れ端の余白に書いたメモだった。

だが、次の日になっても、母親は何も行動を起こさなかった。

猛烈に嫌気が差した。部屋から逃げ出すことを諦めてから、機能を失っていた感情が、激しく動いた。

誠司にも、誠司の母親にも、この家にも、もう耐えられそうになかった。

翌日の今日。朝食の皿の下に、再び母親への言伝《ことづ》てを隠した。

『夕方、誠司さんが眠っている間に鍵を開けておきます。中に入って確かめてください』

鍵の番号は誠司が開ける時に盗み見て覚えていた。誠司は寝息が深くなると、そのあとは多少の物音がしても起きない。私が逃げないと判断したのか今はドアを塞いで寝ることもなくなり、この二、三日は疲労のせいか、朝まで目を覚ますことはなかった。

仕事から帰って皿の下を見ただろう母親は、おそるおそるといった様子でドアを開けた。ドアのすぐ横で待ち構えていた私は、化粧臭い顔が差し入れられたところで、その首にマイナスドライバーを突き立てた。

たるんだ首の肉は、思った以上に固い手応《てごた》えだった。骨に当たるほど深く押し込んだあと、力を込めてドライバーを抜くと、首に開いた穴から、びゅっと血が噴き出した。母親は驚いた表情で首の穴を手で押さえたが、指の間から見る見る血があふれた。「えっ、あら」とかすれた声でつぶやきながら、よろよろと足を踏み出すと、その場に尻餅《しりもち》をついた。

それ以上、声を出す力がないのか、金魚のようにぱくぱくと口を動かしながら、母親は困ったような顔で私を見上げた。誠司の小さな目と低い鼻は母親譲りだったのだと思いながら、その顔が白くなっていく様をただ見下ろしていた。現実から逃げずにドアを開け、息子のしたことをその目で見ようとしたのは彼女なりの成長なのかもしれないが、それでも、私がされたことを許す気はなかった。最後に誠司に告げようとした言葉からすれば、あの時に必死で伝えた私の名前など、覚えてもいなかったのだろう。

手と顔についた血をジャージの裾で拭うと、元どおりドアを施錠し、ぐったりと座り込んだ母親をそこに置いたまま、誠司が目を覚ます前に布団の中に戻った。そしてじっと動かずに、その後の事態を見守った。

わざわざ南京錠をかけておいたのは、誠司が推理したように《みゆな》の人格が母親を殺したと錯覚させ、誠司にただ殺す以上の苦痛を与えたかったからだが、それだけは失敗に終わった。空き巣男を殺したことで理性を失い錯乱しているように見えたが、思ったより冷静にものを考えていたようだ。

誠司はマイナスドライバーが刺さったこめかみの方にぐるんと黒目が寄った奇妙な顔つきで、左足のつま先だけを痙攣させて、布団のそばに仰向けになっている。めくれたトレーナーから覗く白い腹が膨らんだり凹《へこ》んだりしているところを見るとまだ生きているようだが、動くことはできなそうだ。

慎重に布団から立ち上がると、間抜けに突き出したままの誠司の人差し指になんだか苛立って、力を込めて踵を打ち下ろした。小枝を踏み折ったような感触が小気味良かった。

少しふらつくものの、電話のところまでは歩いていけそうだ。《みゆな》でなくなってから二年近く、誰とも話さなかったが、きちんと声は出せるだろうか。

達也が嗤う

鮎川哲也

登場人物

芦刈兵太郎……元陸軍中将
　芳江……………その妻
板原………………療養者
浦和………………推理小説家、私
江田島ミミ………賤しい前歴を持つ
帯広達也…………自称ジャーナリスト
金井龍之介………肥った独身男
北田チヅ子………アメリカ帰り

本篇は、ある年の日本探偵作家クラブの七月例会の席上で、余興の犯人当てゲームとして朗読されたもののテキストであります。このクラブでは年に二度（現在では一度）、会員の一人を指名して挑戦小説をかかせ、その問題篇を朗読上手の人がよんで出席者一同にきかせるのです。会員たちは、三十分間の休憩時間に推理力をフルに活動させて、正しいと信じる解答をカードにかき、投票をします。そのあとで再び解決篇の朗読がなされてから、正解者の氏名と答案の発表があり、賞品が授与されることになっております。

さて、私の作になる本篇の場合ですが、まことに不思議なことに、人一倍推理力がすぐれていなくてはならぬ会員たちでありながら、本当の意味での正解者はただの一人もありませんでした。決してむずかしすぎる問題ではなかったのに……。では、読者のあなたは果して如何《いかが》でしょうか。作者のワナにひっかからぬよう、眉に唾してお読みをねがいます。

この物語は、私が元箱根《もとはこね》で、バスを降りたところからはじまる。真夏になれば避暑客でごった返す箱根山も、まだ六月の初旬なのでさすがにひっそりとしていた。私はかどのポストを右におれて、芦ノ湖《あしのこ》のほとりにでる道路を歩いた。左手にボストンバッグをさげた軽いいでたちである。

行くこと一キロばかり、駒ヶ岳《こまがたけ》の裾をぐるっと回った林のなかに、一軒の赤い屋根の建物がポツンとみえる。これがこれから訪ねようとする緑風荘なのだ。

湖に向かったゆるい傾斜の敷地は、五百坪ほどあろうか、緑風荘はその真ん中に芦ノ湖を背にしてつつましく建っている。東西に長くのびたマンサード風に造られ、正面の入口をはさんで左右に窓が四つずつならんでいる。一階も二階もがらりと開けはなたれているのをみると、建物が大きく口を開いて、山頂の清浄な空気を呼吸しているように思われるのである。どちらかと云うと、いや、どちらかと云わなくともあまり上等なホテルではないが、白くぬりかえたばかりのペンキの色が若葉をバックにしてくっきりと浮かび上って見え、すがすがしい新鮮な印象をあたえるのだった。

ポーチを入ると正面に二階へ通じる階段があり、そのとなりに貧弱な帳場がある。のぞいてみると分厚い二冊の帳簿と卓上電話がおいてあるきり、誰もいない。私はあたりを見廻した。

階段に向かって左、つまり一階の左翼は三十坪ほどのホールになっていて、適当にソファや椅子、テーブルなどが按配《あんばい》され、さらに奥まったところに白いテーブルクロスをかけた食卓があるのは、ここが食堂にちがいない。入ったときは気がつかなかったけれど、鉢植のシュロのかげに一人の女性が坐《すわ》っていて、しきりに手紙を書いているようだった。彼女は私に気がつくと、レターペーパーをそっと閉じた。

「あら、帳場ですの？　いま食料の買出しに行ったところですわ。ここで、お待ちになったら如何？」

彼女はそう云って、人なつこそうな眸で立っている私を見上げた。あとで知ったがこれは芦刈芳江という、三十歳になる元軍人の細君だった。紫紺がかった矢がすりのセルを着て、和服のよく似合う小柄な体は、どうしても二十五歳にしか見えない。

「ご滞在？」

芳江は私のボストンバッグにそっと目をやった。私は一週間ばかり泊るつもりであることを答えた。

わざわざ箱根までやってきたのは、病気療養中の義兄板原に呼ばれたのと、締切りの迫った五十枚ほどの短篇を書き上げるためである。だがそんなことまでうち明ける必要はないし、私が推理小説を書くということは、だれにも黙っているつもりだった。いつか奈良にいった際に、私のような駆け出しにもファンがいるとみえ、うるさくつきまとわれて閉口した覚えがある。以来旅先では浦和という変名を使うことにしていた。

「まあ、板原さんがあなたのお兄さまですの？　あのかたもお元気におなりなさるといいわねえ」

と彼女は心からねがうような口調だった。

義兄はここの一室を借りてからすでに二年近く、だがその病状は一向にはかばかしくない。彼と私とはどうもウマが合わなくて、呼ばれでもしない限り、自分のほうから見舞にくることはなかったのだ。

「浦和さんとおっしゃるなら、お部屋が二階にとってございますわ。あたくしご案内いたしましょう。いつ戻ってくるか知れないものを待ってらしては、大変ですわよ」

前もってハガキを一本投じておいたので、用意がしてあったとみえる。芳江はそう云って私を二階に連れていってくれた。なかなか親切な、思いやりのある女性だと思った。

私の部屋は左翼のかどにあった。鍵はかけてなく、部屋のなかはきれいに掃除されて、ベッドにはカバーがかけられ、テーブルの上の一輪ざしには早咲きコスモスのラジアンスがいけてあった。

礼をのべて芳江とわかれたあと、ボストンバッグを洋服だんすに入れると、水道の水で汗をあらい、服を着かえて階下におりた。ホールには人気もない。義兄の部屋は一階の右翼の端にあるのだった。

そっとドアをノックする。義兄のしわがれた返事がきこえた。なかに入ってドアを閉じる。義兄はこの前逢ったときにくらべて、一層やつれていた。

私は室内を見廻す。ホテルの一室というよりも、病院の病室といったほうが適切である。壁には中途でつけることを止めた温度表がはってあり、本立にならんだ本は療養関係のものばかりだった。私がありきたりの見舞の言葉をのべると、彼は皮肉な笑みをうかべてきいていた。

「呼んだのは他でもない。俺が死んだあと、きみはまるまる五百万の保険金をうけ取る気でいるようだが、そうはさせないことに決めた。それを伝えてやりたかったのさ。黙って手続きをとったってかまわんが、やはり一応は予告しておくほうがエチケットに適《かな》っているからな」

義兄は私の驚くさまをたのしそうに笑ってみていたが、やがてはげしい発作を起こした。やせた肩がくるしそうに上下する。だが私には、それを撫でてやる気もおこらなかった。

板原は私の亡くなった姉の夫である。彼と私とは何の血のつながりもないが、板原のただひとりの身寄りといえばこの私以外にない。彼に万一のことがあった際には、その生命保険金は私がうけ取ることになっていたのだ。はなはださもしいことながら、五百万という金額は、ほかの人ならともかく、駆け出し作家の私には決してバカにはできない大金であった。私はしばらく茫然として立ちつくしていた。

受取人の名義をだれに変更するつもりだろうか。あるいはすでに変更してしまったのかも知れぬ。ただ一つの心当りは、義兄の身辺を世話するために朝夕かよってくるわかいやもめの付添婦である。親身になって面倒をみてくれるという話をきいていたから、あるいはその女性にゆずる気でいるのかも知れない。恥ずかしいことではあるけれど、私は彼女につよい嫉妬を、そして義兄にははげしい憎悪を感じたことを告白する。

さらに二、三その件について問答をくり返していると、耳ざとくなっている義兄はにわかに鋭い目つきになって、ドアのほうを瘠《や》せた顎でさした。

「おい、だれか立ち聴きしてるぞ」

云われてドアをあけ、あたりを見たが、初夏の午後の廊下はしんと静まりかえって、鼠一匹いなかった。

やがて私は義兄の部屋を辞した。

＊

夕方ちかくになるにしたがって、遊びにでていた連中がもどってくる。夕食の支度ができたことは、階段の下におかれたオルゴールが金属的な音階をかなでることによって知らされるのだった。曲は〝オリエンタル・ローズ〟の一節で、三十二小節をうたい終るとまたおなじメロディーをくり返す。まことに馬鹿の一つ覚えのようなオルゴールであった。

私は少しおくれて降りていった。階段の中途までくると、二人の人間の争っている声が耳に入った。長方形の食卓をかこんだ人々は、芳江をのぞくとだれ一人として新顔の私が席につくのを気づかずにいた。彼等は二人の争論にすっかり気をとられていたのである。ただ芳江だけはニッと笑って目礼して、となりの席を指さしてくれた。

「まあ失礼な、ナニおっしゃるの。あなたこそ何の雑誌の記者だか判りゃしない。ナニさ、悟ったような顔をして！」

目をつり上げて喰ってかかるのは江田島ミミだった。あとになってみると、これが本名でないことが知れるのだが、言葉つきの蓮ッ葉《はすっぱ》なところをのぞけば、目鼻立ちのくっきりした何と美しい女性なのだろうか、というのがそのときうけた第一印象であった。中国服のように襟のついた、近頃流行のマンダリンカラーの桃色の服を着て、はげしい調子でものを云うたびに、丸いヒスイのイヤリングがひらひらとゆれた。

「きみがそう云うなら、こっちにも云うことがあるぜ」

雑誌記者という帯広達也はうす笑いをうかべて、妙におちつきはらった口のききかただった。

「お前さんこそ乙に気取っているが、俺と銀座で逢ったことを忘れたのかい？」

途端ミミの表情に、ギクッとした狼狽《ろうばい》のかげがはしった。

「銀座……？」

「そうさ、それもおテント様のでてるときじゃねえ、ネオンが輝きはじめてからのことよ」

「知らないわ」

「銀座と云やあきこえがいいが、有楽町《ゆうらくちょう》のガード下といえば少しは見当がつくだろう。きみア俺の肩をたたいて、お兄サンと呼びかけたじゃないか。たったひと晩のつき合いだが、俺は、ようく覚えているンだぜ。どうだい、ラク町のおミミさん」

二人の口論を、食卓を囲んだ人々は黙ってきいていたが、ミミの前歴が明らかになった瞬間、とくに女性たちの表情には侮蔑のいろがあらわにうかんだ。

「きみきみ、ご婦人に対してそんなこと云うのは失礼だぜ。ましてここには他の女性もいるじゃないか」

女のような金切声でそうとがめたのは、金井龍之介である。龍之介という名をきくと、芥川龍之介や机龍之介といった瘠せぎすで感覚の鋭そうな印象を思いうかべるけれど、この金井龍之介ははち切れんばかりにぶくぶくとふとり、三十貫はゆうにあろうという巨漢である。肥っているだけあって、その動作にも感情の動きにも、どこか鈍いところがあるのは当然だった。

達也はネバネバした視線を龍之介にあびせてしばらく黙っていたが、やがて唇の端が皮肉そうにゆがんでくると、チラッと白い歯をのぞかせた。

「なるほど、お前さんは紳士であらせられる」

「勿論《もちろん》ぼくは紳士さ。きみはミミさんの前身を嘲笑してるけれど、わかい女性が喰うに困って生か死かというドタン場に追いつめられれば、あれがいちばん手ッ取り早い方法じゃないか。なにも彼女ばかりを笑うことはできまい。ここにいる他のご婦人だって、いざとなればそうするに違いないと思うね」

「判った判った、背に腹はかえられないというわけだな、背に腹をね……」

なんともいやな調子でいうと、フンと鼻の先をせせら笑うように鳴らして、コップの水をのんだ。その達也の顔を、ミミが憎悪をこめて睨《にら》みつけている。

「ちょいと金井さん、いまのあなたの一言、訂正してもらいたいわよ」

そう呼びかけたのは、これもあとで名を教えてもらったのだけれど、北田チヅ子であった。彼女の口調には詰問というよりも、甘えるようなひびきがあった。龍之介に媚《こび》をうるような調子があったのである。グレイがかった白とブルウのドレスにジャケットのアンサンブルがよく似合うバタ臭い女性で、テーブルの上にはポケット版のエラリー・クイーン作〝カラミティ・タウン〟がのせてある。まさかアクセサリイに持ってあるくわけでもあるまいから、すると、この女性は推理小説好きの、しかもそれを原書で読めるインテリだなと思った。

「訂正しろって、なにを訂正するんだい？」

「きまってるじゃないの、せっぱ詰まった場合にどの女でも体を売るとおっしゃったことよ。あたしたち心外ですわ、ねえ……」

と、しなをつくって、芳江のほうに同意をもとめた。芳江は芳江で、むやみに肯定して龍之介の感情を害したくはないし、そうかといってチヅ子の気持もそこないたくないというような迷った面持で、「ええ」と煮えきらない返事をした。

こうした騒ぎのなかで芳江の夫の芦刈兵太郎は、つまらんことにかかずらってはおられんという顔をして、入歯の音をプキプキとさせながら、皿の上の料理を各個撃破していた。

＊

夜の大気はひんやりとするほどに涼しかった。私はボストンバッグのなかからチョッキをとりだして着た。あけはなたれた窓から見える星は、空気がすんでいるせいか、東京で眺める星とは別物のように輝いている。私は机上に原稿用紙をひろげたまま、一字もかかずに夜空を見上げていた。

どれほどの間そうしていたのか、遠慮勝ちなノックが私を我にかえらせた。入ってきたのは芦刈芳江である。彼女はそっとドアをとじると、ベッドの端に腰をおろした。芳江は適当にお人好しで、適当に人なつこく、そして適当にお喋りだった。その夜二人はいろいろな話をしたのだが、つぎに彼女から得た宿泊人の寸描をとり上げようと思う。まず北田チヅ子から始めると、彼女はアメリカの下士官と結婚して渡米し、同棲一ヵ年で離婚して戻ってきた。チヅ子に云わせればアメリカ人の夫が酒呑みでもて余しものだったそうだが、彼女の見栄坊《みえぼう》な性格にあいそをつかして追い返されたというのが真相だろうという。チヅ子がこのホテルに滞在しているのは手頃の夫を見つけて第二の結婚をするためだとか。当年とって二十八歳である。

結婚の相手は見つかったのかと思って訊《たず》ねてみると、

「金井さんに好意をもっておいでのようですわ」

と芳江は答えた。かりに私があんな水ぶくれと結婚するくらいなら、まだ水枕とでも一緒になった方がいいと思うが、チヅ子の狙いは金井龍之介の財産にあるようである。花聟《はなむこ》候補の金井龍之介は、三十二歳、云うまでもなくまだ独身だ。全体の印象がフォルスタッフ的な人物らしくあった。

彼と対立した帯広達也は三十三歳、雑誌記者と称してはいるけれど、どうせインチキ雑誌のゴロツキ記者にちがいなく、ジャーナリスト間の鼻つまみものだろうという、なかなかてきびしい批評だった。

彼女がそう云ったとき、裏庭をよこぎるミミの姿が見えた。するとそれを待っていたかのように木陰からそっと腕を組んだのは、顔こそみえないがその巨大な恰好《かっこう》から想像して龍之介に相違なかった。そこで私はミミという人物について訊いてみた。

「そうですわねえ、もう十日ほど前から滞在していらっしゃいますけど、あまりお話ししたこともありませんわ。近頃よくいわれる八頭身美人で、まだお独りのようですから、これからが楽しみですわ。あたくしみたいにつまらない結婚してしまったら、もうおしまいですもの」

ミミについては知るところが少ないらしく、芳江は自分の結婚生活について語った。彼女の夫の芦刈兵太郎は、戦時中情報局に出ていたのだという。そろそろ七十に手のとどきそうな老人だけれど、いかにも頑固そうな感じのわるいタイプで、軍帽ですり切れたとみえて頭の真ん中にまるい禿《はげ》がある。もっとも彼のような種類の男にとっては、年中頭に日の丸をいただいているような気がして、むしろ光栄に思っているのかも知れない。顔は陽にやけて浅黒く、傲然と肩肘をはったかたちにも、あるくときの傍若無人な足の運びにも、少年時代から鋳型にはめて叩き上げられた職業軍人特有の臭みをもっていた。戦時中探偵小説を弾圧したのはこういった判らず屋にちがいなく、そう思って眺めるせいではあるまいが、私は最初からこの元陸軍中将を虫が好かなかった。

「あたくし十八歳で結婚しましたの」

と芳江は云った。戦時中の高等女学校は四年で卒業することになっていたが、卒業式の翌《あく》る日に結婚式をあげたのだという。彼女が勤労奉仕のためにある工場へ通っていたのを、たまたま精神講話にやってきた兵太郎中将が一見して夢中になり、ぬかみそ臭い老妻を追いだして求婚したのだそうだ。それは掠奪《りゃくだつ》結婚と変らぬほどにすさまじいもので、両親も彼女もいやとは云えず、人身御供《ごくう》のような気持で嫁いだのだそうである。

「主人はとても嫉妬ぶかいたちですわ。あたくしが帯広さんや金井さんと言葉を交わそうものなら、頭ごなしに叱られてしまいますの。いまでもあたくし、心から夫を愛することができませんのよ。つとめてそうしようとは思うのですけど……」

芳江は別れしなにそう云ってでていった。

第一日はこのようにしてことなく終ったのである。

＊

あくる朝、オルゴールにさそわれて下におりてみたが、まだだれも席についていなかった。〝オリエンタル・ローズ〟が途中でプッンと切れてしまうと、支配人兼料理番兼掃除人兼小使があわてて調理場から出てきてネジをまく。するとオルゴールはふたたび単調なメロディーをくり返し、朝食の支度のできたことを知らせるのであった。

一同が食卓につくまで、オルゴールは三度鳴らされた。龍之介の右隣りにはミミが、左隣りにはチヅ子が坐り、私は食事をしながらミミの顔をあらためて朝の陽の光の下で観察した。こってりと化粧をしてなかなか美しいが、どことなく気品がない。はねるようにひいた眉はふたむかし前にスクリーンで活躍したディートリッヒ型であり、もり上るようにぬった唇はわかい頃のダニエル・ダリュウに似ていた。なにかよせ集めのような化粧の仕方で、まるで個性がない。ミミは昨日の龍之介のとりなしをうれしく思っているとみえて、食事の間に彼に向かってとりとめのないことをよく喋った。話の内容は他愛のないことばかりだったが、コントラルトの声がジーン・アーサーに似て、ある種の魅力があった。

チヅ子も負けじとばかり、しきりに龍之介に話しかけた。チヅ子の話題はことさら高尚なものにかぎられ、自分の教養のふかさを誇示しようとつとめていた。龍之介は両手に花といった恰好で、パンを口にはこぶ暇もなく、それでも悪くない気分とみえてしきりに目尻をさげていた。

食事がすんで皆が雑談をしていると、龍之介とミミがたがいに目くばせして、すっと立ち上った。一同の視線が両人に集中する。多血質の龍之介はたちまち赤くなった。

「ぼくたち、じつは、昨晩急に、婚約をとりかわしました。お知らせ致します」

彼はどもりどもり、切り口上で告げた。そのとき示された各人の反応は、いささか興味あるものであった。芳江は嬉しそうに微笑みながら祝辞をのべ、元陸軍中将は「フム、そりゃよかった」とのみ云って、新聞の再軍備に関する論文をむさぼるように読みはじめた。私も仕方なしにお目出度《めでと》うをのべた。達也は冷笑するように唇の端をゆがめて龍之介を見上げると、「騎士だね、あんたは」と云って、楊枝《ようじ》で歯をせせりはじめた。ただ一言も口にしなかったのはトビに油揚げをさらわれたかたちのチヅ子である。そのかわりガタンと立ち上るとあともみずに席をけって、大またで自分の部屋へ上っていった。イヤ、自室に行ったのかどうか、それは知らない。階段を上って行った、と書くべきであろう。私はできるだけ正確にのべなければならないのだ。

一同は呆気にとられて彼女のうしろ姿を見送っていた。やがて彼女が階段をのぼりきってしまうと、人々は互いに顔を見合わせた。ミミだけはすべてを超越したような表情でコンパクトをとりだして、鼻の頭にパフをたたきつけていた。この龍之介とミミとは結局むすばれることはできなかったのだけれど、それを悲劇というべきか喜劇というべきか私には判らない。

食事がすむと人々は思い思いにでかけていった。龍之介は大きなむぎわら帽をかぶって昆虫網をもち毒つぼをさげ、ミミと手をとり合って楽しそうにでていく。ついで芳江。それと前後して、達也が派手なアロハを風にひるがえしてポーチの外に消えた。

私はホールのソファに腰をおろして、ホテル備えつけのメモに短篇の構想をかきつけていた。間もなく元中将がおりてきて、昨夜は妻が邪魔をしたそうじゃのというと、さっさと新聞を読みはじめた。この老人としてはそれが最上の社交辞令とみえる。

構想が少しもまとまらぬうちに、今度はこれも外出姿のチヅ子がおりてきて、私の横に腰をおろした。

「あなた、推理小説をお書きになるんでしょ？　判りますわよ、雑誌のグラビアでお写真を拝見しましたもの……」

彼女はいたずらっぽい眸をしてそう云うと私の顔をのぞき込んだ。先程のはしたない行為はとうの昔に忘れてしまったような表情である。私は仕方なく推理小説を書いていることを認め、しかしだれにも喋ってくれないように頼み、私を呼ぶときは必ず浦和と呼んでほしいと云った。

「ええ、承知しましたわ。そのかわりに、いつか創作のお手伝いさせて。ここでなにかお書きになるンでしょ？　あたし推理小説がどんなふうにして出来上るのか、一度拝見したいと思うのよ」

彼女は、メモに書き散らした文字をのぞくようにして囁《ささや》くと、さっと立ち上って、スカートをひるがえして出ていった。やがて支配人兼小使が買出しに行ったあと、この緑風荘のなかには私と兵太郎元中将と、それに義兄の板原がのこされたことになる。

ホールの時計のチクタクという音が、にわかに大きくきこえてきた。

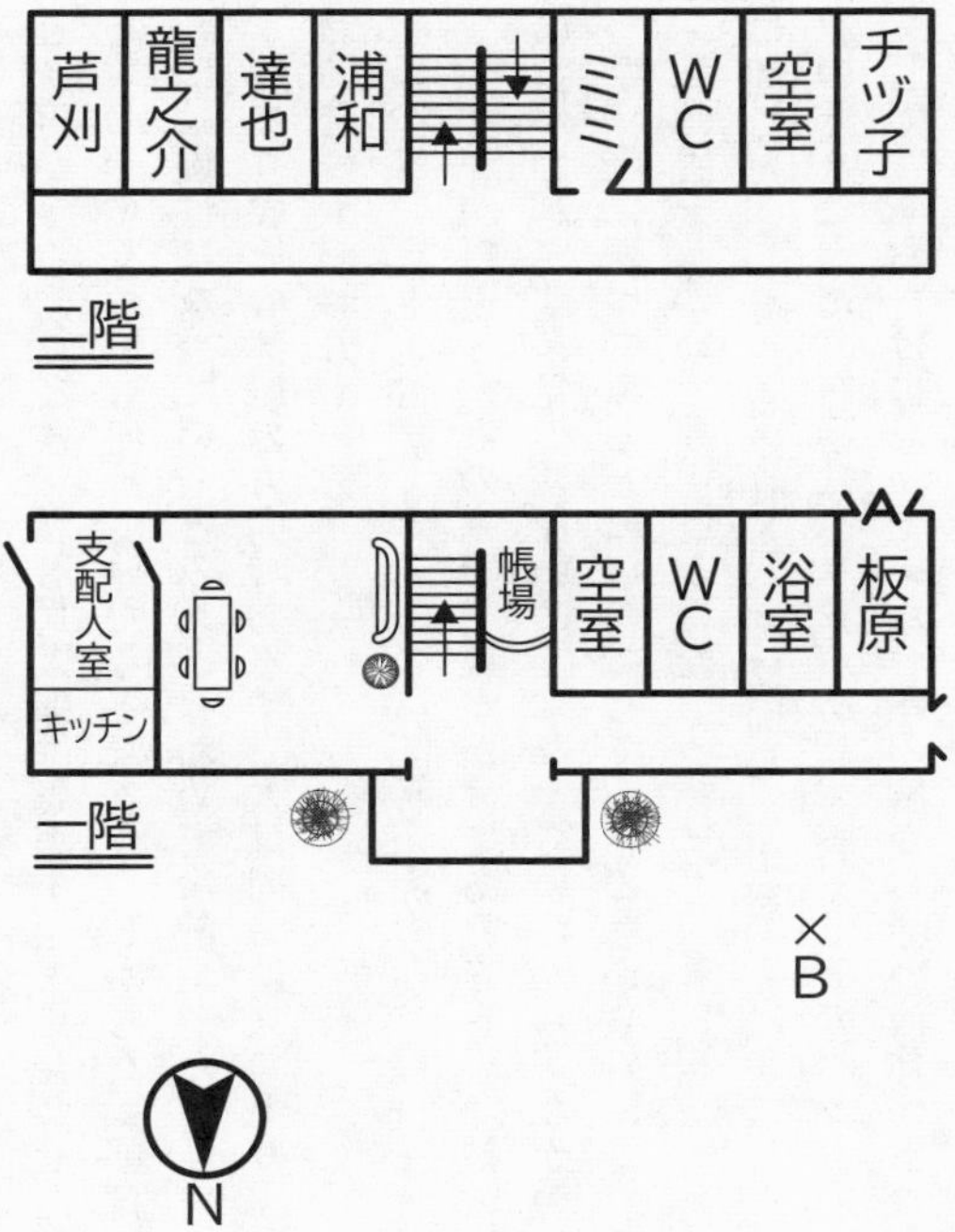
芦刈
龍之介
達也
浦和
ミミ
WC
空室
チヅ子
二階
支配人室
キッチン
帳場
空室
WC
浴室
板原
A
一階
×B
N

＊

ダン！　と銃声がきこえたとき、私と兵太郎は思わず顔を見合わせた。私は急に胸さわぎを感じた。おそらく顔色も変っていたことだろう。しかし兵太郎は軍人であっただけに鉄砲の音には慢性になっているとみえ、きわめて冷静だった。銃声のきこえたのは一階の右翼、つまり義兄の部屋の方向である。二人は同時に立ち上り、私は反射的に時計をふりあおいだ。十一時五十一分。

義兄の部屋にかけつけて、はげしくノックしたが返事がない。開けようとして引っ張ってみるけど、ノブがから廻りするのみで、鍵がかけてあるらしい。鍵穴に目をあててみたが、内側に舌がたれて覗き見できないようになっているから、なかのようすはさっぱり判らなかった。庭に廻ってみると云いのこして廊下の窓から外にでた。初夏の太陽がまぶしくて、私は眉をしかめて夢中でかけた。

西側の窓は固くとざしてあるけれど、湖に面した南窓があいている（図のA点）。そこからなかをのぞきこんだ。右手にベッドがあり、義兄はそのベッドの上からずり落ちそうな恰好をして、あおむけになっていた。左の胸から赤い液体がドクドクと吹きだしている。私は窓のかまちに手をかけて二、三度足をもがもがやり、ようやくなかに入った。義兄の名を呼んでみたが、もうこと切れていることは素人の目にもよく判る。私は立ち上って、幾分の混乱を感じながら部屋を見廻した。ベッドと反対側のもう一方の窓、つまり西側の窓は二つともピタリと閉じられ、ボールトがおりている。

「浦和さん、早くあけてくれ、浦和さん！」

そういう声ではっと我にかえった。だがドアの鍵が見当らない。いま鍵を探すから待ってくれるようにと云って、あわてて机の上や抽出《ひきだし》のなかや屍体《したい》のガウンのポケットをさぐり、ようやく発見した。私はこれをドアの鍵にさしこみ、兵太郎を部屋に入れることができたのである。

元中将は銃声にもなれているが、朱に染まった屍体にもなれているようであった。ひざまずいてまぶたをあけ、もう手遅れだと云うと室内をいかつい目でぐるりと見渡して、プイと廊下にでていった。間もなく、フロントの電話で警察を呼び出している声が、がんがんとひびいてきた。

電話をかけ終った老人と私は、ドアの外の廊下にたたずんで、警官のかけつけてくるのを待った。私の視線は抵抗しがたい力で屍体にひきつけられ、そのたびにあわてて視線をそらせた。義兄の油気のない髪が、風をうけてかすかにゆれている。

義兄《あに》が自殺してくれたのならいいけれど、と私はつぶやくように云った。兵太郎は疑りぶかそうな眸でギロリと私の顔を見たきり、なにも云わなかった。だがこれが後で私を不利な立場に追いやったのである。

間もなく警官が到着した。

＊

室内に遺書もなく兇器《きょうき》もないところから、義兄の死は簡単に他殺と推定され、屍体は警察の車で小田原《おだわら》へ運ばれて行った。そこで解剖に付されるのである。しかし拳銃で射たれたことは、解剖するまでもなく判っていた。

「浦和さん、あなたは板原氏の死を自殺であればいいがと云われたそうですな。他殺だと具合のわるい理由でもおありなんですか」

ホールの片隅で警部が訊いた。動作の敏捷《びんしょう》な三十七、八の男で、言葉には福島あたりの訛《なま》りがあった。そのころ龍之介とミミは昆虫採集からもどってきて、異変をきくと龍之介は首をちぢめて二階に上ってゆき、それと反対にミミは興味を感じた顔つきでソファの端に腰をおろしたまま、警部の訊問《じんもん》にじっと耳をかたむけていた。

私は警部の直視をいたいほどに意識して目を伏せた。兵太郎が告げ口をしたにちがいない。あの老人の疑りぶかそうな表情を、私は思い起こしていた。すると、私が答えるべき言葉を胸中でまとめているうちに、横から口をだしたのがミミだった。

「そりゃそうですわよ。板原さんが他殺だということになりゃ、動機があるのは浦和さんひとりですもの」

「ほほう、動機がね。で、どんな動機です？」

警部がひとひざ乗りだした。ミミはたのしそうにニッと歯をみせて笑った。

「板原さんがね、俺が死んでもお前にゃビター文やらないことに決めたぞッて宣言したからですわ」

ミミは毒々しい唇を舌の先でペロリとなめながら、微にいり細をうがった解説をこころみた。

「フム、そりゃ重大なことだ」

「そのあとで浦和さんたら東京の保険会社に電話をかけて、受取人の名義が書き換えられたかどうか問い合わせていましたわよ」

何からなにまで盗みぎきしていたらしい。ミミはそのさもしい行為を少しも恥ずかしいとは思っていないようだ。むしろ得意そうにみえる。

警部はフームとうなって鼻の孔《あな》をヒクヒクさせると、私のほうをふり返った。

「浦和さん、このご婦人の云われることを認めますか」

私はミミに軽蔑の一瞥《いちべつ》を投げておいて、黙ってうなずいてみせた。

「で、保険会社の返事はどうだったんです？」

保険会社は書類をしらべるからと云って即答せず、今朝改めて返事をしてくれたのである。幸いに、といっては語弊があるかも知れないけれど、義兄は保険金の受取人名義変更の手続をまだ済ませていなかった。したがって義兄が死ねば、金は私のふところに転がり込むことになっているわけである。

「金高はどのくらいです？」

と、警部は声を大きくした。かくしたところで調べられればすぐ判ることである。なまじいにかくし立てして、彼の心証をわるくしたくはなかった。だから私は素直に五百万円だと答えたのだった。

警部はもう一度うなって、興奮した心をしずめるためか、手帳に鉛筆でしきりに落書をはじめた。

「なるほど。名義が変更されぬうちに兄さんを殺した、ということは大いに考えられますな」

私はそのとおりだと答え、だから義兄の死が自殺であるように希《ねが》っていたのだ、他殺となれば最も不利な立場に立たされるのは火を見るよりも明らかなのだから、とのべた。ミミは二人の応答をむさぼるように聴き入っている。

「で、板原氏が射たれたとき、あなたはどこにいました？」

と警部はするどい口調でアリバイを追及した。元陸軍中将とともにこのホールにいたと答えると、彼はびっくりした顔つきで息をのんだが、黙ったまま立ち上ると二階へ上っていった。兵太郎に確かめに行ったことはまちがいない。

間もなく降りてきた警部の表情は予想したとおり曇ったものであった。

ともかくこれで私の疑惑ははれた。

＊

義兄の死んだことを知らずに、夕方になると通いの付添婦がやってきた。私ははじめて彼女を見たわけだけれど、ワンピースにサンダルをはいた清潔な感じの女性で、どちらかといえば美人のほうだが、どこか覇気のかけた人だった。警部から変事をきかされてのけぞるほどに驚き、驚愕の感情がおさまるとハンカチを目にあてた。偏屈な義兄の死をいたんでくれる人のあることを知って、私はじつに意外であった。警部は彼女の耳に何事かささやくと、義兄の部屋に連れて行った。

その日の夕食は、あとで取調べがあるというので、少々早目にオルゴールが鳴らされた。食卓をかこんだ人はだれもかれも黙りがちだった。楽天家の龍之介でさえ脅えきったような表情をして、箸を口にはこんでいた。

食事がすんだあと、一同はソファに思い思いにすわって訊問を待った。

警部は部下の刑事たちを指図してなかなか多忙のようすだったが、ひと区切りついたところで私どものところにもやってくると、白麻のハンカチで汗をふいた。

「すでにご承知のことと思いますが、本日の午前十一時五十一分に板原氏が射殺されました。犯人は南向きの窓、つまり芦ノ湖に面した窓から出入りしたと考えられるのですけど、芝生のために足跡がのこされていないのが残念です。足跡さえのこっていれば、犯人の見当はすぐつきます。そうしたわけで皆様のご協力を願わなければならないのですが、その時刻に、つまり十一時五十一分に何処におられたか、それをおっしゃって頂きたいと存じます」

彼はなるべく下手にでるべくつとめながら、あらましこのようなことを云った。兵太郎は我不関焉《われかんせずえん》の態度でピースをふかしている。あとの連中は真剣な面持で警部の顔をじっと見詰めている。ただ達也ひとりはニヤニヤと不敵な笑いをうかべて反問した。

「ですが警部、われわれには動機がない。われわれと云ってわるければ私と訂正しますが、ともかくこの帯広達也には彼を殺害するような動機はありませんぜ」

「いや、あるんです。いま板原氏の付添をしていた婦人に部屋のなかをよく調べてもらいましたが、ダイヤの指輪が紛失しておるのです。犯人は盗みに入って板倉氏に発見され、これを射殺すると、ダイヤを持って逃げたものと考えられます。現場のようすから判断して、おそらく被害者は昼寝をしていたのでしょう。賊が物色する物音に目をさまして誰何《すいか》し、射殺されたものと思われております。だがよく考えてみると、大声を出してわめくこともできぬ抵抗力のない病人を殺す必要はない。ですからこの賊は板原氏の顔見知りであって、顔を見られたために殺したのではなかろうかと想像されるんです。

とすれば犯人は流しの強盗などでは決してなく、皆さんのなかに混っているのじゃあるまいかと思われます。そうしたわけで皆さんのアリバイをうかがいたいのです」

「ぼくはブラブラしてましたね」

すぐさま達也が答えた。

「証人は？」

達也は黙って肩をすくめた。

「江田島さんはどうです？」

「あたしはこちらとふたりで蝶《ちょう》を採っていましたわ」

龍之介を指さして、ミミは云った。

「なるほど」

と警部は龍之介をとびこえて、芦刈芳江に視線を転じた。警部に凝視された芳江はたちまち赤くなり、ひどくどもった。

「あ、あの、わ、わたくし一人でスケッチをしておりましたわ」

「よろしい、つぎにあなた」

チヅ子は龍之介から最も遠いところにすわって、桃色のハンカチをもみくしゃにしながら自分の番のくるのを待っていたが、いざ指名されると孔雀《くじゃく》のように傲慢な態度で、本を読んでいたと答えた。

「どんな本です？」

「これですわよ」

と、例の〝カラミティ・タウン〟を差し出した。

「ほう探偵小説ですね、お好きですか」

「ええ、大好きですわ」

「お一人で読んでいらしたのですね？」

「探偵小説は一人で読むものですわよ」

「なるほど。するとアリバイをお持ちのかたは芦刈さんと浦和さん、それに金井さんと江田島さんのよったりということになりますな。あとの三人のかたにはアリバイがない……」

警部がそう云ってパタリと手帖《てちょう》をとじたとき、それまでニヤニヤと薄笑いをうかべていた達也が、思いもかけぬ爆弾的な宣言をしたのである。彼はダイナマイトが最も効果的に破裂するよう、時のくるのを待っていたにちがいない。

「ちょっと警部、あんたは犯人が南窓から出入りしたと云われますが、この見解には少々疑問がありますぜ」

「ほう、そりゃまたなぜ？……」

警部はいぶかしそうな表情になった。

「なぜかと云われる。答えは簡単です。問題の時刻にぼくは箱根神社の境内にすわっていたんです。銃声と同時にホテルのほうをふり返ったが、あの窓からでていくものは誰もいませんでしたぜ」

「ナニ、誰もでなかった？」

「そのとおり。浦和さんがかけだしてきて、あわてて窓にとびつくまで、あの窓からでたものは誰ひとりありませんや。勿論、浦和さんが入ったのちも、窓からでたものはいませんぜ」

「ちょ、ちょっと待ってくれ給え。あの部屋には出入りする路が三つある。一つはドアだがこれには鍵がかってあって、廊下には芦刈さんが立っておられた。もう一つは二つの西窓だが、これには上下のボールトがおりているから問題にならない。最後にのこった南窓だけが開いていたんですよ。そこから犯人が出入りしないとなると――」

「いや、僕は出入りしないとは云いませんぜ。今も申したように銃声がきこえたとき窓を見たんですから、それ以前のことは知らんです。だから侵入したのがあの窓だったか他のドアだったか、それは知るはずはないです。ぼくは、ただあの窓から出たものがないと云ってるんでさ」

　警部は俄然興味のありそうな、それでいて弱った表情をうかべた。

「そ、そうすると、こいつは、み、密室の殺人になるじゃないですか」

どもりながら云うと、まさか金田一耕助を気取ったわけでもあるまいが、帽子をとって髪の毛を猛烈にガリガリとやりはじめたのである。達也は依然としてふてぶてしい笑いをうかべたまま、その場の雰囲気を楽しんでいるふうだった。あとの人々は固唾《かたず》を呑んで二人の問答に聴き入っている。推理小説好きのチヅ子は、私と視線が合うと、うれしそうにニッと笑ってみせた。

しばらくの沈黙がつづいたのち、警部は少々落着きをとりもどしていた。

「失礼なことを云うようですが、あなたの言をそのまま信じてよいものか否か、本官には判らんのです。密室殺人というのは現実の世界にもままある。現に今年の初めに、横浜のある娼家で未亡人の娼婦が殺され、犯人は発見を遅らせるために部屋を密室状態にして逃げております。もっともこの場合、犯人は背中に般若《はんにゃ》の入墨をした大阪弁をつかう男ということが判っておったし、一ヵ月ほどのちに名古屋で捕まって事件は解決したんですが、しかし本日の事件はそうした単純なものではない。だから私は、一応あなたの証言を検討する必要を感じるのです。たとえば、たとえばですよ、芦刈さんや浦和さんを除外すると、事件発生当時現場から最も近くにいたのはあなたということになります。つまり犯人はあなたで、それを誤魔化すために密室殺人だなどと云いだしたのかも知れぬ。どうです」

そう反問されても、達也は依然としてニヤニヤしていた。

「どうもね、そう突っ込まれると本当のことを云わざるを得んですが、先程ぼくはアリバイの証人はないと云いましたけれど実際はれっきとした証人があるんです。とくに銃声のしたとき、われわれは熱烈な、とろけそうなくちづけを交わしていたんですからなあ」

「ほう、証人がある？　誰ですそれは？」

「云いたくありませんな。ぼくも紳士の端くれである以上、彼女の家庭を破壊したり、名誉を傷つけたりしたくはないです。しかしわれわれはずっとその場に坐っていたのですから、ぼくが犯人だなんて、そりゃとんでもない見当ちがいですぜ」

「だれです、その証人は？」

と警部が耳をかさずに追及した。

「困りましたな。じつはそこに坐っている芦刈将軍の夫人です」

「なにッ」

と云ったのは警部ではなくて、当の元陸軍中将殿である。

「ほんとか、芳江？」

「申し訳ございません」

彼女は蚊の鳴くような声で云った。

「たわけッ、馬鹿ものッ」

三軍を叱咤《しった》する怒声がとんだ。

「ウヌ、今夜から貴様とは別居じゃ。おって離婚の沙汰をする、待っておれッ。名誉ある帝国陸軍中将の妻ともあろうものが、何たるふしだらなことか。徒《あだ》し男と唇をなめ合うとは、ええい、聞くもけがらわしい話じゃ。軍刀があればこの場で姦夫《かんぷ》姦婦《かんぷ》を一刀両断に成敗してくれるところだぞ。ああ情けなや、去年の秋の患いに、一層死んでしもうたら、こうした辱《はずかし》めも受けまいに……」

兵太郎は義太夫語りのように声をふりしぼって、ひたいの静脈をヒクヒクさせながら大熱演である。

達也は、元中将からはったとねめつけられても平気の平左で、どこを風が吹くかといった顔で相変らずニヤニヤしていた。芳江はいたたまれぬように、ハンカチで顔をおおっている。

職務熱心の警部は、元中将の悲憤に同情をしている暇はない。

「まあまあ夫婦喧嘩はあとに願います。奥さん、ほんとですか。帯広達也氏の云うことは事実ですか」

彼女は黙ってうなずいてみせた。

「奥さんもご覧になったでしょう?」

「はあ、あの、あたくし、近眼なものですから細かいことは見えませんけど、誰もでていかなかったのは確かでございます。猫の子一匹逃げだしはしませんでした」

フームと警部はようやく納得したようにうなった。

かくして事件には、達也芳江両人の目撃によってあらたな謎が加わってきたのである。警部は全くうちのめされたような表情だった。

訊問が終ったあと、私の神経はすっかり疲労していた。自室に帰って机に向かったが少しも考えがまとまらない。締切りがあと数日後にせまっているので気が気でなかった。

「浦和さん、お邪魔してよくて？」

そう云ってチヅ子が入ってきた。彼女は例の謎に興奮していたらしく、眸がキラキラ光ってみえた。

「密室殺人、素敵じゃなくて？」といいかけてはッと気がついたらしく、「あらご免なさい、あなたのお兄さんだってこと、すっかり忘れていたわ」

あわてて謝ると話題を他に求めようとしてか、あたりを見廻して、

「まあ、原稿お書きになるの？　お手伝いさせて……」

と、甘えるような口調で云った。チヅ子は驕慢《きようまん》な態度と甘ったれる態度とを、交互に使いわけることが上手とみえる。

だがしばらくするうちに話はふたたび例の件にもどり、彼女は身を乗りだして自分の推理をのべた。それ等はいずれも他愛のないものだったが、そのあとでふと語調を変え

ると、こんなことを云ったのである。

「ねえ、犯人はなぜ密室を構成する必要があったんでしょ?」

*

その翌日まる一日かかっても、事件の調査は一向に進展しなかった。警部はぬけ穴でもあるにちがいないと義兄の部屋を虱《しらみ》つぶしに探したが、そうしたもののなかったことは、彼の落胆した顔つきを見ればよく判るのであった。

多くの宿泊人は重くるしい空気に耐えられぬように、朝食がすむとすぐに明るい太陽のもとに出て行ったが、そのあとを刑事が尾行したのは勿論のことである。ホテルに残ったのは締切りに追われてイライラしている私と、芦刈夫婦の三人きりだった。夫婦の仲はどのようにしておさまったのか知らないけれど、二人ともケロリとした顔をしていた。

四時半をすぎるころから人々はボツボツ帰ってきた。それと入れ替るように調査をおえた警部たちはでて行く。どちらも疲れきった表情をしていた。

夕食のテーブルを囲んだ一同は、昨日のしめっぽい晩餐《ばんさん》の埋め合わせをするかのようによく喋った。事件にふれることを意識的にさけて、つとめて話題を他にもとめ、普段ならだれも興味を抱かぬような話に対しても熱心に耳をかたむけるのだった。

食事がおわって人々が立ち上る頃である。食後のピースをスパスパとふかしていた達也が、灰皿に吸殻をぽいとすてると、いきなり爆発したように笑いだした。一同はぎょっとして彼の顔を見る。達也は笑いが止まらぬらしく、顔を赤らめ腹を押えて、体をよじって笑いつづけた。

「達也さん、どうなすったの？　達也さんたら、達也さん！」

チヅ子が顔をのぞきこみながら、肩に手をかけてゆすぶった。

「イヤ、どうもせん。ただ、思いだしたら、おかしくて堪らんのだよ。あいつ、あの警部のやつ、よっぽど左ネジだとみえて、密室殺人でまだ首をひねっていやがる。だが俺は、この帯広達也はよ、密室の謎をちゃんと解いているんだ。板原の心臓にタマをぶちこんだのがどこのどいつだか、ちゃんと知ってるンだ。それを思うとおかしくておかしくて……」

彼はそう云ってひとしきり笑いころげた。

「そんならあなた、なぜ警部さんに教えて上げないのよ」

チヅ子のなじるような質問をうけて、達也はケロリと笑いやむと、例のニヤニヤした顔になった。

「どうして教えないかって？　云わなくても判るだろう、云わなくても」

彼の言葉の裏には、それをネタに脅迫しようとする意図がはっきりとうかがわれた。

前庭で第二の銃声がとどろいたのは、それから三時間ほどのちのことである。

私と支配人がかけつけたとき、おりから入浴中だったという元中将は腰にバスタオルをまきつけたままとびだして、一足先に地面の上にかがみこんでいた。第二の殺人のあったところは別図にBとしるした地点なのだが、窓からもれる室内のあかりに照らされて、そこには一人の人間がたおれ、そのすぐ横にヴァニティケースが転がっているのがみえた。

「おい、しっかりせい、傷は浅いぞ、おい」

芦刈兵太郎は声を大きくして被害者をはげました。かすかなうめき声が断続してきこえる。

「おい、誰にやられた、誰にやられたのかッ」

彼は耳に口をよせてどなった。ピタリとうめく声がやみ、被害者は頭を動かした。

「え？　ナニ？　判らん。もっとはっきり云え。犯人は男か、女か」

「おんな、おんな、女……」

ぞっとするように云ったかと思うと、すすり泣くようなうめき声を残してガックリとなった。

かくて達也は死んだ。

＊

＊

支配人はがくがくふるえて歯の根が合わず、立っていることもできぬようだった。男のなかにもこんな臆病な人間がいることを、私ははじめて知った。

兵太郎は、ぐるりと地面を見て、落ちているヴァニティケースをひろおうとするので、警官がくるまでそのままにしておいたほうがよいと云うと、目玉をぐいと剝《む》いて、フンと唸《うな》った。ついで裸のまま階段の下まで行って、事件が発生したからだれも部屋からでちゃいかんと一同に足止めを喰わせておいて警察に電話した。何かというとすぐ人の上に立って指図したがる兵太郎のくせを、私は反感を覚えずにはいられなかった。

やがて警部がおっとり刀でかけつける。彼はおそい食事でもとっていたとみえ、まだ口をもぐもぐさせていた。ひとわたり現場検証がすんだあと、警部は興奮を抑えきれぬ面持で、ソファに坐っている私たちのところにやってきた。

「芦刈さん、当時あなたはどこにおいででした？」

彼は威圧するような口調できいた。

「わしは風呂場で入浴しとった」

と兵太郎ははね返すように答えた。

「フム、浦和さんは？」

私は食堂で夕刊をみていたと云った。

「お互いに証人はありますか」

「そんなもの、ありやせん」

「フム、で、被害者は確かに女にやられたと云ったんですな」

「正確に云うと、わしが男にやられたのか女にやられたのかと問うたのに対して、女という言葉を三度くり返したのじゃ」

「なるほど」

警部は一つうなずくと、手にした黒エナメルのヴァニティケースをパチンとあけた。香水とクリームの小びん、ルージュ、ちり紙、平面鏡と凹面鏡とが背中合わせになったかがみ、毛抜き、ハンカチなどが出てくる。

「ご両人、これに見覚えはないですか」

「妻のでないことは確かじゃ」

「浦和さん、あなたは？」

と警部はするどい眸をかがやかせた。私はそれがミミの持物であることを知っている。だが告げ口をするようなはしたない人間と見られるのはいやだった。

「フム、ご存知ない。ナニ、二階へ上って訊ねればすぐに判ることです。お二人ともここに坐っていて下さい」

彼は立ち上るやきっと階上を睨み、階段を二つずつかけ上っていった。

間もなくポーチのあたりで、自動車の発車する音がきこえた。達也の屍体が運ばれてゆくのであろう。私と元中将は黙々として坐りつづけていた。

と、五分ほどして兵太郎がつづけざまに二つのくしゃみをして、ぶるんと鼻をこすった。裸の上に上衣をまとっただけだったのである。

「風呂場のシャツを着てくる」

ひとりごとのように云い残して、立っていった。それといれちがうように警部が降りてくると、私の前にきて沈痛なうちにも残念そうな調子で云った。

「遅かった。犯人はとうに自殺してましたよ」

彼はそう云って、ホテル備えつけのメモをさしだした。それにはたった一行、〝私は自分の犯した罪をにくむ〟とかかれてある。署名はないが、しかしその特徴ある女文字は、たとえば宿帖にしるされた筆跡で私もよくおぼえているものであった。

「毒をのんで死んでいました。犯人はあなたたちが庭にかけつけたすきに、ぐるりと裏をまわって裏口から入って二階へのぼると、自分の部屋で青酸をのんだというわけですな。残念ながらあの女が犯人であるとは、今のいままで気がつきませんでしたよ」

警部は一息にそれだけ喋ってしまうと、ハンカチをとりだしてひたいの汗をぬぐいながら、ほーっと大きな吐息をした。

さて、二つの殺人と一つの自殺とから成るこの物語は、そろそろ終幕に近づきつつあるのだけれど、犯人は三人の女の中の誰であろうか。作者はフェアプレイの規則にのっとって諸氏に挑戦する。第一の殺人と第二の殺人を通じて犯人は一人、共犯はいない。されば犯人の名と、その名を挙げた理由をお聴かせ頂きたい。

私がこの席に出ることができなくて、黒部氏の名調子をきけず、また頭を抱えて悩み悶える解答者諸氏を皮肉な笑みをうかべながら眺められぬのはまことに残念だが、それは致し方あるまい。

読者諸氏に挑戦

鮎川哲也

私はその場にいなかったから知らないけれども、黒部氏は朗読をうち切ると聴き手の顔を一人一人眺めるようにして、会心の笑みをうかべたそうである。六時から始まった朗読が終ったのは七時半だというから、丁度一時間半にわたる熱演であったわけだ。作者としては枚数をもっと少なくして読み手の負担を軽くすべきであったが、他面から云うと、それだけ書きたいものを書けたことにもなる。

若干の質疑応答があったのち、出席者はお得意の推理を解答用紙の上に展開した。尤《もっと》も中には作者の予想通り頭をかかえて呻吟《しんぎん》するものもあったし、また隣席の人と同盟を結んでひそひそとカンニングをやった人もあったという話だ。与えられた解答時間は三十分。

さて、私はここで、改めて読者諸氏にも挑戦したく思う。印刷されたものを読んで推理することは、耳で聴いて推理するのと違い、遥《はる》かに有利なはずである。その恵まれた条件を生かして、見事犯人を当ててみられては如何？

とは云え、おそらくあなたにも当りますまい。解決篇を読んで口惜《くや》しがるのがオチでしょう。作者がニヤニヤする所以《ゆえん》です。

解決篇

二階の右端の自分の部屋で、チヅ子は椅子の下にころげおち、からだを蝦《えび》のようにまげて息絶えていた。

他の人々、すなわちミミや芳江や龍之介は廊下の手前に立って、チヅ子の部屋をおそろしそうに眺めていた。刑事や警察医の姿が隠見するたびに、彼等は蒼《あお》ざめふるえた。

二時間ほどたったとき、私どもは階下のホールに集められて、警部から事件の解決したことをあらためて知らされた。

「なにぶん遺書が簡単なため、犯行の全貌は判らんのです。したがってチヅ子が板原さんの密室内からどうやって脱出したか、それもはっきりしておらんですが、まあ犯人の自殺で事件もおわりました。どうかご安心ねがいたい」

彼自身もほっとしたようすでしんせいに火をつけた。その警部の横ッ面を、いきなり撲《なぐ》りとばすようなことを云ったのがミミであった。

「あなたのお話ですと、チヅ子さんは帯広さんを殺して自分の部屋にもどり、毒をのんだわけですのね？　するとおかしなことになりますわよ」

「何がです？」

「あたし、風をいれるためにお部屋のドアを開けておきましたの。でも、チヅ子さんのとおる姿は見えませんでしたわ。あのかたがお部屋に入るには、どうしてもあたくしの目の前をよこぎらなくてはなりませんもの」

「ナニ？」

と警部は目を怒らせた。やっと片がついた事件を、ふたたびほじくり返そうとするミミの態度が面白くないらしかった。

「何を云うんだ、きみは？」

「だって、おかしいじゃありませんの」

「出鱈目《でたらめ》を云っちゃいかん、居睡《いねむ》りでもしてたんだろう」

「あら、あたしの云うことを信じてくれないのね。いいわ、いいわよッ、いやしい商売してたもんだから、寄ってたかって皆があたしをバカにするんだわ、くやしいッ」

ミミはヒステリカルに叫ぶと、いささか芝居めいたゼスチュアで顔をおおい、肩をふるわせ声をあげておいおいと泣きだした。

「ミミ、ミミ、泣いちゃいかん、俺だけはきみを信じる！」

龍之介はこれまた芝居気たっぷりにミミをひきよせるや、その真っ赤にぬりたくった唇におのれの唇をおしあてた。兵太郎は犬が吠《ほ》えるような声をだしてそっぽを向き、警部はひるんでタジタジとなった。そして二人の熱烈なくちづけが終ると、猛然と喰ってかかるような口調で云った。

「よろしい、ではあんたの言を信じてチヅ子がドアの前をとおらなかったとしよう。するとこれが自殺か他殺かはかるがるしく云えんが、達也を殺したのがチヅ子でないことははっきり断定できる。そうなると犯人はチヅ子以外の女のなかにいるわけだ。まず手始めにきみから調べる。第一の殺人の場合、つまり板原氏が殺された時刻にきみは金井氏と蝶をとっていたというアリバイを主張しとるが、婚約者の証言を信じるわけにはゆかん。第二の殺人、すなわち達也殺しの場合、きみには彼に侮辱されたという動機もあるんだし、チヅ子とちがって他人の目にふれずに部屋にもどることは可能だ。どうだ、きみがやったのだろう」

「警部さん、そりゃ濡《ぬ》れ衣《ぎぬ》──」

「濡れ衣も洗濯物もあるもんか。あんたが犯人となる可能性は十二分にあるんですぞ」

警部が、そのように決めつけたとき、横から兵太郎がオホンと咳をして勿体をつけると、こんなことを云ったのである。

「警部、あなたの話ももっともじゃが、わしはこの婦人……」と云いかけて、「いや、この江田島君を犯人とは思っておらんですぞ」

「ほう、そりゃまたなぜですか」

「ウム、達也ちゅう男が江田島君と口論をたたかわせたとき当然気づくべき筈《はず》じゃったが……」

と、兵太郎はいくらか無念そうな口調であった。

「何をです？」

「つまりじゃの、あのとき達也はいやみたっぷりな調子で、背に腹はかえられんと云いおった。あんたは知らんじゃろうが、江戸時代の川柳に〝背に腹をかえて野郎は客をとり〟ちゅうのがある」

髭《ひげ》ピンの軍人さんにしては、えらくさばけたことをご存知なものである。

「背に腹を……？　聞いた覚えはありませんな。何のことです？」

「まだ判らんかの。達也は江田島君が女でないことを、つまりその、下世話で何とか云うじゃろが、……お鍋……じゃない、……フライパンでもない」

「おカマですか」

「左様左様、江田島君がおカマであることを当てこすったンじゃよ」

と元閣下は威厳を損じまいと苦労をしていた。

「今頃気づいたのかい、おバカさん！」

ミミの言葉がガラリと変った。

「いかにもあたしは男だよ。達也というあのいけ好かない奴をひと晩の客にとったこともあったのさ。これも喰うためだからしようがないじゃないか。いいかい、よく聴いておくれよ警部、達也はあたしが男だということを知っている唯一《ただ》人の人間なんだよ。もしあたしがあいつを射ったとするなら、〝犯人は男だ〟と云うはずじゃないか」

ウームとおしつぶされたような声をだして、警部は腕を組んだ。ミミの云うことは、たしかに筋がとおっていたからだ。だがここに哀れをとどめたのは金井龍之介である。

「な、なんだって！　き、きみは男？……」

なんとも複雑な泣き笑いをすると、あたふたと窓にかけよって、ペッ、ペッとつばをはき、胸のポケットからハンカチをひきずりだしてゴシゴシと自分の唇をこすりはじめた。

警部はそんなことに頓着しないで、いきなり芳江を指さした。

「奥さん、今度はあなたの場合を検討しましょう」

「まあ、あたくし……？」

「そうです、あなただって犯人となりうる可能性は大いにあるんですぞ。いや、あなたこそ犯人にちがいない。まず板原殺しの場合だが、あなたのアリバイの証人は帯広達也じゃありませんか。本官があてにした人物の証言を信じると思ったら大間違いですぞ。あなたが被害者を射って窓からでていく姿をあの男はちゃんと見ておりながら、誰も窓から出たものはないとウソを云ったんです。達也のおかげであんたにはアリバイができたが、彼が後になってそれをもとにゆすり始めたので、これを庭に誘いだして射殺した。おりから芦刈氏は入浴中だから、旦那さんに見とがめられることもない。あとで部屋に逃げ帰るときも、江田島君の部屋の前をとおる必要はないんだから、すこぶる好都合だ」

警部はきめつけるように断定すると、勝ち誇った笑いをうかべて鼻の頭をぶるんとこすった。警部の剣幕に気押されてか、芳江は反駁《はんばく》することもできずに唇をかみしめていた。するとそのときしゃしゃりでたのが、細君の危機を見かねた兵太郎である。

「警部、家内が犯人とはとんでもない。わしの云うことも聴いてもらいたい」

「うかがいますよ、どうぞ」

「如何《いか》にもあんたの云うことはもっともじゃが、犯人は家内以外にも考えられるですぞ」

「誰です、それは？」

「この浦和君じゃよ」

と兵太郎は憎々しげに私を指さした。

「フム、そう云えば浦和さん、あなたは歌川蘭子という女流推理作家だそうですな。チヅ子の日記に書いてありましたよ」

警部はそれだけ云うと、視線を老人に転じた。

「芦刈さん、歌川さんを犯人だと云われる理由は？」

兵太郎は警部の質問など頭から無視して、くるりと私のほうを向いた。

「あんたは兄貴の死を自殺に見てほしいと云うとった。他殺となると、動機をもっとるのが自分ひとりじゃから、不利な立場に立たされるのが心配じゃと云いおった。じゃが一方あんたは、このわしと一緒にサロンにおったちゅうアリバイがある。そんなら兄貴が他殺と推定されても、何も困ることはないではないか。ここがわしには非常におかしく思われた。のう警部、あんたも考えてみろ。現場に遺書とピストルがなければ、小学生だって他殺と考えるじゃろ。それを自殺と推定されたいなどと希望するのは、あまりにも非論理的且つ非常識的な話じゃないか。それを敢《あ》えてした理由は、浦和さん、あんたが兄貴の死を自殺としておきたい人間であること、換言するなれば、兄貴の死を他殺とみられたくない人間だということをわしゃ警部に認識させ、印象づけようとする狙いではなかったか。兄貴の死が他殺であっては困る人間が、誰よりもまずあんたであることを、わしゃ警部の頭に先入主として叩き込むためではなかったか。あんたの心理的策謀は見事成功した。そのような先入観にとらわれた警部は、まさか、このおなごが自殺した兄貴の屍体を他殺とみせるために工作したとは気がつかんからのう」

「な、なんですって？　板原氏は自殺したんですか」

「左様、自分の病状を悲観して自殺したものとわしは思うとる。気の短い男じゃよ。五百万の保険金を受け取らせぬようにしてやると云うたのは、受取人の名義を変更するちゅうことではない。自殺するぞという意味じゃった。自殺すれば保険金の全額は支払われぬからの。よろしいか警部、このおなごは銃声をきいてからとびこむと、兄貴の自殺した屍体を発見して、すぐピンときたのじゃな。自殺されては五百万がふいになる。じゃから遺書とピストルをポケットにしまって、自殺を他殺にふりかえたのじゃ。ついでにダイヤの指輪もかくして、いかにも賊が盗んでいったようにみせかけとる。おかげで我々まで容疑者のなかに数えられてしもうた」

兵太郎はそれだけ云うと、あっけにとられている警部をしりめに、芳江の手をとってふり向きもしないで階段を上っていった。

＊

万事あの頑固な老人の云ったとおりである。いかにも私が犯人なのだ。頭のなかが保険金のことで一杯になっていた私は、義兄の屍体を一見した途端に名案がうかんだ。そして彼の死を他殺とみせかけたまではよいが、さらにそれを完璧とするために犯人製造を思いついた次第だ。まことに私は、或《あ》る新聞がいみじくも評したように、〝悪魔に魅入られた女〟であった。私は推理小説マニヤのチヅ子に白羽の矢を立てると、小説の口述筆記という名目のもとに、適当な文句をメモに書かせた。それをチヅ子の遺書に利用しようという算段だった。

ところがここに予期せぬことが生じた。義兄が自殺に使用した拳銃や、机の上においてあった遺書などを私がこっそりとポケットにねじこんだ姿は、はからずも達也によって目撃されていたのだ。達也はそれをもとに私を脅した。条件は五百万、あの保険金をそっくりよこせと主張する。五百万かゼロかという岐路に立たされた私は、一瞬の躊躇《ちゅうちょ》もなく彼を射殺してやろうと決心した。

龍之介の部屋から昆虫採集用の青酸加里を盗みだすと、チヅ子をおとずれて巧みにそれをのませて殺した。そして用意したメモを机にのせて部屋をでた。

達也とは時刻と場所を打ち合わせておき、出掛けていってこれを射殺した。捜査を混乱させる目的でミミのヴァニティケースを転がしておいたことは、あらためて喋々《ちょうちょう》するまでもない。私は樹陰にかくれて兵太郎や管理人の駆けつけるのを待ち、いかにもホールからでてきたような顔をして屍体の前に立ったのだ。

これで私の犯行は、おおかた語りつくしたと思う。

鮎川哲也氏が犯人当て小説の執筆を依頼され、しかし名案がうかばず困っているときいたから、私が代って自分の経験を綴《つづ》り、もって彼のピンチヒッターとなったのである。

以上のべた文章のなかで、私はただの一度もアンフェアな書き方はしていない。私、この歌川蘭子が男であるとは、決して書かなかったはずだ。私が一夜芳江と同室したにもかかわらず、その翌朝彼女のご亭主は私にあいそをのべている。かりに私が男であってごらんなさい、この嫉妬ぶかい頑固爺（じい）さんは私を仇敵のようににらみつけたに違いないのだ。このことによって私が女性であることを暗示しておいたつもりだが、これを見逃して文中の「私」なる人物を男である鮎川哲也氏と混同して考えられたのは、卒直に云わせて頂くならばあなたのアタマが悪いのであり、私を責めるのは見当違いと云うべきである。

また、犯人が三人の女のなかにいるとのべたのは、云うまでもなく芳江とチヅ子と私の三人をさしたのであって、ミミを数えたのではない。タキシードを着てナイフとフォークで食事をしても、チンパンジーはやはりチンパンジーである。スカートをはきルージュをぬっていたからとて、これを女と決めてかかるのはあなたの粗忽《そこつ》を表明する以外の何物でもない。作者はミミが女であるとは一度も云わなかったし、ミミを彼女という代名詞で呼んだこともなかった。いな、ミミが男であることはそのヴァニティケースのなかに髭をぬく毛抜きがあったこと及び、彼が喉仏をかくすためにマンダリンカラーの服を着ていたことで暗示しておいた。さらに龍之介とミミが結婚できぬこともものべたはずではなかったか。

私が二つの殺人と一つの自殺と云ったのは、勿論チヅ子の毒殺と達也の射殺、それに板原の自殺を意味したのであった。くどくどしくくり返すのもどうかと思われるけれど、義兄の死を他殺だと書いた覚えは決してない。それを密室殺人だと称してひとりで張り切っていたのは、あの少々おめでたい警部ではなかったか。

さらにまた、私が第一の殺人と書いたのはチヅ子の毒殺をさしたのであり、これを「板原の射殺」と早呑み込みをされたのもあなたがそそっかしいからである。私はチヅ子と達也のどちらが先にやられたか故意にしるさなかったけれど、一応それを検討してかかってこそ、作者のペテンにおちいらずにすむというものであろう。

最後に私は、冒頭において試みた一つのいたずらにふれて筆をおこう。私はあなたの目の前に、犯人の名を堂々と提示しておいたのだ。「達也が嗤う」という題名を逆によめば、浦和がやった、となるではないか。このことに気づく名探偵が果して幾人いらっしゃるであろうか、例会に出席してとくとこの目で確かめたいのだけれども、婦人死刑囚第二号として独房に収監されている私には、何としても叶えることのできない望みなのである。

本作の中には、今日の人権意識に照らして不適切と思われる語句や表現がありますが、時代的背景と作品の価値に鑑み、加えて、著者が故人であるためそのままとしました。

編者解説

佳多山大地

ミステリーアンソロジー『大逆転』を、たっぷりお楽しみいただけたでしょうか？　いや、書店の文庫新刊コーナーで、もうすこし内容に関する手がかりを求めてこの巻末の解説から目を通されている人のほうが多いかもしれませんね？

普通、こうしたアンソロジーは、何をコンセプトに作品をセレクトしたものか、どんと打ち出しているはずです。例えば、「警察小説アンソロジー」だとか「鉄道ミステリーアンソロジー」といった具合に。しかし当文庫本には、巻かれた帯紙にも裏表紙の内容紹介にも、敢《あ》えてそれを書くことはやめたのでした。

タイトルは『大逆転』。その看板に偽りはありません。指折りのビッグネームから新進の注目株まで、六人の作家の収録作品はどれも結末の意外性に満ちた秀抜なミステリーであることを保証します。ぜひ〝騙《だま》される快感〟に浸ってのち、この解説に戻ってきてもらえればと思います。

＊以下、収録作品のネタの一端に触れます。未読の方はご注意を！

朝日文庫オリジナルのミステリーアンソロジー『大逆転』の編集コンセプトは、ひとつひとつ収録作を読んでいくうち、きっとそれと察せられたでしょう。そう、本書はいわゆる叙述トリックの仕掛けがある作品ばかりを集めた一冊になっているのです。叙述トリック作品は、それが叙述トリック作品であることを明かすこと自体タブー視する意見も強いため、かくも読者に不親切な〝正体不明のアンソロジー〟を装う仕儀となったのでした。

当アンソロジーのそもそもの成り立ちを述べれば、朝日新聞出版の編集者K氏から「叙述トリックに絞ったアンソロジーを出せませんか?」と相談されたことにはじまります。「いいですねー。ありそうで無かったかも」と安請け合いしたものの、歴史的な評価の定まった名作から新鋭の野心作までバランス良く選ぶのと、読者が読み進めるうちコンセプトは割れてもなお騙され続けるにちがいない配置/収録順を決めるのに、かなり頭を悩ませました。……まあでも、年来のミステリーファンなら、「達也が嗤う」と「四〇九号室の患者」が入っているのを見て、すぐにそれと見当がついたでしょうけれど。

ところで、あたりまえのように書いている「叙述トリック」なる用語。これがミステリーファン以外には通用しないことを、僕もその一人であるミステリーファンは肝に銘じておくべきです。まず一般的なミステリーにおける(ミステリーにさほど興味のない向きにも理解される)「トリック」とは、作中人物である犯人が、作中の捜査機関や名うての素人探偵の追及の手から逃れるために弄するもの。被害者の死亡推定時刻に自分はずいぶん遠く離れた場所にいたんだと作り物のアリバイを訴えるなど典型的ですね。それと対比されるところの「叙述トリック」とは、作品の作者が、作品の読者に直接的に仕掛ける叙述上の謀《たばか》りであるといえます。海外だと、フィクション一般において「信頼できない語り手（Unreliable narrator）」と呼び慣わされる創作手法です。

フィクションとして展開される〈犯人対探偵〉の知恵比べの枠組みを超え、〈作者対読者〉という裸の対決構図があらわになる叙述トリック作品――。それは、謎とその解明を骨子とする本格ミステリージャンルの本質的なゲーム性を剝《む》き出しにしてしまうメタフィクショナルな企《たくら》みです。だからなのでしょう、大胆不敵な叙述トリック作品に為《し》てやられたとき我々読者の感情は、まんまと自分を騙した作者に対する感歎と反撥《はんぱつ》の双極に揺れて激しく搔《か》き乱されるのです。

――では、肝腎の収録各篇の解説に移るとしましょう。他人のふんどしで相撲を取る身の編者としては僭越《せんえつ》ながら、果たして〈編者対読者〉の勝敗の帰趨《きすう》がどうだったかも気になるところです。

①初野晴「カマラとアマラの丘　―ゴールデンレトリーバー―」

初出は、小説現代特別編集「エソラ vol. 5」二〇〇八年八月刊。秘密の動物霊園を舞台にした寓話性に富む連作集『カマラとアマラの丘』(二〇一二年、講談社)初収録。なお同連作集は、講談社文庫に入る際『向こう側の遊園』と改題されている。作者の初野は、ファンタジックな差し色が効いた世界線にペダンチックな謎解きの興趣を盛り込む作風で斯界《しかい》に独自の地歩を固める。

語り手の「わたし」、金子《かねこ》リサの職業は心理療法士《セラピスト》。廃墟と化した遊園地の中にある動物霊園を訪ねた「わたし」は、お骨になったハナをここに埋葬してほしいと墓守の青年に懇願するのだが……。本作のなかで墓守の青年は、人間のほしいままな犬種改良の是非について触れている。人間に忠実であるように「意図的につくった犬」であるゴールデンレトリーバーは、周知のとおり、じつに賢い犬である。犬好きのしばしば言うことには、良くも悪くも自分のことを犬だと思っていないようだと。そんなゴールデンレトリーバーは、股関節形成不全や癌《がん》といった遺伝的な要因もからむ病気にかかりやすいことも知られている。

②曽根圭介「母の務め」

初出は「ジャーロ No. 66」二〇一八年冬号。日本推理作家協会編『推理小説年鑑 ザ・ベストミステリーズ2019』(二〇一九年、講談社)に選抜されたのち、単独名義のノンシリーズ短篇集『腸詰小僧』(同年、光文社)に収録された。作者の曽根は当代を代表する〝短篇の名手〟の一人であり、ダークでいながらユーモアの効いた作風で底堅い人気を誇る。

本作のヒロイン、田丸美千代《たまるみちよ》は死刑囚の母だ。息子の純《じゅん》は誘拐殺人という凶悪事件を引き起こし、ただいま塀の中にいる。美千代の娘（純の姉）陽子《ようこ》は「独りで生きていくことにします」云々とメモを残し、家族のもとを去っていたのだが……。新たに発生する殺人事件の被害者にして本物の悪党らしい「斎藤美香」のことを、町工場の社長（ヒロインの夫靖男《やすお》）は「将来は〈田丸製作所〉を背負って立つ人材」と嘗《かつ》て褒め上げ、仕出し弁当の製造工場主任（西本文彦《にしもとふみひこ》）は「あの人なら、ゆくゆくは社員登用もありだよ」と喜色満面。ああ、彼らと同じ男性の一人として情けな――いや、とかく〈美人〉に弱いのは我がことでもあると襟を正さねば。

③一穂ミチ「ピクニック」
初出は「小説現代」二〇二〇年十一月号。BL《ボーイズラブ》畑で活躍してきた作者の文芸単行本初の非BL作品『スモールワールズ』（二〇二一年、講談社）初収録。自分と周囲の〝小さな世界〟に囚われながら生きてゆくほかない人間の弱さも強さも切り取った同単行本で、第四十三回吉川英治文学新人賞受賞の栄に浴す。また「ピクニック」は、惜しくも栄冠の獲得はならなかったものの、第七十四回日本推理作家協会賞短編部門の候補に挙

がった。

生後十ヶ月の女の赤ん坊、未希《みき》が動かなくなった。死因は、頭部に衝撃が加わったことによる急性硬膜下血腫。警察は虐待の事実があったと疑い、事件発生当時、赤ん坊の面倒をみていた祖母希和子《きわこ》を逮捕するのだが……。作品の冒頭、「きょうは、待ちに待ったピクニックの日です」と語り出す人物はいったいどこの誰なのかと首をかしげただろう。希和子や瑛里子《えりこ》（希和子の娘で未希の母）の行動も内面も描き尽くす語り手の正体は、まったくもって意外な人物なのだった。異色の〈語り手探し〉の物語であると同時に、物語る動機も切実な語り手が「そこの、あなた」（聞き手たりえる人物！）を探していた物語でもある。

④綾辻行人「四〇九号室の患者」

初出は「EQ」一九八九年七月号。日本推理作家協会編『日本ベストミステリー「珠玉集」・中』（一九九二年、光文社カッパ・ノベルス ※件《くだん》の珠玉集は上・中・下の三巻本）への収録を経て、一九九三年に森田塾出版（現・南雲堂）から単体で書籍化された。作者の綾辻は二十六歳のとき『十角館の殺人』（一九八七年、講談社ノベルス）でデビューして以来、新本格ムーブメントの旗手として現代ミステリー界の第一線で活躍を続ける。

病院のベッドで目覚めた「わたし」、芹沢園子《せりざわそのこ》の記憶は不確かだ。夫の峻《しゅん》と同乗していた車が崖から転落し、炎上。かろうじて生き残った「わたし」は、事故に至るまでのいきさつを徐々に思い出してゆく……。この中篇のいちばん元になった原稿は作者の綾辻が大学四年のとき書き上げたもので、ミステリーファンならご存じ〝叙述トリックの名手〟たる綾辻の作家活動の原点をなす作品と位置づけていいだろう。セバスチアン・ジャプリゾの傑作『シンデレラの罠』（一九六二年）の人口に膾炙した情況《シチュエーション》——記憶喪失になった若い女性は、自分がミシェル・イゾラを殺して生き残ったドムニカ・ロイなのか、あるいはドムニカを殺したミシェルなのかわからない——を下敷きに、みごと残酷な跳躍を決めてみせた。

⑤矢樹純「裂けた繭」

初出は、配信サイト「ｎｏｔｅ」二〇一九年四月。新潮文庫オリジナルのノンシリーズ短篇集『妻は忘れない』（二〇二〇年）初収録。漫画原作者として活動する傍ら、第十回（二〇一一年）『このミステリーがすごい！』大賞に投じた『Sのための覚え書き　かごめ荘連続殺人事件』が宝島社推薦の〝隠し玉〟に選ばれ、小説家デビューを果たした。独特な湿り気を帯びてトリッキーな作風は、じつに中毒性がある。

ひきこもりの青年誠司《せいじ》は、自室で一人、死体の解体処理を行なっている。というのも、留守宅だと思い込んで侵入してきた空き巣の男を殺害してしまったからだ。こんなとき誠司が頼りにできるのは、不登校になった中学時代に作り出した架空の友達《みゆな》だけで……。すべて物語には語り手がいる。誰かが一人称で物語るときもあれば、誰かが読者に対して（？）「あなた」などと呼びかける二人称のレアケースも。また、〈神〉のごとき三人称の語り手が俯瞰《ふかん》的に物語ることもあるわけだ。誠司の部屋が舞台の、この物騒な物語の真の語り手がふいに登場したときのインパクトは凄《すさ》まじいものがある。

⑥鮎川哲也「達也が嗤う」

初出は「宝石」一九五六年十月号。読者に挑戦する形式を取った短篇集『薔薇荘殺人事件』（一九六〇年、講談社ロマン・ブックス）初収録。アリバイ崩しの傑作を数多く物した鮎川は「本格派の驍将《ぎようしよう》」の異名を取り、東京創元社主催の新人賞レース「鮎川哲也賞」にその名を残す。

冒頭の挨拶文にあるように、もともと本作は日本探偵作家クラブ（日本推理作家協会の前身）の会合で披露された、余興の犯人当て小説だった。「読者諸氏に挑戦」の中にもその名が出てくる朗読者「黒部氏」とは、同クラブの会員で主に映画評論の分野で健筆を振るった萩原光雄《はぎわらみつお》（別名：黒部竜二）のことである。

一人称の語り手の「私」は当時の鮎川哲也と同様、まだ駆け出しのミステリー作家。そんな「私」の義兄、板原氏の死の真相は思いがけないものである……。終盤、その正体が明らかになった江田島ミミに対する周囲の言動に、覚えず眉をひそめた向きもあろう。それはミステリーの風俗小説としての側面において、良い意味で古くなったということだ。本邦では二〇〇〇年代以降、とりわけ青春ミステリーにおいて同性愛や性同一性障害といったLGBTテーマが叙述トリックをからめて語られ出すようになる。

――さて。叙述トリックとは人称を問わぬ〝信頼できない語り手〟の存在から生み出されるものですが、当アンソロジーの奇数の順（①③⑤）には殊《こと》に〈語り手〉に対する読者の思い込みを色んなかたちで利用した作品を配しました。一方、偶数の順（②④⑥）には、〈語り手〉が一人または複数の登場人物のとある属性を読者に誤認させようとする叙述トリックを施した作品を並べています。叙述トリックを用いて誤認を誘う属性は、年齢（例えば老人である登場人物をまるで青年のように描く）や人種（例えば黒色人種の人物を黄色人種であるかのように描く）など様々ですが、そこを敢えてひとつの例に絞ったことで、各作家の工夫と個性が見やすくなっているはずです。

最後になりますが、叙述トリック作品を評価するポイントとして編者が原則的に重視しているのは、その叙述トリックが物語のテーマと（もしくはトリックの対象となっている人物その人と）一体のものであるかどうかです。もしも年齢の高低にかかわる叙述トリックが使われるのであれば世代間ギャップに関する読者の固定観念《ステレオタイプ》が浮き彫りにされなくては充分でないし、例えば⑤「裂けた繭」を編者が買っているのはこの物語の語り手がいざというときまで鳴りをひそめていることに必然性が認められるから、ですね。——尤《もっと》も、原則的にと逃げ道を用意しているのは、まだ頰赤き少年の頃より〝騙される快感〟に溺れた、一ミステリーファンの性《さが》。ものの見事に「あっ！」と自分を騙してくれさえすれば、それが単なる〈引っ掛け小説〉以上のものでなくても尊いと思う気持があるからです。

【著者略歴】

初野晴（はつの・せい）
1973年静岡県生まれ。2002年『水の時計』で第22回横溝正史ミステリ大賞を受賞しデビュー。著書に、「ハルチカ」シリーズ、『漆黒の王子』『トワイライト・ミュージアム』『惑星カロン』などがある。

曽根圭介（そね・けいすけ）
1967年静岡県生まれ。早稲田大学商学部中退。2007年、「鼻」で第14回日本ホラー小説大賞短編賞を受賞。同年、『沈底魚』で第53回江戸川乱歩賞を受賞し、ダブル受賞を果たす。09年、「熱帯夜」で第62回日本推理作家協会賞〈短編部門〉を受賞。著書に、『藁にもすがる獣たち』『TATSUMAKI 特命捜査対策室7係』『黒い波紋』『工作名カサンドラ』などがある。

一穂ミチ（いちほ・みち）
2007年『雪よ林檎の香のごとく』でデビュー。以降、BL作品を精力的に刊行。一般文芸初の単行本『スモールワールズ』（講談社）が第165回直木賞候補に。同作収録の短編「ピクニック」は第74回日本推理作家協会賞短編部門候補となる。著作に、『砂嵐に星屑』『パラソルでパラシュート』『光のとこにいてね』など多数。

綾辻行人（あやつじ・ゆきと）
1960年京都府生まれ。京都大学教育学部卒業。同大学院修了。87年9月『十角館の殺人』で作家デビュー。「新本格ムーヴメント」の嚆矢となる。「館」シリーズで本格ミステリシーンを牽引する。92年『時計館の殺人』で第45回日本推理作家協会賞を受賞。2018年度、第22回日本ミステリー文学大賞を受賞。著書に、『人間じゃない』『黄昏の囁き』『深泥丘奇談・続々』など多数。

矢樹純（やぎ・じゅん）
1976年青森県生まれ。『あいの結婚相談所』『バカレイドッグス』などの漫画原作を手掛ける。12年『Sのための覚え書き　かごめ荘連続殺人事件』でデビュー。20年、短編集『夫の骨』に収録された表題作で、第73回日本推理作家協会賞短編部門を受賞。著書に、『残星を抱く』『マザー・マーダー』などがある。

鮎川哲也（あゆかわ・てつや）
1919年東京生まれ。43年「婦人画報」の朗読文学募集に佐々木淳子の筆名で書いた掌編「ポロさん」が入選。49年「宝石」百万円懸賞コンクールに本名（中川透）で応募した『ペトロフ事件』が一等入選。56年には講談社の「書下し長篇探偵小説全集」の13巻募集に『黒いトランク』が入選。以後、本格物の長短編を数多く発表。60年に『憎悪の化石』『黒い白鳥』で日本探偵作家クラブ賞（現・日本推理作家協会賞）を受賞。2002年逝去。ミステリー界に遺した功績をたたえ、翌年日本ミステリー文学大賞特別賞が贈られた。

佳多山大地（かたやま・だいち）
1972年大阪府生まれ。学習院大学文学部卒業。94年、第1回創元推理評論賞に投じた「明智小五郎の黄昏」が佳作入選し、以後、各紙誌で本格ミステリーの批評・書評をメインに執筆活動を続ける。著書に、『謎解き名作ミステリ講座』『トラベル・ミステリー聖地巡礼』『新本格ミステリを識るための100冊』など。

〈底本〉

初野晴「カマラとアマラの丘
　―ゴールデンレトリーバー―」（『向こう側の遊園』講談社文庫・二〇一四年）
曽根圭介「母の務め」（『腸詰小僧』光文社・二〇一九年）
一穂ミチ「ピクニック」（『スモールワールズ』講談社・二〇二一年）
綾辻行人「四〇九号室の患者」（『フリークス』角川文庫・二〇一一年）
矢樹純「裂けた繭」（『妻は忘れない』新潮文庫・二〇二〇年）
鮎川哲也「達也が嗤う」（『下り〝はつかり〟』創元推理文庫・一九九九年）

ミステリーアンソロジー
大逆転《だいぎやくてん》

朝日文庫

2023年2月28日　第1刷発行

著　　者　初野晴《はつのせい》　曽根圭介《そねけいすけ》　一穂《いちほ》ミチ
　　　　　綾辻行人《あやつじゆきと》　矢樹純《やぎじゆん》　鮎川哲也《あゆかわてつや》

編　　者　佳多山大地《かたやまだいち》

発 行 者　三 宮 博 信
発 行 所　朝日新聞出版
　　　　　〒104-8011　東京都中央区築地5-3-2
　　　　　電話　03-5541-8832(編集)
　　　　　　　　03-5540-7793(販売)

印刷製本　大日本印刷株式会社

Published in Japan by Asahi Shimbun Publications Inc.
定価はカバーに表示してあります

ISBN978-4-02-265087-0